江西文化艺术基金资助项目

致大海

陈然 著

天津出版传媒集团

百花文艺出版社

图书在版编目（ＣＩＰ）数据

致大海 / 陈然著 . -- 天津 : 百花文艺出版社，
2025. 3. -- ISBN 978-7-5306-8996-7

Ⅰ . I247.5

中国国家版本馆 CIP 数据核字第 2025YN9664 号

致大海
ZHI DAHAI

陈　然　著

出 版 人：薛印胜
责任编辑：张　雪
封面设计：鸿儒文轩・末末美书
出版发行：百花文艺出版社
地址：天津市和平区西康路 35 号　　邮编：300051
电话传真：+86-22-23332651（发行部）
　　　　　　+86-22-23332656（总编室）
　　　　　　+86-22-23332478（邮购部）
网址：http://www.baihuawenyi.com
印刷：三河市华东印刷有限公司
开本：880 毫米×1230 毫米　1/32
字数：213 千字
印张：10.25
版次：2025 年 3 月第 1 版
印次：2025 年 3 月第 1 次印刷
定价：68.00 元

目录

致大海

迟海兄弟几个是这样取名的：老大叫迟海，他的两个弟弟一个叫迟海洋，一个叫迟海亮，像是海岸线的延伸。他们还有个妹妹，叫迟海鸥。迟海说过，妹妹的名字是他取的。妹妹出生时，他已经读小学了。他觉得海鸥这个词很美，大海一望无垠，海鸟翩翩飞舞。这么美的词，为什么不拿来做妹妹的名字呢？他喜欢美的东西。

他家里我是去过几次的。第一次去的时候，我们还没从师范学校毕业。那年暑假，我和唐白每人骑了辆自行车，踩了两三个小时，有几次还跑错了路，好不容易才找到他家里。其实他家就在乡政府旁边。但山区的乡政府不怎么像乡政府，我们骑车跑过了头。我们在他家住了好几天，还顺便到另外两个同学家里去玩了一次，一个是饶小田，一个是林思品，迟海和他们还是初中同学。我以前没去过山里，那些山像是巨大的牛群，我担心它们随时会奔跑起来，待了几天，我对它们又喜欢又害怕。晚上，即使有月亮，迟海也要叫我们带上手电，说小心路上有豺。迟海说："豺是没声鬼，它悄悄走到你后面，立起身，把爪子搭在你肩上，你以为是人，一回头，它马上咬住了你的脖子。"这话听得我寒毛倒竖，没走多远便催着要回去。他们看着我的窘态，纷纷笑了起来。有一次，饶小田还故意把手搭在我肩上，吓了我一跳。虽然迟海一再留我们多住几天，我还是催唐白早点回去。我担心在他家里待的时间长了，他妈妈会不高兴。我曾经偷偷打量过他妈妈的脸，如果有亲戚或朋友在我家里待长了时间，我妈妈是不高兴的，可迟海妈妈始终是高高兴兴的。那时他家还没有电扇，记得有一回吃饭时我们把竹床搬到了有风的地方，然后把喷着香气的菜盘端到竹床上，那次我们还喝了啤酒。迟海让海洋、海亮还有海鸥叫我们哥哥，海鸥叫得最勇敢明亮，海洋和海亮反倒红了脸。

那时，我们三人在师范学校里有过一次小小的结义，我和唐白叫迟海大哥，迟海叫我二弟，叫唐白三弟。此前我和唐白还偷偷写信给中央人民广播电台，说我们想在毕业后到边疆去教书，问怎么样才能去。记得中央人民广播电台的那位声音无比好听的女播音员还给我们回了信，虽然只有短短几句话，但也早已使我们激动万分。我后来怀疑，我们就是冲着她那甜美的声音才忽然生起支边的热情的。她首先肯定了我们报效祖国的理想和热情，然后说，关于支援边疆，各地都有自己的安排，叫我们去咨询当地的人事部门。这一点把我们难住了，她可能不知道，我们最不愿意的就是去找人办事。好在离毕业还早，不用急。后来等我们再想起此事的时候，支边的热情已消失大半，自然也就不再提起。当时大概刚过期中考试，校园里洋溢着轻松活泼的气氛。我、迟海和唐白在同一个班。迟海和唐白住同一个寝室，我住旁边寝室。他们去打饭，刚好我也要去。我们从食堂里出来时，唐白忽然说他要去买酒，我和迟海说，要买就一块买。于是我们每人出了五毛钱，到校门口的小店里买来了一瓶"香槟"，把它藏在衣服里面带进了学校。那时我们一点酒精都承受不起，才用刷牙的杯子喝了一点点，就头晕脸热起来。这时迟海说，我们何不像桃园三结义，结拜为异姓兄弟呢？唐白当即表示同意，我想了想也同意了。其实我当时什么也没想，只是答应得慢，像是想了些什么的样子。序齿当是迟海老大，我居中间，唐白老三。于是唐白翻身下地，朝迟海和我说："二位哥哥在上，请受小弟一拜。"我也忙和唐白一起单膝着地，朝迟海作揖道："大哥在上，请受二弟和三弟一拜。"迟海说："二位贤弟呀，你们请起，我们三人，从今往后，就如亲兄弟一般。"唐白说："我们仨也不求同年同月同日生，但求同年同月同日死。"这太像《三国演义》了，或者说，我们就是在模仿它。我有些想笑，还是忍住了。我也很庄重地把唐白的话重复了一遍。等寝室里的其他同学回来，我们已经把酒喝完了，把义也结下了。好像他们故意留了个空当，让我们结义成功。没有喝到"香槟"酒，他们自然不能掺和到我们兄弟仨中间来，日后顶多也只能做个赵云或者马超。

当时学校里热爱文学的人很多，不记得我们三人是在结义后一起参加北方一家文学杂志社的函授，还是一起参加函授后才结义的。不过客观地说，这并没有对我们兄弟三人的感情产生过决定性的影响。大概因为我们性格大多比较内向，哪怕是结义的兄弟，我们也羞于把自己的习作拿给对方看。我和迟海都在那家杂志的函授版上发表了诗歌，毕业前我还在正刊上发表了两首，收到了十块钱的稿费，被学校的团支部书记在大会上点名表扬了两次。唐白的诗歌虽没被发表，但我觉得他比我写得好多了。他的诗歌没被发表，大概是因为我和迟海写的是现代诗，他写的是古体诗。迟海的那首是写白杨树的，后来有一段时间，我每次听一个部队歌手唱《小白杨》，就会想起迟海，想起他曾经写的那首关于白杨树的诗，虽然我们那儿并没有白杨树，虽然后来我也知道那是一种集体审美。那首诗写得很抒情、很美。

无论从外表还是从内在看，迟海都是一个热爱抒情和美的人。他有着一张在现在看来比较典型的明星脸，高而尖的鼻梁，微微上翘的下巴，剑眉，眼窝深凹，西装头。光线强烈的时候，发型的影子投射到脸上，显得阳刚又柔美。不用说，这张脸对于女性有如迷人的陷阱，班上有不少女生想奋不顾身地跳进去。在这方面，我和唐白跟在迟海后面，只能充当关平和周仓的角色。好在迟海已经是我们大哥，我们完全有理由及时地把对他的嫉妒转化成骄傲。

不过迟海最值得骄傲的应该是他的嗓子。当时，我们这些师范生除了没头没脑、稀里糊涂地爱文学，还有相当一部分同学爱上了音乐、绘画和书法。隔壁班里有个男生天天清早跑到林子里吊嗓子，"咪——咪——咪——嘛——嘛——嘛"周末也是如此，吵得我们睡不好懒觉。我寝室里有个家伙，一有空就张嘴练他那矫揉造作的颤音，让我们浑身起鸡皮疙瘩，他自己还很陶醉。每逢这时，大家就抬抬手，互相做个鬼脸，看谁胳膊上的鸡皮疙瘩多。而迟海是从不去林子里吊嗓子的，也从不练那难听的颤音，顶多是抄来一首新歌，对着歌本识谱。好像这个音符和那个音符之间有一些缺口，他要用自己的声音轻轻去把它们填满，或在那些音符上搭起一座浮桥，然后从桥上轻轻走过去。他走得是那么轻松自然，在我们看来，他那自然鬈曲的头发也像一个个吹拂不止的音符了。这时，如果有音乐伴奏，那就好像把他的歌声像裱画那样装裱了起来。美术老师已经让我们知道，一幅画裱了和没裱几乎是完全不同的东西。我还记得那次班里举行的文艺晚会，好像是为全校的元旦文艺会演选拔节目，班主任要求每个人都要表演，我只好学了几声鸡叫。唐白好像是打了一套自创的猴拳，毕竟刚看电影《少林寺》不久嘛。还有一个同学走到场子中央，拿出一张报纸，叫两个同学帮他拉开，上面用墨汁写了三个大字："露一手。"我们以为他要表演魔术，谁知他故弄玄虚了几下，忽然用手从报纸后面奋力地往外捅了一下。第一次没捅破，他有些尴尬，不过我们还不知道他为什么尴尬。重复了两三次，他的手终于哗啦一声从报纸后面张牙舞爪地露了出来。节目表演完毕。原来这就叫"露一手"，我们觉得被他成功而巧妙地欺骗了，于是热烈鼓掌。几个女生唱了小合唱或二重唱，歌词都是"沿着校园熟悉的小路，清晨来到树下读书"之类的。有一个叫涂红丽的女生也是独唱，她的歌声和迟海的歌声前后呼应，像我们在寝室里用扑克玩"金钩钓鱼"时看到的 J，把其他节目都像扫扑克牌那样扫走了。于是在学校的元旦文艺会演上，我们班理直气壮地拿出了男女声二重唱《外婆的澎湖湾》，不用说，演唱者正是迟海和涂红丽。在背景音乐的裱衬下，他们的《外婆的澎湖湾》散发出了水彩画的清新气息和黄昏金属般的光芒。我们惊呆了，不敢相信那么优美的歌声竟然离我们这么近，简直分不清他们与王洁实和谢丽斯的区别啊。自此，他们的男女声二重唱《外婆的澎湖湾》成了学校各类晚会的保留节目，后来还在全市的比赛中获过奖。只要有晚会，大家就知道必定有迟海和涂红丽的二重唱，以致后来许多人看到他们中的一个，就会自然想起另一个来。明明见到的是迟海，他们却指着他的背影说起了涂红丽，反之亦然。别看涂红丽平时走路两眼望天，可一进入她和迟海的二重唱里，她就会小鸟依人，露出甜蜜的酒窝。他们在舞台上，像一朵向日葵朝着另一朵向日葵，像一条波浪随着另一条波浪。

当时，班里已有同学开始谈恋爱了，不过像我和唐白这样的肯定不行，因为个子还没女同学高。如果我们冒冒失失写封求爱信塞进某个女生的抽屉，她们大概会以为是小朋友们的恶作剧，那时我们师范学校旁边就是附属小学。后来唐白虽然在一夜之间蹿高了很多，可他的"脸神"，我不知有没有这样一个词，和他的身高是那么不协调，使人怀疑他的身高是假的。为了让自己的脸显得成熟起来，他用生姜擦下巴，希望长出又浓又密的男子汉的胡须。后来胡子果然长出来了，但它们明显只起到了反衬的作用，就像古诗里说的"鸟鸣山更幽"。即使到了现在，唐白虽然已经饱经风霜，可他的脸还是那么充满稚气。

而对迟海来说，当他和涂红丽站在台上二重唱的时候，肯定有许多女同学会产生幻觉，以为站在他身边的是自己。据我所知，仅我们班上，就有两个女生一直在长久地暗恋他，一个是林思品，一个是曹金凤。林思品从初中起就开始暗暗喜欢他了，只是因为她是个读书很认真又十分守纪律的学生，学校反对的事情她从来不做。每当学校开大会，校长对着喇叭里说学生不许谈恋爱的时候，林思品都会不知不觉低下头来，用力绞着衣角，仿佛被人洞穿了心思。她有轻微的鼻炎，经常会不自觉地发出鼻孔收缩的声音。她被这种声音折磨了挺长一段时间，经常出入于校医务室，从里面领出瓶瓶罐罐的药水，然后她的身上就会散发出不同的药水气味。她戴着大框眼镜，个子也高，如此仿佛把身上的药水味也增高放大了，为此她总想把自己缩小一点。她从不穿高跟鞋，衣服总是暗红或深蓝。她是不是想把自己缩到涂红丽那般小巧呢？是不是想把自己也缩到《外婆的澎湖湾》或"洁白的雪花飞满天，白雪覆盖着我的校园"中去呢？可无论是相貌还是声带，她都无法跟涂红丽相比。涂红丽在市照相馆里照过的一张照片，曾被放大了挂在玻璃橱窗里，我们每次路过都能看到。有一段时间，林思品坐在教室里那架唯一的脚踏风琴前，边弹边唱，那一般是中午或周末，教室里没什么人，不然风琴轮不到她。她粗大的手指在白水黑山的琴键上奔爬，像一头南方的水牛闯进了北方的雪地。她练习得很努力，可不管是她的指法，还是她的声带都实在很惨，老像是录音机电压不足或磁带被夹。看得出来，她先天五音不全。后来她不再弹琴，而是努力读书，成绩很快跃升到了前几名，仿佛她终于明白，拿自己的短处去比别人的长处是一件划不来的事情。但在师范学校里，谁会真正在乎一个人的学习成绩？我不知道林思品是否为她可怜兮兮的爱情伤心，甚至她也从未正式地表达过。她在我们班五十多个同学中是最晚结婚的。她从乡下中学调到城里时，已经三十多岁了。她嫁给了她的另一个初中同学，仿佛她一定要嫁给一个初中同学似的。其实读书那阵，有一个叫沈东的同学曾狂热地追过她。沈东热爱体育，经常故意露一露他的鼓鼓的胸肌和肱二头肌。更重要的是，他跟她一样五音不全，他以为这样更容易引起她的共鸣。为了她，他还刻苦地学习过一阵功课，在成绩排名表上，有一次他居然跟她排到了一起；他还到处打听让自己身体长高的法子，因为他个子矮。可林思品毫不犹豫地拒绝了他，想想也是，一个五音不全的人怎么能容忍另一个同样五音不全的人老是在面前提醒她这个"致命的"弱点呢？

我一直想问问迟海，他是否喜欢过林思品。他知道她那么喜欢他，不应该熟视无睹，至少要告诉对方，不要让她苦苦等待。内向的林思品，自卑的林思品，或许正因为跟他太熟了，反而不好开口。她只是悄悄地爱着他，默默地想从别人那里争夺点什么。每当迟海和涂红丽在台上演出，林思品的鼻炎便发作得更厉害一些。她呼吸急促，欲哭无泪。

而曹金凤对迟海的追求却是一点客气也不讲了。

曹金凤和我们不是同一个县的。她身材丰满，性格热烈。当时她干过一件轰动全校的事——仅一个中午就把父母进城卖猪的一百六十多块钱花了个干干净净，买了各种式样的衣服和化妆品。一头猪至少也要养大半年，她父母越想越难过，就跑到学校来告诉了班主任。这种奢侈的作风和不尊重父母劳动的行为当然令人震惊，于是开班会的时候班主任不点名地批评了曹金凤。有时候，不点名比点名更容易让人出名，这件事马上传遍了全校。从此我们一看到曹金凤，下意识的念头就是猜想她身上的衣服花了多少钱。如果她的上衣要花掉一头猪前半身的价钱，那她的裙子，就跟猪后腿无异了。后来，我们打量她的目光不可避免地带上了感情色彩，每当贬义的目光像刀锋一样贴着她的皮肤划过去，她的脸马上腾的一下红起来。虽然我们承认曹金凤穿上新买的衣服后越来越好看了，但这种好看让我们觉得虚伪，就像我若干年后还不能接受一些人在邀请异性跳舞前往身上喷洒香水一样。曹金凤从不在乎涂红丽的存在，她对迟海的追求是非常直接的。这种直接在我们看来简直大胆到了无耻的地步，因为迟海似乎从未对她表示过好感。晚自习或其他时候，只要有机会，她总是会毫不犹豫地坐到他旁边去。从她的姿势看，我们甚至怀疑她主动用大腿去蹭了他的大腿。每当这时，她总是脸色潮红，兴奋不已。类似的经验我也有过一次。那是刚入学的时候，下了晚自习，许多同学都到食堂的大厅里看电视。我们坐着或站着，仰脸望着那台只有 13 英寸的电视，我不小心碰到了旁边一个女生的手，吓了一跳。她的手有点粗糙。我把自己的手移开，谁知她的手也跟着移了过来。我便正襟危坐，更加专注地盯着电视，可脑子里却一片空白，或许那时大脑早已被那微妙的手感占满了。我们就这样一动不动，互不干扰似的把电视看完了。那个晚上，我既慌乱又镇定，因为她跟我同一个班。回到家，我十分爱惜自己的那只手，几乎要失眠。第二天，我一直盼着下晚自习，但等我激动地赶到食堂，发现看电视的人已经没有昨天多了，我看到了她，可是我们之间的距离很宽。如果人为地去填满它，很容易引人注目，我没有那个胆量，再说我也没有做好恋爱的准备。那样的美妙时光，此后再也没有出现过。那是我们班最漂亮的女生之一，叫钟兰花，在市中心照相馆玻璃橱窗里涂红丽的放大照片旁边，还有一张她的。有人说，她在读师范前，被她的初中老师搞大了肚子。过了一段时间，市里开公审大会，那年严打正在轰轰烈烈进行，学校组织我们去看。有一个犯强奸罪的郊区中学教师，脖子上挂着很大的牌子，与其他各类罪犯站在一起，有人说，他就是强奸了钟兰花的那个家伙。据说他借为钟兰花检查身上是否有疥疮为由，把她的衣服脱光。每当说起来这件事，大家的声调都怪怪的。那时我们不知贞洁为何物，却似乎都很有贞洁感。那个晚上手的接触，使我有一种莫名的亢奋，即使后来知道了她以前的事情，我也还是被她的漂亮所吸引，对她存着好感。虽然我知道，那天晚上，她的手对我的手的触碰和依赖，并不是因为她喜欢我，而是她的初中老师过早地唤醒了她的性意识。

曹金凤是少见的经常跟钟兰花在一起的女生。她们一同进教室，一起去食堂排队买饭。她似乎不知道钟兰花身上发生过的事情。其实这是不可能的，连我们男生都知道了。现在想来，她真的是那种没有什么心机的女孩子。后来钟兰花被一个高年级热爱篮球的男生追求，经常去约会，曹金凤又被孤零零地落下了。在那次班会后，女生们明显地和曹金凤拉开了距离。当然，以上这些都没有迟海对她的打击大。她追迟海是用了蛮劲的，像体育考试时的百米短跑一样。有人说爱情使人糊涂，而曹金凤这个平时有些迷糊的女孩子却忽然像从梦中惊醒般，眼睛闪闪发亮。她常来我们男生寝室里找迟海，每次来都换一身新衣服。她一来，唐白就忙借故出去，跑到我这边来，说："又来了。"他这样一说，我便知道是谁来了。等曹金凤离开后，我们就过去，冲着迟海笑，"老兄啊，看来曹姑娘是打定主意要做我们的嫂夫人了。"迟海挠挠后脑勺儿，"这件事，的确恼人啊。"我们说："这是天大的好事啊，你答应了不就得了。"迟海说："二位贤弟，如果我妈知道她那么会用钱，肯定要吓得半死。"我们说："大哥你发现没，曹金凤的确是越来越漂亮了啊。""难道比涂红丽还漂亮？"大哥中计了，我们暗自高兴，知道他和涂红丽果然有戏，所以就不再说曹金凤的好话了。我们也希望他和涂红丽能成。有一个那么能歌善舞、载歌载舞的嫂夫人，我们当然乐意。迟海后来跟我们说，快毕业时，曹金凤曾把他约到树林里，主动送上了嘴唇，并抓住他的手，塞进她紧绷的上衣里面。他触到了她圆滚滚的乳房。他的身体颤抖了一下，臂膀已经准备像鸟的翅膀那样张开了。曹金凤叹口气，眯上了眼睛，但他忽然被什么拎了一下似的，在关键时刻逃离了现场。

难怪直到毕业，我们似乎再也没看到曹金凤像以前那样大笑过。

　　有一天我忽然想到，曹金风花掉一头猪的钱买了那么多衣服和化妆品，是不是就为了打扮给迟海看的呢？

　　迟海说，就在那天下午，涂红丽把他约到了校广播室。学校有三个广播员，她是其中之一。她们每天轮流值班，课余时间为大家配乐播送同学们写的诗歌散文和想听的歌曲，到了上午十点，就转播中央人民广播电台的第五套广播体操。涂红丽有广播室的钥匙，那是涂红丽第一次单独约会迟海，以前他们不过是为了编排节目而单独待在一起，算不上约会。迟海不禁有些慌乱，他在寝室里照了许久的镜子，把头发往两边抹了又抹。出门时，他对自己的形象仍不满意，不知这是否影响到了他的自信，反正那天下午他在涂红丽面前显得很拘束。幸好涂红丽还像往常一样活泼伶俐，有几次她被迟海的慌乱和拘束逗得笑了起来。一笑，她唇边两个深深的酒窝就在那里转个不停，笑声跟她唱歌一样甜。整个下午，她像只蝴蝶似的在迟海面前飞来飞去，搞得迟海有些晕眩。他刚伸出手，她就倏忽飞起来，在他放下手的时候，她又挑衅似的在他身边绕来绕去。迟海觉得一会儿离她很近，一会儿又离她很远，心情像只萤火虫似的，一会儿闪动，一会儿幻灭。他家在农村，而且还是山区；而她在城里长大，父母都是粮食局的干部。那时候，粮食局是好单位。只有在二重唱里，他们才有着短暂的平等，可生活不可能天天是二重唱。迟海有些自卑地意识到了这个问题，他几次起身要走，都被涂红丽留下了。"你急什么，今天下午没课，很难得的。"这根本不是什么理由，可迟海还是很听话地留了下来，然后他们又开始了捉蝴蝶的游戏。以致后来迟海也认为，能不能把蝴蝶捉住都不重要了，关键是，他面前有一只蝴蝶。他和一只蝴蝶在一起，追逐本身就是快乐，这就够了。

直到食堂快关门了，迟海才回到宿舍拿碗去打饭。从广播室出来的时候，涂红丽忽然从背后抱住了他，把他吓了一跳，因为他已经在走廊里了，隔壁是几个青年教师的宿舍，迟海仿佛听到了他们穿着拖鞋走动的声音。他挣脱出来，甜蜜地从那里跑掉了。那天晚上，迟海的饭量忽然增大了一两。其实他去得那么晚，饭已经冷了，也没什么好菜，只买到了一勺青菜猪血。本来他饭量就小，我和唐白每餐吃半斤，他顶多三两，这简直是一个女生的饭量。

迟海八九岁的时候在山脚下放牛，有两头牯牛为了一头母牛斗起架来了。它们四蹄刨地，牛角顶得"咔嚓"作响，大概谁赢了就可以得到母牛。母牛显然也同意这个观点，在一旁兴致勃勃地观看，享受着异性在它面前争风吃醋的场面。迟海在一旁傻乎乎大叫，出于保护自家耕牛的目的，他拿起鞭子驱赶别人家的牛。那牛处于劣势，眼看在母牛面前威风丧尽，正一肚子气恼，一抬头刚好看到让它出气的对象，便一角把迟海挑起，再远远地甩了出去。迟海从医院捡回来一条命，却少了一截小肠。有时候我想，说不定正是这一截小肠，把长竹变成了短笛，把他的劣质音变成了优质音。

结义后，有时候我们三人无话不谈。迟海把上衣撩起来，让我和唐白看他肚子上的伤疤。我和唐白用手摸了摸，见它凉凉的，滑滑的，有些像笛膜。我和唐白十分小心，生怕把笛膜弄破，就再也听不到那么优美的歌声了，不管是《外婆的澎湖湾》还是《校园的早晨》。从此我们更加认定，迟海那美妙的声带和这个发亮的伤疤有某种神秘的联系。

现在，我不得不提到一种乐器，那就是小提琴。师范快毕业那一年，迟海用省下来的钱买了一把小提琴，那时他几乎是唯一有饭票剩下的男生。当时学乐器的同学很多，仿佛是为了表达对大哥迟海的感情，个子已经蹿得很高了的唐白买了一支竹笛，还轻而易举地按住了所有的笛孔。由于听了几次《二泉映月》，我喜欢上了二胡。更多的同学还是喜欢弹教室里的风琴，因为我们最佩服音乐老师冯雪君，她居然能在那架破风琴上弹奏出钢琴般的音质，大家都希望能练出冯老师那样的指功。班上数量最多的乐器要数口琴，它吹起来又明亮又抒情，并且随时随地都可以吹，教室里因此经常弥漫着明亮的口琴声，和一股股口水交织的味道。迟海非要买小提琴不可，就是因为他不能忍受口琴上那股口水味。可即使是一把普通的小提琴，也要花掉我们两三个月的生活费。虽然迟海饭量小，可要完全从肚子里省下这笔钱也绝非易事。在很长一段时间里，他基本上没吃过有肉的菜，打饭时，他总是叫我和唐白先去，我们以为他有事，要帮他买，他不肯。等他把我和唐白叫去，跟他一起到电影院旁边的那家乐器店买琴时，我们才恍然大悟。他挑得很细心，我们跟他说话他好像没听到。他小心地拨着那些弦，侧着耳听音色和音质。仿佛在他眼里，那些抽象的东西像绸布一样有纹有理、伸手可辨。我们从没见过他这样斤斤计较，这简直有损于他在我们心目中的形象。直到我们等得有些不耐烦了，他还是没理我们，好像小提琴才是他的兄弟一般，这让我和唐白不禁对那些小提琴嫉妒起来。

终于，他挑好了一把。付了钱，他紧紧把它抱在怀里，让我走左边，唐白走右边，简直把小提琴看得比那个窝囊汉献帝还宝贵。回到寝室，他把小提琴连同琴盒放在了被窝里。我们告诉他，可要小心别人坐在上面。他哆嗦了一下，马上又把它抱起来。他抱着它举止失措，不知道把它放在什么地方好。放在显眼的位置怕其他同学乱动，不让人看到又怕被人不小心弄坏。我们建议他把琴藏在床底下，他马上瞪了我们一眼。是啊，这么漂亮的琴，怎么能放在床底下呢？所以，他对我们也有些不放心起来。但我们才不管他，谁叫他是我们的大哥呢。我们打量着那把小提琴，它的身体像一位身材窈窕的女子，在我们的想象中，她们就是小提琴这样的。它的底部是那么饱满，那么宽阔，那么喧嚣，又那么安静。那几根闪亮的琴弦从这里出发，在琴身的腰部和背部形成了美妙的曲线和漩涡，而琴弓则像一匹昂首挺立的骏马般跃跃欲试——真是马跃檀溪啊。

从此我们经常能听到迟海的小提琴了。到了周末，他往往要练一整天。他练得很刻苦，寝室里没人他就休息一会儿，一来人又练。他这是为了把小提琴牢牢抓在自己手里，这样谁也不能伤到它。他站在窗前，不说玉树临风，起码也是白杨临风了。没多久，他的手指就起了茧，下颌也有。他叫我们摸，果然硬硬的一块。即使不练琴，他也会下意识地把下颌转向一边，似乎要夹住什么。走路时，他的右手会忽然抬起来，做几下拉弓的动作。他经常陷入沉思，好像沉浸在某支乐曲里面，两手也会随之轻扬。迟海说他要用小提琴去演奏他喜欢的每一首歌曲，把它们全部变成小提琴曲。那些曲子仿佛是停歇在琴弦上的蜻蜓，他踮起脚，小心翼翼地向它们靠近，想忽然伸出手去把它们捉住。和其他乐器相比，小提琴显得那么超凡出众、卓尔不群，哪怕是一首蔫头耷脑的曲子，一经小提琴奏出，便立时昂起了头，就像斫石得玉，就像阳光为云朵镶上金边。

每当迟海演奏小提琴时，感觉他就像冯雪君老师教给我们的那些高音一样。与大家的愿望相反，冯老师始终不教流行歌曲，她只教我们"百灵鸟从蓝天飞过"或"太阳，我的太阳"。这时她的脸就像蓝天一样纯美，湿润的双唇成 O 形，好看地张开着。她经常说："你们的声带还应该向上，向上！一个领略不到高音妙处的人，他的生活一定是暗淡无光的。"据说她原来谈过一次轰轰烈烈的恋爱，对方是她在音乐学院的老师，一位男高音歌唱家。后来不知什么原因，他们又分了手。他教给她的第一首歌就是"百灵鸟从蓝天飞过"，在教了她这首歌后，他也像一只百灵鸟一样，从她的生活里飞过了。和男高音歌唱家分手后，冯老师每天早晨都要在阳台上唱那首歌。她每次唱这首歌的时候，都禁不住热泪涔涔。在我们眼里，迟海就是这样的一个高音，不过他的小提琴，是另一种高音。现在我们也有理由相信，我们的大哥迟海忽然迷上了小提琴，很可能也跟一个人有关，那就是涂红丽。

有一天，我从他们寝室的后窗朝外望去，忽然发现这扇窗正对着学校新建的女生宿舍，我看到了几件我们熟悉的衣服，其中就有涂红丽的。难怪即使是冬天，迟海也不肯关窗子。原来他在宿舍里拉小提琴，就像一位诗人在为某个异性献上情诗一样。他的琴弓好像一个破折号，后面几个被省略了的字是"献给涂红丽"。后来我读过他写的一首题为《雾中拉小提琴的少女》的诗，他依然着迷于"拉小提琴的人"这一意象。对，我情愿把它看作是一个意象。或者说，当初他把小提琴和自己都当作了某种意象。那时我们已经毕业了，如果从心理学的代偿原理来分析，我觉得迟海在这首诗里把自己当作了小提琴，而那少女，是否是涂红丽呢？他还加了一个装饰性的定语："雾中。"还有一种可能是，小提琴仅仅是作为一种美的意象，而那个拉琴的少女被他用来指代自己，出于美学上的考虑，他把自己虚化成了女性。整首诗风格唯美，而且似乎担心美得不够，他又把背景放到了雾中。这说明，即使后来他和涂红丽没有任何关系，可他的唯美和爱修饰的倾向并没有多大改变。

随着毕业的日趋临近，迟海和涂红丽的二重唱渐渐出现了裂痕。我只能说是二重唱，而不是其他。如果说是爱情，涂红丽绝对不会答应，她会说，她什么时候说她爱他了？我后来问过迟海，原来她从未说过她爱他或类似的话。可迟海又很纳闷地说，她分明让他拥抱过，让他轻轻地触碰过。在广播室里，他们偷偷地待在一起，无论是天冷还是天热，他们都只隔着一层衣服。他们的脸是没穿衣服的，他们的手也是没穿衣服的，它们是完全接触到了的。有几次，他们的嘴唇还轻轻碰了一下。他说他爱她的时候，她从来不反对，而是很温顺地，好像默认了一样把头靠在他胸前，只有调皮的发丝把他的下巴蹭得痒痒的。迟海说，他被涂红丽骗了。说完这句话，他便不再作声。

迟海最后一次去广播室是在一个白亮的午后。那时，整个校园正沉浸在毕业统考前的某种高压力的焦虑寂静中。如果统考不及格，就拿不到毕业证，这对未经世事的我们来说是很大的灾难。许多同学从医务室领来了酱黑的补脑汁，那时我们的大脑太纯洁了，因为纯洁，也就脆弱，一点点补脑汁，就能对付得很好。迟海在那个白亮的午后来去匆匆，若有所思。本来他是不会主动去广播室的，每次都是涂红丽有约在先，他不过是通过敲门，使约会成为现实。不知怎么回事，另外两个女生已经不去了，为了统考，涂红丽除了上课，就独自待在广播室里，她不许迟海随便打扰她。但这一天，迟海忽然想跟涂红丽玩个恶作剧，或者是说想给她一个惊喜，他自以为和她关系不一般，完全有某种主动的权力。我很想问他，当时是否感觉到事情有些不对头？不过憋了好久，我还是打消了这个念头。他蹑手蹑脚朝楼上走去，那会儿的他并不知道，这个动作在他后来的生活中还会重复多次。快到广播室门口时，他的心忽然跳得很高。他有些害怕起来，仿佛再往前走，一定会跌入万劫不复的深渊。后来，是广播室里忽然传出的说话声给了他往前走的勇气。他已经不在乎自己的形象了，他把耳朵贴在门上，听到了涂红丽和一个男人的声音。他马上断定，那是曾教过我们化学的卢志高老师，他就住在广播室斜对面。所以刚开始迟海以为自己听错了，以为卢志高的声音是从他自己房间里发出来的。可是当听到卢志高问涂红丽："那你和迟海是怎么回事？"涂红丽说："我和迟海是普通的同学关系，只不过在学校的联欢会上表演过几次二重唱，志高，难道你不相信我吗？"迟海吓了一跳，她已经对卢志高直呼其名了。卢志高说："前两天，我还从门缝里看见他来找过你呢，难道你们天天开晚会，天天要排练二重唱？"涂红丽说："好啊志高，原来你一直在监视我啊。"卢志高嬉皮笑脸地说："谁叫我喜欢你呢。"涂红丽说："你坏。"然后是拳头柔软地捶在对方肩上的声音。迟海浑身发紧，这样的拳头曾经也娇嗔地落在他的肩上过。他不声不响地回到宿舍，唐白被什么声音惊醒，他揉了揉眼睛，看到我们的大哥迟海在用力拧着小提琴的耳朵，"嘣"，一根弦断了，"嘣"，又一根弦断了。

我们没再听到迟海和涂红丽的二重唱。

毕业后，我和唐白分在各自乡里的小学教书。迟海比我们幸运，大概是山区学校更缺师资，他被调到了中学。至于涂红丽，我此后再也没见过她，只知道她毕业后嫁给了单身多年的化学老师卢志高，并留在附属小学教书。和她同时留在附属小学的，还有隔壁班里的董迎春。不过据说她们的关系并不好，几次撕破脸皮吵架，或吵架撕破了脸皮。

我和唐白再一次去迟海家里，是他和蓝小蓉谈恋爱之后。那时我们师范毕业已有一年。我因为亲戚关系，被乡中学借用，而唐白还待在他那个镇上的中心小学。我叫唐白去找找人，他不肯。他说："中学和小学有什么区别呢，反正都是教书。"唐白是那种容易悲观和产生幻灭感的人。或许是读多了古典诗词，我总觉得他太消极，他似乎生活在古诗里。更让我吃惊的是，他很快订了婚，女方是他的一个代课的同事，叫向美丽。是一个校领导为他做的媒，向美丽是他侄女。我不知道唐白怎么就接受了，难道他也认为，人反正是要结婚的，不管和谁结婚都一样。迟海听说唐白已订婚，拍了一下唐白的肩膀，说："三弟，数你年龄小，想不到你动作最快。"然后他又说："老兄我也恋爱了。"

那天，蓝小蓉便过来和我们一起吃晚饭。她是那种容易脸红的女孩子。当然，我和唐白也脸红了一下。但马上，她又表现得落落大方。说真的，我是在见到我们未来的嫂夫人蓝小蓉之后，才完全懂得了落落大方这个词的。她的苗条、小巧以及举手投足和这个词之间有一种隐秘的联系，传达出一种无穷的美感。她根本不像是一个乡下姑娘，刚开始，我以为她是在城里长大的。吃了晚饭，她又陪我们散了一会儿步，才回单位去。她是乡卫生院的护士，刚好那天晚上要值班。她跟我和唐白握了握手。在当时，一个生活在乡里的女孩子敢主动跟人握手，是很大胆的，我们有些受宠若惊。蓝小蓉走后，唐白说："老兄，还是你有眼光啊。"迟海笑了。我们要他谈恋爱经过，他说他们是在乡里举行的五四晚会上认识的，他唱了一首歌，然后她主动请他跳舞。作为乡里最出色的未婚男女青年，他们不谈恋爱才怪。那天晚上，我们虽然也谈到了师范生活，但再也没提到涂红丽。其实在涂红丽之后，迟海还上过一个叫唐诗琴的低年级女生的当。唐诗琴长得妩媚，刚毕业的时候，迟海曾带着我们一起去过她家里。迟海告诉我们，她曾主动对他表示过好感，只不过那时因为有涂红丽，他不肯旁骛。唐诗琴对我们很热情，尤其是对迟海。从侧面看，他们简直是在眉来眼去暗送秋波。从她家出来，迟海很兴奋。不过他们的故事并没有发展下去。迟海后来写给她的信，她一封都没回。此事就这样不了了之了。不过即使迟海穷追不舍下去，又会怎么样呢？我猜想，如果有一天，迟海碰到了唐诗琴问起此事，她一定会装作很惊讶的样子，说："什么？你给我写信了吗？我怎么一封也没收到？"两个月前，唐诗琴从师范学校毕业，不知通过什么关系，被分到了县财政局。所以他们的故事没有继续下去，或者说什么也没发生，对迟海来说也许不是什么坏事。

迟海说，蓝小蓉的确很大胆，他没想到她那么大胆。他说："你们知不知道，跟胆大的女孩子在一块真的很刺激，很有味道。"有一次，他们晚上在小路上手拉着手散步，他忽然内急，又不好意思说，觉得这么神圣、这么美好的约会不应该和撒尿联系在一起，便使劲憋着。他脸色苍白，迈步小心翼翼。她问："你怎么啦？"接着她便看出来了，说："你是不是要方便了？"他慌乱地点头又慌乱地摇头。她扑哧笑了起来，用手把眼睛一掩，像小孩捉迷藏似的说："我不看你。"等他撒完了，她把手从眼睛上挪开，说："你忘了，我是做护士的。"迟海不禁莫名其妙地吃起醋来，仿佛看到了她给男性患者屁股上打针的场景。过了一会儿，她忽然对他说，你站在那里帮我看着，我也要撒尿。说着她就在路边蹲了下来。迟海说，二位贤弟，你们不知道，亲耳听见撒尿这个词从一个漂亮女孩子的嘴里说出来，是多么美妙。他还说："别看蓝小蓉个子小，但她善于踮起脚跟他接吻，跟生活接吻。"当然，这后一句话是他们在调情时说的。他们接吻时，她总是仰着脸，说他们在跟生活接吻。这句充满了诗意的话让迟海兴奋不已。她踮起脚，跟跳芭蕾舞似的。她说她小时候最想成为一名芭蕾舞演员。读中学的时候，她才知道一个乡下女孩子是不可能成为芭蕾舞演员的，虽然她并没有真正地干过农活，一直生活在医院，她父亲和哥哥都是乡卫生院的医生。后来她没考上中专，父亲就搞了一个内部指标，让她去卫校进修两年，出来后定向当了护士。父亲说读书就好像长跑，到了高中，一般来说女生是赶不上男生的，所以就没有送她再读。她也因不用再背那些越来越长的英文单词，解那些越来越复杂的代数几何题而长长松了口气。她最怕的就是家里人要她读书。"哦，爸爸真伟大！"她在她爸的脸上响亮地亲了一下，然后"咯咯"笑着跑出了门。给人扎屁股多简单啊，小时候，她看都看熟了，还经常从垃圾堆里捡出被丢弃的针头和针管，往里面注水，在妈妈买的鱼、肉上乱扎一气。妈妈不明白，刚才还活蹦乱跳的鱼怎么忽然翻了肚子。蓝小蓉一次跟迟海说，没有她不敢做的事情。那时他们还没有接过吻，于是迟海有些狡黠抑或不怀好意地说："你敢跟我斗嘴吗？"他们那里把男女亲吻叫作斗嘴，倒也形象生动。蓝小蓉说："怎么不敢？"说着就照着他的脸来了一下。迟海说："不算，这不算。"蓝小蓉说："好啊，你得寸进尺了。"迟海说了一句既幽默又不乏诗意的话："在爱情上就是要得寸进尺。"于是他们吻到了一起。令迟海意想不到的是，他在吻她的时候，一条鱼热乎乎地游进了他嘴里，他几乎叫了起来。

迟海的美好爱情让我和唐白伤感。我当时虽然也有了恋爱的目标，但她从不许我和她亲近，如果我想吻她，她一定会像碰到一条鳄鱼似的大叫起来。再说我是个不善于表达感情的人，而我写给她的长信她看也不看。夜更深了，肩膀上有些寒气。唐白也说起了他和向美丽的事情。他说他倒不是因为她不肯让他接近，而是他已经完全接近她了。订婚第一天，她就待在他家里没走，她睡他房间，他跟弟弟睡。他睡不着，半夜起来去推她的门，没想到一下就推开了。按道理说，女方刚开始在男方家里过夜，是要插上插销的。但她没有。他就这样跟她在一起了，她似乎很渴望这样。本来，她就大他两岁。在他们有了实质性的关系后，他才发现他们在很多方面是不适合的，比如他好静，她好动；他不喜社交，她热衷于关系网。她有个表哥在县里做文化局长，她缠着要他去找她表哥改行，他不去，她就跟他吵。唐白叹了口气说："他真不想和向美丽继续下去，可他们已经那样了，怎么办呢？"我说如果想分手，现在还来得及，等结婚生了孩子，就更麻烦了。迟海也这样说。可唐白一直下不了这个决心，不知是因为心软，还是其他什么原因。现在想来，我觉得可能还是跟他的脆弱、被动和过于消极有关，这或许是我们师范生的通病，由于没经历高中阶段的历练，大多性格比较脆弱。一个人，如果消极到连眼看就要到来的悲剧都懒得去避开，那又有什么办法呢？

　　第二天，迟海又带我们去了一趟饶小田家。饶小田和林思品现在是同事，在一个偏僻的地方。我和唐白问林思品现在怎么样了，饶小田看了一眼不远处迟海的背影，说："她呀，待在学校很少回家，眼镜越戴度数越深，真成书呆子了。"

　　从饶小田家回来，我们去了乡卫生院。这时已是黄昏。蓝小蓉又要值班，不能和我们一起吃晚饭。我们去的时候，她刚从食堂打饭回来，看到我们，她松了口气，说一直在等我们。她倒水泡茶，迟海把她早已洗好的苹果和橘子摆到了茶几上。房间在一楼，陈设也比较简陋，但收拾得有光亮，哪怕是毛巾，也都折叠得整整齐齐的，整个房间还散发着淡雅的香气。蓝小蓉的同事从门口经过，看到我们，就进来跟迟海和我们打招呼。迟海和唐白坐在床上，我坐在房间里仅有的一把椅子上。床沿垫了块长方形的、用开司米钩织的床巾，墙角桌上的玻璃瓶里插了一束塑料花，颜色还是那么鲜艳。我们说话时，蓝小蓉并不插话，即使是同事拿她和迟海来说事，她也只是笑笑，顶多白上一眼。她拿了只小木凳坐在门边安静地吃饭，不锈钢勺和瓷碗碰撞，发出轻微的、好听的声响。这种情景，和昨天以及迟海的叙述是多么的不同，我不禁心里一动。这是多么贤惠的嫂夫人模样啊，后来我以半调侃的口吻写了一篇题为《大嫂印象》的散文，发表在了市报副刊上。

　　那年下半年，不，准确说来是第二年元旦，唐白结婚了。我和迟海还有其他两个同学一起去喝喜酒，大家约好到我这里集中，迟海把蓝小蓉也带来了。此前，我从隔壁小学借来了房间钥匙，便于晚上住宿。在那么多师范同学中，唐白是年龄最小，但结婚最早的，我和迟海都有些不忍心看他结婚。一路上，我们还谈到了这样的话题。但不管怎么说，结婚毕竟是人生的大喜事，我们喝了很多酒，跟唐白和向美丽说了许多祝福的话。在迟海的策划下，我们还别出心裁地闹了洞房，甚至闹得他们村里人都有点不高兴，认为我们喧宾夺主了。按俗规，闹新房是他们的重头戏，但我们全然不顾这些，还以为刚好可以借这个机会改变一下乡下落后的婚俗。迟海和蓝小蓉在跳舞，他们跳了一曲又一曲。我们不禁感叹，他们配合得真好。后来，村里人也被欢乐的气氛所感染，不生我们的气了，伸着脖子看稀奇的人越来越多。那时，跳舞在乡下是新鲜事。我想，那个晚上一定给许多人留下了美好的回忆，包括我们自己。

　　回到我所在的学校，已经很晚了。学校是一个分校，在马路边上，旁边是村委会和小学。我们先上了一趟厕所。我和另两个男同学进了这边，迟海本来也是要进这边的，但被蓝小蓉扯了一下衣角，于是就跟着她去了那边。我们憋住笑，等到了房间里才笑出声来。我们一共有三间房，我这儿一间，小学有两间，本来让蓝小蓉一个人住一间，迟海和一个同学住她隔壁，还有一个同学跟我住。但现在迟海说蓝小蓉一个人害怕，蓝小蓉也抓着他的手不放。结果让他俩住小学，那里的房间是用木板隔成的，我们自然不好跟着去，只好三个人在我宿舍里海阔天空又胡思乱想地挤了一个晚上。那两个同学笑我，今晚你们兄弟仨有两个在结婚。

　　假期过后，我去小学串门，见他们那里正闹得欢。那个借钥匙给我的老师见了我，连忙说道："你来得正好，你可以作证，前几天是你同学带了女朋友睡在我房里是吧，"他指了指床上，"他们硬赖是我。"

各自结婚后，我们的来往不知不觉少起来了。成了家，生活就琐碎了，即使见了面，也不过是喝喝酒，打打牌，过后觉得很没意思，感觉跟酒肉朋友没什么区别。如果固定一个互相走动的时间，比如过年啊什么的，又仿佛成了亲戚。我们讨厌某种程式化的东西。或许我们当初在师范里偷偷喝酒、模仿古人结义就是对某种程式的反抗。只是不知不觉间，我们又落入了新的程式中。三人中，我结婚最晚，又还在爱着写作，所以有时还给他们写写信。那时我们还没有电话。但后来信也懒得写了，心想还是顺其自然吧，如果一定要用力维系着什么，反而没必要了。

我和唐白那个小镇离得近，有一段时间，我们隔不了多久就会见上一面。但后来，他看不惯中心小学领导大吃大喝的作风，不愿在那里待，主动调到了村小学。由于唐白上进心不强，向美丽那个堂叔对他也一直是不冷不热的。这时，唐白和向美丽的矛盾越来越激化了，经常吵架摔东西。有一次，唐白实在忍无可忍，揍了她一顿。唐白没想到有一天他会成为一个对自己的妻子使用暴力的人，之后他很自责，但马上又后悔了，觉得他的自责是自作多情。向美丽是个爱面子的人，总是在吵架后还故意装出一副笑容满面的样子出门，不像有的女人一和丈夫吵架便到娘家去告状，把事情越闹越大。按道理，凭着堂叔的关系，她完全可以想办法弄个民办教师的编，然后参加考试，转正。这事她堂叔帮别人弄成了，却一直没有帮她，不知什么原因。代课教师的工资实在太低了，一个月不到两百块钱。说实话，她还是很在乎她和唐白的婚姻的。她抱怨唐白不上进，不找关系，放着她表哥那么好的关系不用，还有某某同学做了官，某某同学进了城，某某同学做生意赚了很多钱。唐白最烦她这一点，不用想，说起这些他们又要吵。渐渐地，她也不怕别人知道他们吵架了。向美丽后来有点破罐子破摔，人也邋遢起来。

既然说到了唐白和向美丽，就不如接着说一点他们的事情。向美丽虽然比较庸俗，但也没什么阴险手段和险恶用心。其实现在想来，她的庸俗和虚荣，在恰当的时候和恰当的地方，也不失为一种优点，比如生意场啊，推销啊，公关啊，等等。可是，她一直没有这样的机会。唐白去村小后，向美丽一气之下干脆辞了代课的工作，跑到镇上的一个厂里去做了临时工。唐白也懒得管她，眼不见为净，免得吵架。可那家工厂的工作是季节性的，没多久，她又回到了家里，他们还得吵。有一天，她不辞而别去了深圳，从此杳无音信。唐白一个人带孩子，又当爹又当妈，受不了这样的生活，便到法院起诉离婚。

向美丽从深圳赶回来，求唐白不要离婚，唐白坚决要离。离婚判决后，向美丽搬回娘家去住，她没要孩子，唐白也不要她付抚养费。不久，我们就听说向美丽疯了。她每看到一个男的，就叫唐白的名字，看到别人的孩子，就以为是自己的孩子。后来她整天在马路上游荡，像在找什么东西。

唐白重新成了单身汉，只是多了一个孩子。有一段时间，他除了上课就是打牌，经常从星期五晚上一直打到星期一早上，累了就睡，醒了又打，也不管在谁家里。有时候别人会叫他一起吃饭，有时候不叫。他头发蓬乱，胡子拉碴，眼里布满血丝，只有拨开他额前的头发细看，才会发现他眼神依然那么纯净，脸上仍有一股稚气。

上面这些，是我离开县里后，陆续听人说起的。后来我好不容易打听到唐白的手机号码，但打过去是一个女人接的，我说我找唐白，她说唐白不在。过了一会儿再打过去，手机就关机了。有一次，我坐在从县城开往省城的中巴车上，看到司机旁边的那个人十分像唐白。真的，无论是背影还是侧面都像，我几乎叫了起来。但经历告诉我不要急，因为自己的视力不好，以前认错人的事情常有发生。于是，后来我花了不少时间，来研究他到底是不是唐白。我小心地向他靠近，不露痕迹地仔细打量他，或故意找人说话，提到师范或他曾经待过的那个小镇。我甚至忽然吐出一个词——迟海，然后看他的反应。我希望他回过头来看一眼，那样，我就能认出他来。一番下来，我十分悲伤，当年的同学和结义兄弟，现在都不敢肯定是否是对方了。好像是关云长在千里走单骑后碰上了张翼德，他们还要打几个回合再相认。种种方法都试过了，我渐渐排除了他是唐白的可能。他曾跟我们说过，他有个表哥，长得跟他很像，难道这个人是他表哥？我望着车前头的那个背影，一时既温暖又悲凉，心里满是对这个人的好感。

那几年，我被生活的窘迫逼得逃了出来，在省城的一家青年杂志社做了编辑。我给迟海寄过几次杂志，没得到回音，他后来的经历我也是听说的。九十年代初他在省城教育学院脱产进修了两年，毕业后又回到了原来的中学，就是那段时间，他出了点事。他听说蓝小蓉和一个医生好上了，对方是个骨科医生。起初他并没怎么在意，但后来传说的人越来越多，以致他似乎总能感觉到背后有人指指点点。他问蓝小蓉，她不作声。他想，不作声就是默认，于是单枪匹马、血气方刚地去找那个医生理论，结果双方发生了冲突，他被打断两根肋骨。伤好后，他办了停薪留职去了沿海地区，在那里一待就是两年。本来，在我们三人中，他经济条件算是好的，双职工、独生子。结婚第二年，他就在马路边竖起了一幢二层的楼房。如果不是发生了那件事，他是不用出去打工的。唉，可能有些事情是谁也想不到的，包括蓝小蓉自己。在他们那个生活圈子里，无论是相貌还是才情，谁能比得过迟海呢？但感情这个东西实在是太复杂了。这样的事情发生在蓝小蓉身上，让我有些难受。毕竟在我们眼里，她是那么完美。或许是因为人性的弱点，也可能是他们夫妻在生活上有什么难言之隐。如果是这样，那也是情有可原的了。

某年的一天，我回老家碰到了我表哥柳华荣，他在迟海那个乡里工作，我还在迟海的新房子里碰到过他。柳华荣看了我半天，忽然想起什么似的说："你知不知道，迟海跟他老婆离婚了。"我吃了一惊，说："怎么会？"他说："真的。"我说："什么时候的事？他们为什么要离婚？"他说："好像是过年前吧，具体情况我也不太清楚，好像是迟海老婆在外面有人。"我不禁有些伤感。时间过得多快啊，一晃我们已经三十多岁了——这是客气的说法。实际上，我们都已经是奔四十的人了。天啊，四十岁，这在以前是难以想象的，那是中年人的世界，可我还一直以为自己停留在二十来岁的时候。这期间发生了多少事情啊，经常有意想不到的消息传来，比如有的同学出了车祸，有的同学被革职查办，有的同学拿刀杀了人，有的同学积劳成疾。以前读书时看到的成人世界的景象，现在有许多在我们身上发生和应验了。还有两个同学，一个考上了名牌大学的研究生，毕业后分到高校不久就卧轨自杀了，一个依然在乡下教书，可有一天，他忽然用绳子把自己吊在了房梁上。等等这些，现在我已经见怪不惊了，可我没想到迟海和蓝小蓉会离婚。回来，我把这个消息告诉了妻子，她也很伤感，她说："你们兄弟三人，有两个已经离婚了，你不会也和我离婚吧？"我走过去抱住她，像抱着我的某段时光和梦想。

其实在那之前，我还跟迟海打过一次电话，但他并没有告诉我这件事。我甚至没听出他情绪上有什么不对劲。我似乎已很久没联系他了，电话簿上还是他几年前的号码，不知道能否打通，或打通后是不是陌生的、不耐烦的声音。因为换了一家工作单位，我想告诉他新的联系方式，便拨通了那个电话。电话那头还是他，我很高兴，说了一大堆话。或许是我过于兴奋，忽略了他话语中的忧郁？他说他还在原来的学校，他已经在那里待了将近二十年。他停顿了一下，然后肯定地说："不，已经有整整二十年了。"我们都很感慨。我问他是否有唐白的消息，他说他也联系不上他。

听表哥说了那件事后，我一直想跟迟海联系，但想了想，还是没有这么做，我不知该和他从何说起。我怎么好说："迟海，听说你离婚了？"或者"你离婚了也不告诉我们一声？"也许，还有一个原因是，我们之间已经很久没有用大哥二哥三弟称呼彼此了。不知不觉中，我们把那种称呼丢掉了。那一次，在县城碰到几个同学，他们说聚一聚，我说把唐白也叫过来吧，好久没见他了。一个同学说："不知道他在牌桌上醒没醒。"他们想了很多办法，动用了许多通讯工具，总算联系到了他。他从乡下赶来，见到我们后他愣了愣，跟我握了握手，然后叫了一声我的名字。我也愣了愣，但还是愉快地在他腰上擂了一拳。他个子比我高，我只能擂到他腰上。真的，这样很好，如果这时他叫我二哥，我反而觉得怪怪的。所以后来我再跟迟海打电话时，也很自然地直接叫他的名字。我说是迟海吗，我是××，他也愣了一愣，然后很愉快地接受了。至此，我们都摆脱了某种外壳，或者说超越了某种障碍，轻松了下来。

那天，我正在午睡，手机忽然响了起来。我问是谁，对方好像有些失望，说你连我的声音都听不出来呀，我一惊，马上反应过来他是迟海。我说你在哪，他说带老婆在省妇幼保健院看病。我说那你们过来吃晚饭，他说好，他也很想见我。挂了电话，我和妻子说了，妻子惊喜地说，这么说来，他们没有离婚？我说有可能——也许，他又结婚了？当然，不管我们怎么猜想，也是不知道确切结果的，等他们来了便什么都清楚了。为此，我请了一下午假，陪妻子在超市里买了许多菜。我又跟她讲了一遍当年二重唱的往事。迟海不怎么喝酒，我就多买了几种饮料。然后就待在家里，一边心不在焉地翻书，一边等他们到来。刚才在超市我给迟海打了个电话，他说他们已从医院出来了，现在新华书店。我叫他们早点过来，到了百货大楼我去接他们。可到了五点多，他还没来电话，我又打过去，他说快了，我有点烦躁不安起来。快到六点了，他来了电话，说不来了，老婆头疼，晕车。我说打的呀，他说老婆身体不舒服，想回旅社休息。我说我这边也可以休息，晚上你们就住我家里，把旅社退了。他说还是算了，他明天一早要赶回县试讲，县城一所中学公开招聘，他报了名，还是下次吧，再过半个月他还要来省城参加教育厅的一个会议，到时候再来我这里。

放下电话，我跟妻子说："迟海的确是离婚了。不用说，他现在的老婆大概是觉得尴尬，思来想去，还是不来为好。蓝小蓉跟我们是很熟的，如果是她，是不可能不和迟海到我们这儿来的。"

整整一个晚上，我怅然若失，坐在那里发呆。我不知道失去了什么东西，但的确又似乎失去什么东西了。

回去后，迟海给我电话，为那天的事情道歉，还说想跟我说一件事。我说你不用说，我已经知道了。他惊讶地问："你怎么知道的？"我说："你忘了，柳华荣是我表哥啊。"他"哦"了一声。不过我又说："具体情况我表哥也不知道，老兄，你真的离婚了吗？"他说真离了，那天跟他来省城的，是他现在的老婆。我告诉他不管怎样，下次一定要来我这里吃顿饭聊聊天。他说好。

半个月后，他们真的来了。他在教育厅会议组报了名，又去了妇幼保健院。我叫他们坐某路公交，可以直接到我楼下，结果他们打了个车，而且还停在离我家很远的地方。我也打了个车才把他们接过来。我觉得他现在的夫人有些矜持，似乎不是那么随和。他给我作介绍，说："这是小成。"她戴着一副近视眼镜。我说跟我同姓，五百年前是一家啊。我想尽量打消她的陌生和隔膜。他又说："不是你那个陈，是成功的成。"

我问迟海上次试讲的情况怎么样，他说已经通过了，下学期就要在县城上班了。

那天晚上，我和迟海互相问了各自家里的情况。他问起我祖母，我说祖母早在我结婚那年就已去世了。我问他父母和弟妹好不好，他说都好。他又说："你知不知道，我大弟迟海洋现在也在省城工作了。"我说那好啊，又问他弟弟在哪里上班。他说海洋师专毕业后考上了研究生，现在分配在师范大学教书。我说那太好了，记得他那时候很顽皮的。他说的确。我又问起他女儿，他说女儿读书成绩不好，今年高中毕业，只考了一个专科，本想让她再读一年，但后来想了想，还是让她先读个专科再说。我说："她初中不是成绩很好吗？"他说："是啊，当时是以全校第一名的成绩考入县中学的，数学几乎满分，这次高考，你猜她考了多少分？37分。"我说怎么会退步这么多，他说他离县城那么远，管不到她。我估计是他和蓝小蓉离婚，对女儿产生了不良影响，但不便说出口。我和他几乎是在抢着向对方提问，几年来的情况谈了许多，不过半个字也没提到蓝小蓉，因为小成在，我当然要回避这个话题，我想做到好像小成原本就是迟海老婆似的，或者说看上去，我根本不知道他原来的婚姻。出于礼貌，我又问起他们在医院里检查的情况，小成说还好。我看小成并不像有病的人，虽有些疲倦和娇弱，晚饭时还到卫生间呕吐了一次。我和妻子忽有所感，趁小成洗手的时候，我问迟海，你们是不是还打算生孩子？迟海点点头，说他们正是为这件事来，小成输卵管粘连，要来做手术。我问他定好时间了吗？他说上次已经来检查了一次，医生说明天还要做个检查，才可以做手术。我让他们今晚就住我这里，他说他们已经办好了住院手续，再说明天开会也要起早。几年没有见面，他更瘦了，我说："老兄，现在生孩子，不容易啊。"迟海说："有什么办法呢，既然小成想生孩子，那还是生吧，没有孩子，总觉得还没绑到一起。"

我把他们送到公交站台，对迟海说："妇幼保健院离我单位不远，你明天有空到我那儿去坐坐，你不是要买书吗，我那里有很多书和杂志。"迟海说："明天看情况。"不过他让我帮他弄一张住宿的发票。回来后，见妻子坐在那里发呆。她面色有些惆然，问我："你说，蓝小蓉现在哪里呢？她一个人怎么生活呢？"我说："明天我问问迟海，想不到快四十岁的人了，一切还要像二十年前一样重新开始。就好像做几何题，我们作了一条辅助线，然后沿着它向前奔跑，但跑了很久，才发现辅助线作错了。"

第二天中午，我在单位没回家。打迟海电话，他说他还在会场那边，他先到医院去看一下就过来。半小时后，我们又见面了。我们在办公室边抽烟边聊。我说你好像比以前烟瘾大了，他说他现在每天一包。说着他咳嗽起来。我们先不着边际或轻描淡写地谈了些题外话，他似乎知道我要问什么，便若隐若现地等着。因此在那些话题没开始之前，出现了短暂的沉默。我鼓起勇气，本来，我想直接问他为什么离的婚，但想了想，我换了个话题。我问他："小蓝现在哪里呢？她重新找人了吗？"他说："她在上海，她哥哥在上海一家医院打工，后来调过去了，她就到她哥哥那里去了。"我又问："究竟是怎么回事呢，是她要离还是你要离？"他说："她不想离，可我到法院去起诉了，她不得不离。"他又说："任何一个男人，都不能忍受这一点。"我说："你们应该静下心来好好谈一次，毕竟，你们的感情不容易，而且曾经那么美好。"他说他很郑重地跟她谈了，只要她不再那样，他既往不咎。可虽然她嘴上说没有，结果有一天晚上被他堵了个正着。

他说他从沿海城市回来后，蓝小蓉为了打消他的顾虑，辞了医院里的工作，回家自己开了诊所。本来日子过得挺平静的，但没多久蓝小蓉又不安分起来，刚好邻近的一个乡卫生院招人，她就跑到那里去了。不久就跟以前一样，有流言传到他耳朵里，说她在那边作风不正。他把自己听到的如实告诉了她，可她怎么也不承认。他说不管怎样，过去的事情都让它过去，但要她辞去那边的工作，回来重新开诊所。蓝小蓉不愿意。于是有一天晚上，他借了一辆摩托车，在楼上她的房间里，把两个人堵在了里面。

听到这里，我不禁想起了若干年前师范学校里的那个中午。我不知道迟海自己是否也想起了这一点，也不知道这两件事之间是不是有什么冥冥中的联系。

迟海说，蓝小蓉怎么也不同意离婚。她说她爱他。他说既然这种事再次发生，现在无论如何也不能挽回了。他准备好了诉状，如果她不同意离婚也不要紧，反正法院会判决的。蓝小蓉采取了逃避的办法，一走了之，到广州打工去了。可一年后，她还是不得不回来接受被判决离婚的事实。迟海把房子给了蓝小蓉，女儿可以自己选择抚养人。女儿不希望他们离婚，对迟海有意见，她曾对他说："爸爸，我恨你。"女儿选择跟蓝小蓉，但迟海妈妈不忍心舍弃孙女，蓝小蓉去上海后，女儿从学校回来还是跟着迟海父母过。

我说："蓝小蓉既然那么爱你，她为什么要一再背叛你？"

迟海停顿了一下，说："她是为了报复我。她说，她要报复。"

迟海告诉我，早在教育学院进修的时候，他就跟一个外地的女同学好上了。教育学院是成人高校，大多学生已经结婚，懂得结了婚的滋味，在公园或其他地方被治安民警逮住叫学校去领人的不在少数。本来不过是逢场作戏，填补一下情感和生理空白，谁知迟海偏偏是个多情种，毕业后还和对方书来信往，有一次被蓝小蓉无意中发现了。蓝小蓉怎么也接受不了这一事实。她咬他，撕扯他的衣服，撕扯自己的头发，希望他说的是假的，可迟海理解错了，在肌肉的剧痛之下忙说是真的全是真的，他以为他承认了，身体的剧痛就会得到缓解，可这却在蓝小蓉心里引起了更为长久的剧痛。她心理失去了平衡，跟一个经常挑逗她的医生上了床。后来迟海挨了打，她感到内疼，扇了那个医生两巴掌，此后再也没理他。在沿海城市的那两年里，迟海在几个女人之间游荡，有一个甚至哭哭啼啼地要嫁给他。他比原来有经验了，不过是为了好玩，当然不会答应。他换了一个地方打工来逃避她，可还是被她找到了，他一气之下，买了回来的车票。之前他已把家里的座机号码告诉了她，她便故意打电话来找他。蓝小蓉重新愤怒起来。有一天，她指着他鼻子说："迟海，你这是狗改不了吃屎，我要报复你！我要让许多人知道，你的老婆偷了人！"

我忽然问他："这个小成，你是在离婚前认识的，还是在离婚后？"

"离婚前。"

我说："如果没有小成，你会不会那么坚决地离婚？"

他说，有一次他跟小成为什么事争吵起来，他对她说，如果不是她，他不会离婚。所以从某种程度上说，他是为了她而离婚的。

我又说："那你现在和小成的关系怎么样呢？"

他说："都是离过婚的人，能好到哪里去？"蓝小蓉去广州后，出于无聊，他经常在网吧里打发时光，在网上认识了小成。她也刚刚离婚，前夫是个乡干部，在外面养了女人，她知道了，就离了。离婚后她得了一套房子，女儿归男方。因为她，他才考虑要进城，刚好县城一所私立中学在乡下招聘教师，教育局很支持，被聘五年内原学校还可以给他保留编制。他现在就住在她离婚得来的房子里，节假日她女儿会过来，而他女儿还在乡下，不过即便叫她来她也不肯来，来了也不一定相处得好。小成脾气不太好，容易发躁。他们都有再生个孩子的想法，那样或许关系更稳固一些。

我说："你倒会赶时髦，居然还谈起了网恋。"我不禁又想起了他和涂红丽的男女声二重唱，想起了那把小提琴，想起了他写的那首《雾中拉小提琴的少女》。

他说："网吧现在哪里没有。"

我说："你让女儿去读专科，是小成的主意吧？"

他说："有什么办法呢，离婚后，我几乎一无所有，这两次来省城，又花了不少钱，如果让女儿重读高中，我真的负担不起了。"

我说："老兄啊，城里开销大，学校工资又不高，不容易啊。"

他说："我已跟学校谈好了，可以多教课。"

我说："可惜你把音乐丢了，不然教小孩子弹琴多赚钱。对了，那把小提琴还在吗？"

"什么小提琴？"

"就是师范里的那把啊。"

"啊，早就没有了。"

我问他，能不能把这个爱好重新捡起来，现在小孩学音乐很流行，经常见家长带小孩到我单位来考级，他们希望自己的孩子将来当音乐家。有一次我还在楼道里碰到过涂红丽，她在市里开了一个培训班。

他说还是算了吧，他的手指都已经僵硬了。

我翻箱倒柜，找出许多书和杂志，准备让他带去，谁知他看了看，并不很感兴趣。不过末了他还是挑了几本，说要带给小成看，不然她还不相信他到我这儿来了呢。

告别时，我们用力握了握手。他的手掌很薄，像蝙蝠的翅膀。我有点惊讶。印象中似乎我从未跟他这样握过手。我说："小成做了手术，你告诉我一声，我老婆可以帮着照顾一下。"他说好的。

第二天，他打来电话，说医生说小成不能做手术，他也已经开完会，他们准备回去了。末了他说："兄弟，到县里来一定告诉我。"

我说当然。

那年春节，我回老家过年。上班前一天，朋友在县城请我晚宴。朋友说："你想见谁，尽管叫来。"我就打了迟海的电话，他在县城过年。迟海来了，一个劲地称呼我朋友局长，让我很不自在。酒后，大家去包房唱歌，一大帮人，大家比较放得开。我一直想迟海去唱一首，说："老兄，我已经好多年没听过你唱歌了。"他说："我也已经很久没唱了。"他很快就跃跃欲试地拿起了话筒，他开始唱了。可我怎么也不相信，那拘束、不安、沙哑、低微，甚至有些跑调的歌声是来自于迟海漂亮的声带。一时间，我热泪盈眶，为了使他的歌声听上去自由、慷慨一些，我抓起了另一支话筒，和他站在了一起。

薤露行

按道理说，蒋谷黄从师大毕业后，是可以分到县城的。那时，师大毕业生还少，分到县城中学教书的绝大多数是地区师专毕业生，乡下中学更不用说。但那一年，许多名牌大学的毕业生都分到了乡下，有的在农机站；有的在养鸡场，虽然他们并非毕业于农校，对养鸡一窍不通；有的在乡村小学，虽然他们通常会一节课讲完一本书，而学生什么也没听懂。还有的干脆得不到分配，天天焦急地去人事部门打听，挨了不少白眼，回到家里又要遭父母抱怨。在这种情况下，蒋谷黄能顺利分到乡下中学，已经很不错了。他的一个师大同学因毕业评定有瑕疵而被分到了相当偏僻的地方，后来因强奸女学生被判了刑，蒋谷黄再也没见过他。听说本来那女生的家长主动提出私了，条件是只要他娶了那女生，但他情愿去坐牢。

蒋谷黄所在的乡下中学曾是他的母校，交通方便，距县城只有十多里，而他的村子就在学校边上。上学时家里一有什么好吃的，娘就站在屋背后喊他。他在这里读初中，考进县城读高中，然后考上了师大。那时候，他最希望的就是学校离家里远一点，那么他就可以寄宿，在学校食堂里吃饭，和大家打地铺睡楼板。他向往集体生活，可因为离家近，他只能做走读生。从小学到初中他都在走读，家里和学校就好像骨头和肉那样连在一起。有时他也会偷偷跟同学在宿舍住一晚，不过总是提心吊胆的，因为老师会查房。考上县中后，蒋谷黄本想着这下终于可以过上集体生活了，可进去了才知道，县中没有学生宿舍，乡下学生都是自己租房子，在房东家吃饭，跟读初中时没什么两样。他真正过上寄宿生活，是在大学里。这让他无比喜爱那四年的大学生活，好像一件崭新的的确良衣服，光滑沁凉，每次穿上时，都忍不住要用手摸一摸。毕业晚会上，开始他没什么反应，好像是平时的周末舞会。他不会跳舞，不过他喜欢看别人跳。看着看着他会笑起来，是那种淡淡的、有些恶作剧般的嘲笑。虽然他羡慕那些公然把手按在女同学腰上的家伙，可若叫他跳，他会马上拒绝。那天晚会快结束的时候，他忽然感到胸口发紧，他后悔没学会跳舞。忽然，有一个男同学哭了起来，那是一个最爱在课堂上瞌睡的家伙，好几次鼾声引得大家注目。没想到是这个家伙先哭，抽泣声很快传染开来，教室里哭声一片。所以在毕业后很长一段时间里，他一直若有所失。

蒋谷黄没想到，他的人生就这样绕了一个大弯，又回到最早读书的地方来了。他点上一支烟，从校门出来，不知不觉一抬头，人已到了家门口，手里的烟还只是开了个头。娘问他放学了吗？那样的话她准备煮饭，他忽然醒悟过来，忙说学校还有事。原来已到了吃饭时间啊。他站了一会儿，又沿原路回来。回到学校时，他刚好把那支烟抽完，扔下烟头的地方，正是刚才点火的地方。真的，如果要他说出读书时代和教书时代的区别，也许只有这支烟。只有它在提醒着自己，他已经不是学生而是一个老师了。仿佛是为了强调这种区别，他一支接一支地抽起烟来，并很快上了瘾。

他渐渐习惯了乡村中学的教书生活。刚开始还有点类似于怀才不遇的不平之气，但不知不觉，它们就像游弋在水面的鱼脊那样销声匿迹了。倒是有个地区师专中文系的毕业生，一到夜深人静之时，不是把录音机开得山响，就是鼓盆而歌作癫狂状。蒋谷黄是学政教的，不知是本性如此还是和专业有关，反正他没有过什么浪漫的举动。学校有六七十个老师，十几个班。老教师大多是八十年代从民办教师转正而来，子女好几个都在学校读书，家里还有责任田。青年教师有地区师专毕业的，也有中等师范毕业的，有的在准备考研，有的在准备调动。不过大部分人没别的想法，只是循规蹈矩教书，只有在牵涉到利益的时候，才会使些小手段，或脸红脖子粗那么一下。学校是不完全中学，只有初中没有高中。在蒋谷黄分来之前，毕业班的政治教学一直是弱项，现在，学校把四个初中毕业班的政治课全给了他。任务虽然重，但他用不着跟别人去争那点可怜的教学奖。说起他对政教专业的兴趣，还得追溯到他读初中的时候，据说教他们政治课的李白冰老师原来在司法系统工作，不知什么原因，到这所乡下中学教书来了，教他们《法律常识》。他手上有许多生动的例子，足够保证学生上课不睡觉。等蒋谷黄这一届学生毕业，李老师就调走了，好像是专门来撒一粒种子给蒋谷黄这样的学生。后来填报高考志愿时，蒋谷黄只填了法律和政教两个专业。其实蒋谷黄最感兴趣的是法律，不过为了稳妥起见，他又补填了政教。在是否服从分配一栏，他填了"是"。他想："难道还能填'否'吗？"就好像别人问你说好不好，你当然只能回答："好。"那时的他不知道，在这里填"是"与"否"，对人生的影响是很大的。后来他明白了，他没有读到自己最感兴趣的专业，主要原因就在这"是"与"否"上。虽然他的考分高出录取分数线不少，但因为那年报考法律专业的人比较多，他的志愿就这样被"服从"掉了。

除了上课，乡村学校的生活其实很清闲，甚至可以说得上单调。下了课，老教师可以回家做一趟农事，年轻教师一般是猫到什么地方去打牌。为了省钱，附近的老师都是回家去吃饭的。但蒋谷黄一般不回家吃饭，除非有特殊情况，比如他去晚了，食堂里已经没有饭菜了。或家里来了客，娘捎来口信。当然，更多的时候是娘站在屋背后喊他："谷黄——谷黄——"有时候他故意装作没听到，如果他在上课或和同事们聊天，就恨不得把耳朵捂起来。娘没听到答应，喊声便一声比一声大。他在这喊声里简直感觉自己一丝不挂、体无完肤。回到家来，他对娘说："我又不是聋子，你叫一声就行了。"可下次娘又忘了。仿佛为了表示对娘的不满，他总是磨磨蹭蹭的，故意回去得晚。有一段时间，他老觉得娘在喊他，等他把门拉开，喊声又没了。起初，他在食堂打饭的时候，有的老师会问他：

"你还在食堂吃吗？怎么不回家去吃呢？"他简直不知怎么回答才好，好像是干了件见不得人的事似的。一次，他在路上碰到一个他不认识的人，那个人神秘地朝他招了招手，他不由自主地跟了过去。那个人说，学校已经搬到别的地方去了。原来是一场梦。在另一个梦里，一场大水把他们村子冲得远远的，他再也听不到娘的呼喊了，但那个人还在那里。他仔细打量了那个人一眼，忽然记起那是他已死去多年的爹。爹死时，他只有五岁。他对躺在门板上的爹喊道："不许睡懒觉，你起来！"见他走到面前，爹忽然变了脸色，说："好啊，你这个忘恩负义的家伙，看我不拿棍子揍你！"爹像凶恶的陌生人那样拿棍子揍他，一直把他大汗淋漓地揍到梦外面为止。

有人开始给蒋谷黄介绍对象。乡下教师的地位似乎在提高，前几年，师专毕业生一般只能找到县办工厂的合同工或代课教师做老婆，这两年，有手段的可以找到师范或卫校毕业生了。由此类推，蒋谷黄这样的，找个大专或中专毕业生应该不成问题。大家先把目光盯紧了中学旁边的小学和医院，但分配到乡下单位来的女孩子总是那么少，即使分来了，她们首先考虑的也是走，恋爱的竞争过程就是看谁有本事把她们先调走。一天，负责收发的刘副校长的老婆忽然发现邮政所里新来了一个女孩子。邮政所是好单位，能找个穿绿衣服的做老婆当然不错。大家怂恿蒋谷黄去看看，他还真装作寄信的样子去看了几次。可他回来却说，那女孩长得倒是不错，但脑子好像有问题，他买了三次邮票，她两次都找错了钱，一看就是个顶职的。大家问他是多找了还是少找了，他说多找了。大家笑道："人家肯定是对你有意思。"他说："我可不想和了把小牌做庄，等会儿却要付人家一个清一色七对。"大家又笑了一阵。邮政所所长老张，一家老小包括女婿，吃的都是邮政饭。儿子和女儿初中还没有毕业，就提前去邮政部门上了班。做老师的别的没有，一点点傲气还是有的，如果找一个明摆着智力有问题的人做老婆，蒋谷黄还是不愿意的。

蒋谷黄站在乡中学的三层教学大楼上，看着其他几家单位的年轻女性。医院新分来的两个女护士，已经被一个医生和一个刚调过来的年轻乡长近水楼台先得月了，毕竟乡政府在医院隔壁。一个是家住县城的朱炎，一个是蒋谷黄的初中同学龚立左。朱炎不用说，别人去县城用的是"上"，他用的是"回"，优势明摆在那里。龚立左则有另一方面的优势，当年，他直接从初中升上了农校，在当县委组织部长的叔叔的帮助下进步很快。当上乡长后，叔叔就语重心长地对他说："现在可以考虑一下个人问题了，没结婚的人还是孩子，日后我们怎么能安排一个还是孩子的人去当管着全乡好几万人的书记？"于是龚立左便把个人问题当工作任务来抓了，只要他想抓，岂有抓不好的？至于龚立左为什么想找一个护士，他私下里跟蒋谷黄透露过，是因为他刚刚读了某人的传记，此类书是他的常读和必读书，那人最后找的几个情妇不是医生便是护士。那是在一次同学聚会上，龚立左喝了几杯酒，不禁忘乎所以地说了起来。按道理讲，像他这样当干部的人，说话应该是很谨慎的，但那天，龚立左似乎无所顾忌。事后蒋谷黄觉得，这种反常的举动只有一个解释，那就是这家伙根本没把他们当回事。

他又把目光转到和医院一塘之隔的中心小学，那里的几个女师范生，基本上也是一到周末就往县城跑，似乎已经有了约会的方向和地点。只有一个叫秦小凤的还没有什么动静，下了课就把自己关在房里看书。她拉了一道米黄色的窗帘，这使得她的房间像一只切开的苹果，她就坐在那苹果的中央，像苹果籽那样散发出柔和而令人遐想的光芒。听说中小的葛校长想让她嫁给他在县委机关当司机的侄子，但她没答应。除了和她同来的两个女师范生，她很少跟其他同事往来，从来不开玩笑。秦小凤是本乡人，和蒋谷黄同一个行政村。算起来，他高中毕业那年，她刚初中毕业，他应该叫她秦妹妹的。可这个秦妹妹根本不像是乡下出来的，她的白色高跟鞋上似乎一尘不染。她穿街而过的时候，像是从天上掉下来的。大家怂恿蒋谷黄去追她。可不知怎么的，蒋谷黄在她面前感觉有些自卑。有几次，他都走到中小的围墙边了，又很快踅了回来。那段时间，他陷入了一种类似于初恋的情感中。一说起秦小凤，他就会变得腼腆。其实秦小凤还跟同学到中学来玩过几次，她当然认识他，甚至还主动跟他打过招呼。但他认为，这恰恰说明她对他没那个意思。

他说如果秦小凤喜欢他，看到他就会害羞，可是她根本没有害羞。她对他像对其他人一样。

实际上，蒋谷黄曾给她写过一封信，地址"内详"，可他没收到她的回信。

日子一天天过去，直到有一天，他听人说秦小凤参加了成人高考，下半年要到省教育学院读书去了。这让蒋谷黄先是猛吃了一惊，又让他有些失落。后来他又听说，虽然她的考分很高，但学校不肯放人，单位不放人她就不能脱产。她找葛校长说了好几次，葛校长怎么也不答应。葛校长说："按规定，脱产进修必须要满三年工龄，你再等两年吧。"秦小凤说："在她前面不是已经有人进修去了吗？"事实上，教务处王主任的女儿师范一毕业，就把编挂到了中心小学，然后直接去教育学院读书了。葛校长告诉她，人家用的是教育局的指标，跟学校没有关系。秦小凤只好忍气吞声，打算再等两年。然而没等到两年，已经有别的事情发生了，她以闪电般的速度嫁给了乡供销社夏主任的儿子夏爱国。

夏爱国是个流氓。早在读初中的时候，他就把一对双胞胎女同学的肚子搞大了。被学校开除后，那对双胞胎争着要嫁给他，可他一个也不要。他有个小团伙，分别是乡里书记的内弟，轧花厂厂长的儿子，财政所司机的外甥，诸如此类。去年，夏爱国跟人打架时拿刀捅了人，被他老爹主动送到看守所了，因为是主动投案，只待了半年就出来了。谁知这一来，他反而像进修后拿到了高级文凭一样，在同伙中更有资本了。见到秦小凤让他眼前一亮，他对同伙说他要把秦小凤搞到手。同伙们都知道没有他办不到的事，于是都信了他的话，开始摩拳擦掌地等着喝他的喜酒。

夏爱国第一次去找秦小凤时，门都没进着。第二次去，正是晚上七八点钟的时候。他强行推开她的门。秦小凤刚洗完澡，浑身散发出一种天香。她惊叫起来，说你是谁，你要干什么？

夏爱国说："我是夏爱国，我要你嫁给我。"秦小凤说："简直好笑。"夏爱国说："一点也不好笑，我是认真的。"秦小凤说："你以为你是谁啊。"夏爱国说："没有我办不到的事。"秦小凤说："做梦。"夏爱国说："这叫追求，你们不总是教育学生要有理想有追求吗？"秦小凤说："无聊。"夏爱国说："正因为无聊，所以要有理想。"秦小凤说："你再不走，我喊人了。"夏爱国说："你喊啊。"秦小凤真喊了。她喊了一声，又喊了一声，但越喊，她的声音仿佛越孤独，周围仿佛越静寂。学校死了，门卫死了，那些同事仿佛也都死了。夏爱国傲慢地笑了起来。他脸上的肌肉拧在一起，像趸船的缆绳。他把刀子抽出来，嗖地插在桌上。秦小凤一声惊叫。刀子使灯光暗淡了许多。夏爱国说："别怕，它不会吃你。"秦小凤抱着肩膀，往后退缩着。她像一支摔坏了的温度计，汞柱一下子失踪了，脸上一点血色都没有。夏爱国示意她不要紧张，他挽起右手的袖子，拔起了刀。他是个左撇子，秦小凤看他就像隔着一面镜子，有些虚幻。夏爱国用刀尖在自己胳膊上划了一下，血液立刻像一队骑兵似的举起了旗帜。他说："嫁给我吗？"秦小凤打了个冷战。夏爱国又举起一列旗帜，声音那么温柔："还不嫁给我吗？"秦小凤摇了摇头。夏爱国再次举起一列旗帜，又举起一列旗帜，好像他有千军万马。秦小凤晕倒了。等她醒来时，她看到夏爱国像一条狗那样，正翘着尾巴津津有味地舔着她下体的血迹。他们很快订婚了。现在蒋谷黄偶尔和秦小凤在镇街上相遇，看到她微微腆着肚子，以前清纯的脸上爬满了怀孕期的雀斑。秦小凤和夏爱国定亲后，葛校长莫名其妙地挨了一顿打，而且县纪委的人也开始来调查他的经济问题。秦小凤依然昂着头独来独往，再没有人敢欺负她。怀孕不到六个月，她就请了产假。夏爱国成家之后，夏主任给他投资，开了乡里唯一的一家钢材专卖店，刚好赶上了移民建镇，赚了很多钱。

蒋谷黄站在教学大楼三楼，目睹了周围这两年来的变化。没有变化的只有他自己。这时他看见同事齐晓东和刘正宁正夹着课本穿过操场。他们也曾是蒋谷黄恋爱上的竞争对手。他们比蒋谷黄晚一年从地区师专毕业，一个教英语，一个教物理。他们一来，就瞄上了中心小学的几个女师范生。他们比蒋谷黄主动多了，一个个很有朝气和理想的样子。据说他们原本一个准备去支边，一个准备到沿海去教书，后来在父母的强烈干预下，才不得不打消那多少有些浪漫的念头。但他们在恋爱上并不顺利，没过多久，一个个铩羽而归。在消沉了一段时间后，齐晓东和县城一个批发部老板的女儿结了婚，据说那老板有个亲戚是副县长。刘正宁娶了一个包工头的女儿，虽然对方文化程度不高，不过嫁妆丰盛，大家笑刘正宁一夜之间成了小财主。

有时候蒋谷黄跟人说话，他的目光会越过对方头顶，望向其身后的某个地方。这时他好像有点迷茫，似乎想看清什么，却没能够看清。他的目光使对方倏然转身，当然他们什么也没看到。

蒋谷黄想看什么呢？

读大二时，他在一次联谊活动中认识了省城医学院的女生许玲。舞池里像打翻了颜料，男生和女生像是踩着浓重的颜料在舞池里互相搅拌。大概是由于他们两个都不会跳舞，反而坐到一块来了。不知道是不是谈得投机，反正他们坐在一块有话说。他们平时的性格都有些内向，但现在，他们尤其是他反而滔滔不绝起来，这让他们觉得了异样。他们怀着这异样，既兴奋好奇又隐隐不安，好像忽然走入了一片陌生的地带。刚进大学的时候，蒋谷黄的年龄和个子都是最小的。那些华丽而风情万种的异性目光虽然五彩缤纷，却从来没有一片落在他的肩上。但到了这学期，他的身体好像忽然醒悟了过来，开始疯狂长高，只是没有长宽，还那么瘦，像书法上的瘦金体，风可以在那些笔画里随便进出。他们从师大的书法课谈到了医生的处方，他说医生做到一定的时候，就成了一个狂草书法家。她咯咯笑了起来。此后，他们试探着开始了约会。师大有一个英语角，每到周末，附近院校对英语有兴趣的学生都会到这儿来，用英语互相交流。他们最开始的约会便是在英语角，仿佛为了约会而约会，是一种浪费时间和荒废学业的可耻行径。那是二十世纪八十年代末，校园里洋溢着朝气和诗意。然后他们开始在大街上漫步，他们自然而然牵起了手。从师大到医学院，要经过北京路、广场、八一大道，那是一段很长的路。但不知不觉间，他们就走完了，爱情使得路程变短。有一个晚上他们送来送去的，居然像古代戏曲里的人那样，一直走到了天亮。

有时候，许玲会忽然停下脚步，站在那里抬眼望着他。那一般是在树影里。这时她的脸看上去扑朔迷离，有一种神秘的美感。她鼓了鼓勇气，似乎想说什么，然而还是什么也没说。

那时他比较粗心，居然没发现她内心的隐痛或可能的秘密。快到医学院的时候，她又在树影里停住，这时他勇敢地走上前去拥抱了她。他们的胸口隔着衣服贴在一起，他感觉到两颗心脏在衣服下一拱一拱的，这不禁让他的呼吸急促起来。他们眼睛发亮，嘴唇冒着热气。但她忽然推开了他，每次都是这样，她不让他吻她。他不禁奇怪，疑心自己是不是什么地方没表现好。在他的一再追问下，她忽然问他，她嘴里是不是有一股什么味道，她是不是有病。起初他还以为这是调情，便说有没有味道要闻了才知道的。说着，他便像大象似的伸长了鼻子，虽然从个头上看，他更像一只骆驼。可她忽然捂住脸，哭了起来。他不知所措，赶忙问她怎么了，但任他怎么问，她也不回答。哭了一会儿，她说："好了，你回去吧。"他懵懵懂懂，带着疑团回到学校，心想下次一定要把这个问题搞清楚。可下次约会结束时，这个疑团依然原封未动。

对此他有种种猜想。比如她曾爱过别人，或受到过某种伤害，或者她还爱着以前的某个人，在他和那个人之间，她难以选择，等等。他甚至连最坏的设想都有了。英语系的一个女生，居然查出来有遗传性梅毒。中文系的一个女生，读高中的时候，被她那禽兽不如的父亲强奸过。但她到底是怎么回事呢？不管怎样，他都要搞清楚，如果她有什么障碍，他也一定要帮她克服。他爱她。以前他不知道什么是爱情，是她让他知道了。他对自己说，不管情况如何，他都会原谅她，帮助她，爱她。

大约一个月后，她却忽然提出终止他们的交往。这对他来说是毁灭性的打击。无论他怎么找，都找不到她。他到医学院女生宿舍楼下的传达室打电话，每次她室友都说她不在，教室里也没有。他像发了疯一样，在师大和医学院之间来回奔窜。那是夏天，省城的太阳像是在它和街道之间加了一柄巨大的凸透镜，整条大街似乎马上可以燃烧起来。他的爱情就在那条大街上越跑越软，最后完全扑倒在大街上，和大街融为一体，化为黑色。他不知道她离开他的原因，他的感情由爱转成了恨。在恨到咬牙切齿的时候，虽然他只能在想象中做到这一点，他才意识到这仍然是爱。只要她再来找他，他仍然会像条狗似的急奔而去。是的，他真的跟一条野狗无异了，胡子拉碴的在大街上游荡，浑身散发出一种既馊又臭的气味。好在二十世纪八十年代末，学校对各种特立独行的学生还是比较宽容的。他尽力和他的失恋对抗着。

再次得知许玲的消息，是在大三快结束的时候。听说医学院有个女生跳楼自杀了，他心里咯噔一下，担心是许玲。果不其然，跳楼的正是她。事情的经过是他从许玲的同学那儿断断续续打听到的，是否确有其事，谁都说不清楚。先是许玲的室友发现她有梦游的毛病。她闭着眼，从床上下来，径直向门外走去，一副目中无人的样子。大家叫她的名字，她也毫无反应。同学告诉她时，她显出很惊愕的样子。她到校医务室开了药回来，结果梦游的次数反而更多了。每天早上醒来，她总是惶恐不安地问大家，昨晚自己是不是又梦游了。大家起先还如实告诉她，后来就骗她了。除了吃药，她还用其他的办法来对付自己的梦游，比如睡觉前请人用绳子把她绑在床上，或把她和别的同学系在一起。这样，她一起身，就会把别人弄醒，从而制止梦游。但当她真的要梦游的时候，别说制止她，就是把她叫醒也不行。这时她阴冷、执拗、力大无穷。而且据说若真把她弄醒，她很可能会忽然受惊，倒地而死。大家被吓住了，等她睡着了马上就把连着自己的绳子解开，等她梦游结束再系上。所以有一段时间，她以为自己的病好了，但其实根本没有。后来的事情源于有人发现解剖室的人体标本陆续被偷，标本被人在垃圾桶里发现，上面有啃噬过的痕迹。问题是解剖室的铁门挂着两把大锁，钥匙分别由任课老师和管理员保管，只有他们两人同时到场，才能把铁门打开，除此之外，还有谁进得去呢？除非进去的不是人而是鬼。想到这里，大家打了个寒战。医学院虽然怪事多，比如清扫员有时会在女生宿舍的垃圾篓里发现流产的胚胎，或有人用刀片切开了自己的手腕，但这样的事情，是从来没有发生过，而且怎么也解释不通的。正是那时，许玲每天早上起床，都会闻到自己嘴里有一股怪味，那是类似于福尔马林的那种难以描述的气味，熏得她捂住嘴奔到卫生间里呕吐起来。渐渐地，她发现大家在用异样的眼光打量她，和她说话时都要下意识地用手捂住自己的鼻子。甚至有传言说，有人看到深夜在解剖室出入的人影正是许玲。或许梦游的人在某些时刻是有着特异功能的，比如穿墙而入，或者像一只鸟那样轻盈地向天空飞升。所以后来大家一致认定，许玲本来是要向着天空飞升的，但飞着飞着，她忽然醒了过来，梦游结束，于是从高处摔向了地面。

蒋谷黄说，许玲的事情基本上就是这样。

说这些话的时候，蒋谷黄在同事任红举房间里。任红举和他老婆柳昭苏是学校唯一的双职工家庭。蒋谷黄无所事事的时候，就猫到他们那儿去。后来有事没事，他都习惯去那里了。学校没有家属楼，只有教师宿舍，即使对以校为家的老师，大家称呼他们住的地方仍然不叫"家"而叫"房"。蒋谷黄和任红举他们住的宿舍楼在围墙边，两层，只开了一扇门进出，一楼的顶头是一间教室，如果大家都关着门，里面就黑乎乎的，大家把这栋楼叫作鸡笼。蒋谷黄住一楼，任红举住二楼。二楼光线好一些，但到了热天热得不得了，晚上只有爬到楼顶去睡觉。还有就是雨季过去进入旱季时，天花板上的石灰粉总是扑簌簌往下掉。任红举住了两间房，一间当客厅，一间是卧室。厨房在楼下。他那里几乎聚集了学校和医院里所有的单身汉，他们好像是到他这里来取经。看着一屋子的单身汉，任红举有一种成就感。他扬扬得意地对他们说："恋爱没别的窍门，只要脸皮厚就行。"接着，他就以他和柳昭苏为例说明。他是柳昭苏初中时的老师，早在柳昭苏还在读师范的时候，他就给她写起了求爱信。"做老师的经常被人瞧不起，只在学生中还有被崇拜的可能，要趁她们还没完全明白过来，赶紧把机会抓住。"他向满屋子的单身汉传经授道。"当然，这招对你们医院里的朋友无效。"他补充说。作为胜利者的任红举，现在主动承担了买米、打水和洗碗等家务。每次柳昭苏去井边洗衣服，他都拎着个塑料桶跟在后面。似乎他们的师生关系已经发生了逆转。

任红举对蒋谷黄说："许玲的事情你毫无办法，像她这种有阴影的女孩子，你只能到她的窗下，进不了她的房门。但总的说来，你在恋爱上太被动了，你想想看，如果你也用夏爱国的手段对付秦小凤，一样能成功。"蒋谷黄说："我知道，其实不止在恋爱上，我觉得自己在很多事情上都是被动的。"

在任红举这里，蒋谷黄像许多人一样，迷上了打牌。大家想不出除了打牌还有什么更好的消磨时间的办法。有一段时间，蒋谷黄对打牌到了废寝忘食的地步。实在困了就在任红举的沙发上睡一觉，到自己房里来反而觉得陌生。如果大家要找他，不会到他房里，而是直接到任红举这里来。他们站在任红举的窗下，朝上面叫着蒋谷黄的名字，不一会儿，蒋谷黄乱蓬蓬的脑袋就从任红举客厅的窗子里露出来了。

"什么事？"他眼睛有些睁不开。

现在想来，打牌是蒋谷黄唯一真正感兴趣的事情。他书教得好，并不等于他对教书感兴趣。只要往牌桌前一坐，他的眼睛就睁开了。如果说他的五官开始是涣散的，有如一副乱牌，那么现在它们完全站了起来，而且在不断地抓牌、碰牌、吃牌中，联系越来越紧密了。他和牌少，喜欢打大牌，总是等七小对或清一色。身后看的人急了，催着他定和或和牌，他也不作声。打牌容易急功近利，他偏偏不紧不慢。每次下来，他总要输几十块钱，有时还不止，但他仍然我行我素。口袋里没钱了，他就向任红举借；没饭菜票了，就在任红举这里蹭一顿。他把手向牌里伸进去，再伸进去，仿佛要看看到底可以伸多深伸多远。他基本上不看牌，只是用指尖去识别，他喜欢指尖和牌面摩挲的那种快感，完全沉浸在手的世界里。他在纷纭喧嚣的牌桌上，找到了一条通往惊喜和自由的暗道。

　　蒋谷黄忽然觉得校长对他亲近起来。大会小会上，校长都点名表扬他。有时候看到蒋谷黄和大家在操场边聊天，他会特意过来拍拍蒋谷黄的肩膀，问他在个人问题上有什么进展，或这两天打牌手气怎么样。蒋谷黄装作受宠若惊的样子，"校长大人，你为什么对我这么好？我最近教书也没特别加劲啊。"在他们中学，只有开会或外面来人的时候，校长才像是校长，平时是没什么架子的。蒋谷黄和校长没什么单独的接触，但在公共场合和校长开开玩笑是常有的事。可校长最近的表现还是让他不得其解，不知道校长忽然单独关心起他来的原因。别看校长那么随和，但真正想要从他这"进步"也没那么容易。据说几个老师为了承包食堂都向校长送了礼，送少了的就没有承包到。他想来想去，只记得那次三叔来跟乡里谈项目，顺便见了见他。他三叔原来在市里做建筑包工头，现在业务向下延伸，偶尔也到县里或乡里来接几笔单子。三叔跟蒋谷黄说过，自己认识很多台面上的人，蒋谷黄要是有什么想法，他可以打声招呼。但蒋谷黄似乎没什么想法，他不喜欢三叔那种生活方式，每天拿个小本本，安排今天去和谁联系明天去和谁联系，每天的工作就是请人喝酒吃饭。蒋谷黄觉得这种事他做不来，也不想做。为此三叔批评他上进心不强。三叔常说，弱肉强食，适者生存。三叔没读过多少书，可他居然说出如此有学问的话来，蒋谷黄感到很吃惊。蒋谷黄在师大读书的时候，三叔去看过他一次，请他到一家很高档的酒店吃饭。席间，三叔看到酒店的一本类似于装修服务指南的册子上印有自己公司的名字，他很高兴，花两百块钱强行把那本册子买了下来，把服务员乐得满面桃花。蒋谷黄却很难受，他知道那些服务员背地里一定会笑三叔是冤大头，所以他先替三叔难受了。那次到乡里来，三叔也叫蒋谷黄去饭店吃饭，蒋谷黄去了才发现，校长也去了，乡里那个老是把"造诣"读成"造纸"的段书记也去了。三叔跟段书记说，他和校长是中学时的校友。三叔又跟校长说，上次跟县委刘书记在一起吃饭，刘书记一再提起段书记，说他们乡搞得好。蒋谷黄暗自发笑。三叔的那点把戏他还不知道？三叔就是这么一个人，农民式的狡黠和智慧的集大成者。他并不会当面很肉麻地说你的好话，他会换个角度来夸你，让你听了更舒服。不管说到谁他都熟，这就是三叔的手段和本事。蒋谷黄起初以为只有他知道，别人都蒙在鼓里，可饭后跟校长一同回校，忽然校长说："你这个三叔，调皮得很啊。"听了这话，蒋谷黄一时有些发蒙，不知道校长是褒是贬。在学校操场分手的时候，校长对他说："有空时到我那儿去坐坐嘛。"

在校长把这句话对他说了三至四次后，蒋谷黄有些不安起来。他猜想校长绝不是随口说说而已。他还记得《西游记》里，孙悟空被师父笃笃笃敲了三下脑袋，就知道是师父在暗示自己三更天去找他，好给他开小灶，可他一点也不想校长给他开小灶。但不去，校长会说他不懂人情，或者认为他笨，要知道，校长的小灶是很多人求之不得的。蒋谷黄翻来覆去想着这件事，很烦恼。他怕别人在背后笑他，就像他当初跟着别人在背后笑那些围着领导屁股转的人一样。读书时笑这样的同学，教书时笑这样的同事，在社会上笑这样的人。这种笑法由来已久，根深蒂固。虽然他笑得不是那么厉害，可毕竟也笑了。他不喜欢管别人的事，也不喜欢管别人的活法，但看到别人都在笑，他也就像被谁在后面推着似的笑起来了。现在要他去做被自己嘲笑过的人，那不等于拿自己的巴掌扇自己的嘴巴吗？他感觉自己的耳朵里充斥着这样的笑声，它们形成一道坚硬且冗长的甬道，他就是在这种笑声中向校长房间里走去的。他想，自己推开校长的房门的时候，样子一定很狼狈。

校长看到他的样子，以为后面有一条狗在追他，便下意识地看了看他身后。待看到他的脚和裤腿完好无损，校长笑了起来。校长说："你到现在才来，我一直在等着你哪。"蒋谷黄因窘迫而有些结巴。"校长，我，我……"校长摆摆手，示意他在硬木沙发上坐下来。校长说："是这样的，学校最近要补充几个青年干部到政教处和总务处，你认真准备一下，到时候我把你的材料报到教育局去审批。"蒋谷黄说："我，我哪是当干部的料。"校长说："哪个天生会当干部，你书教得好，自然要提拔你当干部。"临出门，校长又说："别忘了，抓紧时间把你的组织关系解决了。"

任红举听蒋谷黄说校长要提拔他当干部，果然把他取笑了一番。不过，笑归笑，任红举和柳昭苏还是为他高兴。任红举说："安排你当你就当，连官都不会当的人是孬包。"蒋谷黄说："事情还没定，你先别乱说。"任红举有点不高兴了，说：

"我又不是三岁小孩，知道。"蒋谷黄后悔那么急着告诉了他，任红举是个心里藏不住事的人，凡事喜怒形于色，口没遮拦，一会儿拍校长的肩膀，一会儿又拍校长的桌子。一床被子不盖两样人，那个柳昭苏也不是省油的灯，喜欢在女同事或家属们中间争强好胜，哪怕是一只锅铲一把扫帚，也总认为自己的比别人的好。但怪就怪在，这次不知道任红举夫妻俩是长记性了还是怎么的，他们果真没有把这件事告诉别人。

转眼暑假过去，又一个学期开始了。又有新的师范或卫校女生毕业，不过现在中心小学的老师已经满了，新的师范毕业生乡里是待不住了，要分到村小学去。柳昭苏说她的一个女学生今年毕业，有心帮蒋谷黄做媒，叫他抽空到那个村小去看看。

柳昭苏说："你知道我这个女学生叫什么名字？"蒋谷黄说："我又不是神仙。"柳昭苏一字一顿地说："叫丁小婵。"蒋谷黄还是不明白，一个女孩子叫丁小婵有什么奇怪的。柳昭苏怪他迟钝，说："就是丁志毅老师的女儿啊。"蒋谷黄有些吃惊，"丁志毅老师有这么大的女儿了？"昨天傍晚，他还和丁老师站在树下聊天，并说了几句不知天高地厚的话。想到这里，他的脸红了。

丁志毅也是学校的骨干老师，教初三物理，之前蒋谷黄还跟他教过同一个班。他对丁老师的为人是很佩服的，清清白白做一辈子老师，不想别的东西，做人也就有骨气。丁老师不像许多年轻教师那样喜欢瞎起哄，听起来闹声一片，可事到眉毛头上，又鸦雀无声了。在这方面，任红举往往会起带头作用，经常找校长闹一点小事，犯一点小脾气，但从来也解决不了实际问题。有一次，乡里要全乡中小学教师买一个什么保险，并强行在工资里扣除费用，任红举想组织大家闹，许多老师也欢呼雀跃地支持。但上课铃一响，原本嚷着要闹事的老师的脸涨成了猪肝色，眼睛盯着身后的人群，脚也不由自主地朝教学楼走去，当校长和乡领导同时出现在校门口时，他们竟争先恐后地奔跑起来，仿佛担心落在后面会有尾巴被人踩住。任红举也在那人群里，并且故意放慢了脚步。而那些站在操场边看热闹的青年老师则在暗暗庆幸自己没有第一节课。这件事后来还是丁老师和其他几个年龄差不多的老教师，说服校长和他们一起到乡政府据理力争，才迫使乡政府取消了强制保险的决定。所以蒋谷黄对丁老师这样的人是很尊重的，甚至在为人处世上不知不觉模仿他们。蒋谷黄读初中的时候，丁老师在别的中学教书，还没有调过来。虽然丁老师没有教过他，但在他的意识里，好像丁老师一直是他的老师。从这个角度上说，丁小婵也算得上是他的师妹了，如果做了丁老师的女婿，那倒挺有意思的。柳昭苏说丁小婵这段时间到中学来了好几次，问蒋谷黄是否见过，蒋谷黄说："真的吗，我还不认识。"柳昭苏说："你肯定见过，也许没注意。"她又问他，"是等丁小婵来，你先偷偷看一眼，还是让我先跟她打个招呼，再带你去村小看她？"蒋谷黄说："还是让我偷偷看她一眼再说。"

　　丁小婵再次来到学校是星期五下午。蒋谷黄刚好和几个人在树下聊天。柳昭苏拿胳膊肘碰了碰他，说："来了，来了。"蒋谷黄刚开始还没反应过来，他顺着柳昭苏的下巴和眼神所指的方向，看到一个脸蛋红扑扑的女孩子，推着一辆自行车从校门口进来了。由于那是一个陡坡，使她看起来像是一朵冉冉升起的月季或牡丹。远远看上去，蒋谷黄觉得丁小婵特别健康结实。她穿的衣服虽然式样老了点，但浑身的青春气息鼓动，像要从那老式样和陈旧的外套里蹦跳出来。

柳昭苏轻声问："怎么样，还中意吧？"

蒋谷黄说："你的眼光哪里会有错。"

柳昭苏笑了起来："说，那好，剩下的事就交给我去办好了。"

又过了一星期，柳昭苏把蒋谷黄从牌桌上叫到一边，眉飞色舞地说丁小婵答应跟他见面。蒋谷黄问她到时候怎么见面，柳昭苏说："等她再来的时候，我把她叫到我房间里来。"蒋谷黄说："我暂时还不想跟她见面，要不，我先写封信给她吧。"柳昭苏说："看你，又往后退了，反正我已跟小婵把事情挑明，你若不抓住机会，可别怪我。"

那天晚上，任红举问柳昭苏，下午你跟谷黄说什么，柳昭苏故意卖关子，说这件事他先别管，到时候只管吃喜糖。柳昭苏说话就是这样，前一句卖梳子，后一句卖箅子。任红举笑了起来，说："你把谁介绍给他了？"在任红举的一再追问下，柳昭苏才像是把所藏之宝拿出来示人一样说道："丁志毅老师的女儿丁小婵。"

"丁志毅的女儿？"任红举有些吃惊。

柳昭苏说："是啊。"

任红举撇了撇嘴。

蒋谷黄真的给丁小婵写了一封信。他先借柳昭苏的名，把她夸了一通，说柳昭苏经常在他面前提起她，使他不知不觉留意起她来了。还说她到学校里来时，他偶尔还看到了她。接着他又说很佩服丁老师，说丁老师真有福气，有她这么好的女儿，而且听说她妹妹也在读师范，她弟弟也快考大学了，他们家真是书香门第。最后他终于点到了正题上，说他对她很有好感，心里产生了世界上最伟大最美好的感情，他希望能跟她交朋友，进一步地互相了解。蒋谷黄喜欢用写信这种方式来表达感情，可以让他从从容容，把话说得周到一些，不然他会有点慌张。

信发出去后，丁小婵又来学校了，可蒋谷黄不知道她是否已收到了他的信。这两天他打牌少，每天下午他都坐在操场边的槐树下，认真地看着它，像在等着什么。柳昭苏说："丁小婵总是下午来的，小学四点多钟就放学了。"蒋谷黄没什么心思做别的事情。当丁小婵真的从校门口的斜坡上冉冉升起的时候，他的心忽然跳得很高，像一只锤子从里面敲打着他。他赶紧从树下溜掉了。

又过了几天，他收到了丁小婵的信。她直接叫他的名字，让他觉得亲切，好像他们认识已久，彼此很默契了。她说她早就知道中学里有个师大的高才生蒋谷黄，还听她爸说过他是中学最优秀的青年教师之一，为人好、踏实，有一年他还跟她爸教一个班。所以她收到他的信一点也不惊讶，因为她感觉他们好像已经很熟悉了，她很高兴有他这样的朋友。她又说她只是个师范生，人生的道路还很长，她还要继续拼搏，参加成人高考，去读教育学院，进一步改变自己的命运，向他学习，相信他一定会在她人生的道路上起到很大的帮助作用。在信的末尾，她说："请你有空到我们学校来玩。"

蒋谷黄边走边看，喜形于色，想赶快把这个好消息告诉柳昭苏。他的眼前浮现出丁小婵被风吹得红红的鼻头，她的圆脸、单眼皮，还有她那股单纯、执拗，透着一股顽皮和顽强的劲头。可他刚走进鸡笼楼，却远远听到楼上传来巨大的爆破声。楼道像一只喇叭，把爆破声传递开来。随之而来的是任红举的怒吼和柳昭苏的尖叫声。不用说，他们在吵架。蒋谷黄快步向楼上跑去。

他们的客厅里一片狼藉。一只水瓶被摔在地上，凳子四仰八叉，课本和衣服之类的被扔得到处都是。任红举反扭住柳昭苏的双手，柳昭苏则毫不客气地回过头张口就咬，两个人扭打成一团。见此情景，蒋谷黄赶紧把他们拉开。任红举的暴躁脾气，跟他的小个子毫不相称。而柳昭苏嘴碎，爱唠叨，这是男人讨厌的毛病，所以他们结婚后经常吵架。最厉害的一次，吵到任红举打掉了柳昭苏一颗牙，而柳昭苏咬掉了任红举胳膊上一块皮。至于电视机热水瓶玻璃杯之类，更是会从各个方向跳出来自杀，一副宁为玉碎不为瓦全的样子。他们就是这样，好的时候，任红举可以提着塑料桶跟在柳昭苏后面帮她打水洗衣服；翻起脸来，两个人都像是疯狗。大家猜想，这可能跟他们结婚好几年还没生孩子有关，有的家属还好心地提出不少建设性建议，比如到医院里去检查，或抱养一个，还有人把听来的秘方告诉了柳昭苏。可每逢这时，柳昭苏总是坚决地摇头否认，说她和任红举吵架与生没生孩子无关，并且说他们根本不打算生孩子。

蒋谷黄把他们拉开，免不了煞有介事地责备任红举几句，而置柳昭苏于不顾。他知道柳昭苏的脾气，如果他直接去劝她，她怎么也不会听，反而得到了某种支持似的，会越吵越厉害，越嚷越来劲。一听别人数落任红举，她就马上取得了胜利似的安静下来。她说："谷黄你都看到了，谁有理谁没理你是明白的。"说着她就去打扫战场，收拾地上的各种碎片。

蒋谷黄有些懊恼，觉得来得不是时候，心想还是过一两天再把消息告诉柳昭苏好了。没想到，看到柳昭苏下楼倒垃圾去了，任红举忽然开口说道："谷黄我跟你说，别去追那个什么丁小婵了，要找你也要找个好些的，丁志毅的女儿有什么好，一看就知道笨头笨脑，要是我，送给我都不要。"

蒋谷黄像被电麻了一下站在那里。有一次换灯头，他忘了关闸，手被电麻了一下，那种感觉就像是被那个灯头狠狠咬了一口，很凶猛。他从没想到过电流的威力竟是这样大，幸亏他站在凳子上，没接触地面，不然后果不堪设想。当时他脑袋"嗡"的一声，紧接着一片空白，过了好久，意识才慢慢回到身上。此后哪怕是更换灯泡，他也要把开关来回拉几次，以确定它的确已经关上了。现在，他的脑袋又"嗡"了一下。他有点莫名其妙，不知道任红举为什么要反对他和丁小婵谈恋爱。看来是柳昭苏说漏了嘴，本来说不告诉任红举的，等事情成了给他一个惊喜，现在看来她还是告诉了他。不过这也没什么，他也没想刻意对任红举保守这个秘密。问题是，任红举为什么不赞成呢？难道因为他刚刚和柳昭苏吵了架，便要赌气反对她做的一切事情？

其实他不知道，这次任红举和柳昭苏吵架，至少有一半就是为了他和丁小婵的事。昨天晚上，柳昭苏还是没忍住，把蒋谷黄和丁小婵的事告诉了任红举。谁知任红举听了一个劲地摇头，"不行不行，老丁的女儿有什么好，看老丁那个性格，他女儿的性格也好不到哪去。"柳昭苏说："这跟性格有什么关系？即使有关系，也只要她跟谷黄合得来就行了。"任红举说："你这不是害了谷黄吗，难道你希望他们以后天天吵架？"柳昭苏说："你这是找茬，你看不惯老丁，也不应该对他女儿有偏见，算起来，她也是你的学生呢，那时你还给他们上过两周物理课。"任红举火了，说："我根本不记得有这样的学生。"柳昭苏也很生气，"反正这件事不用你管。"任红举说："谷黄是我哥们儿，我不能不管。"结果，他们背对背睡了一个晚上。

早上起来，两个人还是不说话。柳昭苏有早读课，下课回来，见任红举只买了他一个人的早餐，便气不打一处来，自己去买了早餐，说："任红举，从今天开始，你自己洗自己的衣服，自己洗自己的碗。"任红举说："我偏不。"柳昭苏就把他换下的脏衣服从塑料桶里拿了出来，肥皂水洒了一地。看任红举还是那么满不在乎，她又到柜子里把他的干净衣服扔到了地上。任红举上前扇了她一巴掌，柳昭苏便披散了头发，跟他撕扯起来。

学校的老师其实跟一个班的学生一样，永远都有那么几种，一种是听话的，一种是不听话的。听话的除了成绩的好坏，大概没有其他的区别。相对来说，那些听话而成绩不好的更令人同情，比成绩差不守纪律的更让人喜欢不起来。而不听话的基本上又分两种：一种纯粹是调皮捣蛋、瞎胡闹的，一种是踏踏实实学习，不打打闹闹，但如果老师做错了说错了，他会毫不犹豫地反对并据理力争的。前一种头脑简单好对付，小恩小惠就可以把他们搞定。后一种却有自己的原则，立场很坚定，休想用任何手段改变他。若从校长的角度看，任红举就是前一种，丁志毅老师则是后一种。像丁老师这样的人，可能看不惯任红举那副自以为是、上蹿下跳、好出风头，实际上什么问题也解决不了的派头。而任红举对丁老师是又敬又怕，嘴角上还挂着几丝说不出是嘲讽还是瞧不起的笑容。本来任红举就是好胜心强的人，见别人在某些方面超过了自己，他的脸就会不自然。但谁也没想到，任红举对丁老师积怨这么深。

蒋谷黄有些犯难了。就像买东西时，他本来认为还可以，但旁边的人都说不好，他也就自然而然犹豫起来。他想了想，还是先等等再给丁小婵回信。对于任红举和丁老师之间那种微妙的关系，他知道得并不多。或者说，他不懂。他把丁小婵的信压在房里的桌子上。后来又把它夹在一本从同事那里借来的、关于意大利黑手党的书里。再后来，他把它放在了枕头下面。他有些寝食不安，也不去任红举那里打牌了。他怕任红举那嘲讽的笑容和眼神。他几次提笔给丁小婵回信又放下，或者刚写了个开头就撕掉了。他不知道怎么办。被任红举看不起是一件没面子的事情，因为日后他会频繁地提起来并加以嘲笑，好像你曾经一脚踩在牛屎上，他要不断地提醒你那泡屎有多臭。他有些讨厌任红举了，或者说，他后悔那天去找柳昭苏，不然不会撞上他们吵架，那么他就不会听到任红举那句话了。可从某种程度上说，他又怎么完全离得开任红举呢？没有任红举，他简直不知道课后或周末的时间怎么打发。打个比方，没有丁小婵，他会孤独一小时，而没有任红举，他会孤独一整天。因为丁小婵在七八里外的村小，而任红举天天在他眼前，甚至在他体内。那种打发无聊的方式，已经深深嵌在他体内了。他只有先从体内取出那包块样的无聊，才可以远离任红举。

没办法，解铃还须系铃人。他心事重重地去找柳昭苏，希望她给自己打打气，告诉他："蒋谷黄，别听任红举的，他说话简直是放屁，你只管找丁小婵，和她谈恋爱好了。"那他就会更加有勇气。于是，他找到了正在大树下搓洗衣服的柳昭苏，这时他看到，任红举的红色短袖也在里面。他问她应该怎么办，可柳昭苏皱了皱眉，说这事让他自己拿主意。

几天后，他收到了丁小婵的第二封信。她说这几天大家说她总是蹦蹦跳跳，像个小孩子，看上去很快乐。她说她当然快乐啊，因为心里有了秘密。她天天踮起脚尖在等他的回信，她问他是不是已经给她回信了，还担心他没收到她的信，会不会被邮局耽误或寄丢了，这样的事情不是没有过。在师范学校读书的时候，她的班主任——一位和蔼慈祥的女老师——就跟她们几个女生讲过，她曾经爱过一个男老师，她一直在等着他追她，一直在等着他给她写信。她知道他是一个腼腆的人，不敢当面说他爱她，但她又知道他爱她。每次在路上碰见，他的眼里都放射着那种强烈的、耀眼的光。可她等啊等，等了好长一段时间，直到有一天，她发现他碰到她时不再用那种眼光看她，而是转过头去或视若无睹。又过了不久，她听到了他和别人订婚的消息。她那个伤心啊。许多年后，一个偶然的机会，她才知道他曾经给她写过一封求爱信，却在邮路上被弄丢了。他认为她没回信是因为她不爱他，于是在心灰意冷之下和别人结了婚，而她现在的婚姻也不幸福。末了，班主任说按道理她不应该给学生讲这些事情，因为她们还在读书，可她们迟早会面对这些事情的，她希望她们汲取她的教训，如果碰上了自己喜欢的异性，该勇敢的时候还是要勇敢，不要囿于传统，非等对方来追求自己不可，其实自己也是可以主动追求对方的。本来很简单很直接的事，他们却绕了一个很大的圈子，把关键的东西给丢掉了，把一生的幸福也丢了。丁小婵说她就是想起了班主任老师讲的那些话，才给他又写了一封信。她说她相信他们会很谈得来的。

蒋谷黄觉得有些晕眩。丁小婵拿她以前班主任的事情来打比方，无疑是在暗示他，她是爱他的，或者说她希望他们成为恋人。可如果他真的和丁小婵谈起了恋爱，那不是会被任红举瞧不起吗？但丁小婵是那么认真，他又怎么去拒绝她呢？尤其是，他并不讨厌她。他喜欢看她被风吹得红红的脸和红红的鼻子，喜欢她朝气蓬勃青春飞扬的样子。

他思来想去，只有向命运求教。什么是命运？命运是偶然的虚点组成的抛物线。那些点都是偶然的，只有那条线才是必然。他在抽屉里翻出一枚硬币，对自己说如果是花朵的一面朝上，他就答应丁小婵，如果是数字的一面朝上，他就拒绝她。他把硬币合在掌心摇了一摇，用力上抛。硬币很快掉了下来，没有预想中的飘忽浪漫，它在地面滚了几滚，把数字的一面给了他。

他再也不会在中学里看到丁小婵了。

蒋谷黄的生活又回到了原来的轨道中。仿佛是中午打盹的时候，做了一个白色的梦。他有些怅然若失。可是仔细看了看自己，又没发现自己丢失什么，只是身上没劲，好像虚飘飘的，落不到实处。他就在这种若有若无、患得患失的状态中坐了很久。现在，任红举那里他也去得少了。任红举或柳昭苏经常把脑袋从窗子里探出来，朝下面喊："谷黄！蒋谷黄！"他也装作没听到。不过如果他们不折不挠地喊下去，他还是会拖拖沓沓朝楼上走去的。他的脚其实并不情愿，但他受不了他们无休止地喊他的名字，楼梯上到一半的时候，他忽然加快了脚步，仿佛要去及时扑灭他们嘴边的名字。这种状况一直到有一天校长再次把他叫到自己房间里才结束。

校长说："你的政教主任已经批下来了，好好干吧。"

蒋谷黄有些不相信自己的耳朵。他以为上次校长是说着玩的。就是现在，他还是以为校长是说着玩的。他说："校长，我哪当得了政教主任。"校长说："王侯将相宁有种乎，不管你信不信，反正明天我要在教师大会上宣布对你的任命。"蒋谷黄说："可是校长，我什么也没做啊。"校长笑了笑，"那你就从政教主任做起吧。"蒋谷黄掏出烟来敬了校长，然后想了想，又拍了拍校长的肩膀。他不想因为当了政教主任就对校长摇起尾巴来。他说："谢谢你校长，看来我该请你喝酒了。"校长说："难道你还想赖账，跑不了的。"

话虽如此，可蒋谷黄仍不知道自己是怎么当上政教主任的，又不是学校的官帽多得没人要。很多人可是很早就下了手的，找校长，找乡长，找教育局局长。听说学校的一个副校长当初还是普通老师的时候，居然给前任校长家挑过粪。现在的青年教师虽然不会去给校长家挑粪，但送点烟酒是经常的。为了这些推却不了的人情，校长只好安排他们担任年级组长、学科带头人或食堂管理员，最起码也要让他们当个班主任。这些都是不需上级主管部门备案的。他蒋谷黄一没关系二没请客送礼，怎么稀里糊涂地就当上了政教主任呢？这事有些蹊跷，让人心里没底。后来在一次醉意蒙眬之时，他借着酒风问校长到底是为啥提拔他，校长含含糊糊说当然是校委会的一致决定和推荐啦，不过他越听越觉得不是那么回事。

当了政教主任，蒋谷黄就忙起来了。除了上课，他还要开展政教处的日常工作，准备各种材料以应付上面的检查，陪校长到外面去开会，或参加兄弟学校的联谊活动。除此之外，更多的是陪上面来的领导喝酒，打牌。虽然他喝酒的底子不错，但后来还是把胃喝出了一点毛病。所以有一段时间他只陪领导打牌，不喝酒，但不久等胃好了，他又开始喝了。他还是喜欢喝酒的，就和指尖摩挲牌面一样，酒液划过喉咙的响声也是那么好听，好像喝下去的那些酒像一只巧手，在他的喉咙里弹奏。他喜欢听这种声音，往往不知不觉间就被这种声音迷醉了，末了会在这种声音中倒了下去，像倒在绸子里一样。如果很久没听到这种声音，他会很难受，像个没魂的人一样在操场上晃来晃去。这时他的耳朵完全张开了，像空空的瓷器。他到任红举那里，拿钱叫任红举或柳昭苏去买酒。很快，他又听到了那种让他迷醉的声音了。每当校长看到他乱蓬蓬的头发、眼圈红红、衣服皱巴拉叽的邋遢样子，便催促他赶快找个对象。校长还把他的个人问题上升了高度，说再这样下去就会影响政教处的形象。校长是真的为他着急，并不止一次到兄弟学校去为他物色对象，无奈蒋谷黄不上心，校长再急也没用。

这期间，教师住房终于有了些改善。本来校长早就想盖房子的，只是前几任校长在基建上欠债太多，而且楼房建好后没多久就成了危房，上级主管部门只好在这方面作了相应的限制。这不，刚松动了一点，校长便开始招标。现在，校长除了准备盖一栋几居室的教师住房，还打算盖学生宿舍。这几年，学生都租住在附近的村子里，不好管理，有时候不但惊动了派出所，连医院妇产科都惊动了几次。新的教师宿舍是两室一厅的结构，有厨房卫生间，大家都想要，学校只好采用量化的方式，把每个人都变成数字，再按大小顺序排下来。如果是普通老师，蒋谷黄的分数是不够的，但加上职务分，他就够了。校长跟他开玩笑，说即使分数真的不够，学校也要想办法让他够，这对他解决个人问题可是大有帮助的，对个人有好处，也就是对整个政教工作有好处。陶康丽仿佛正是在这种大好形势下应运而来的。

　　陶康丽刚从地区师专毕业分配来的时候，大家见了有些吃惊。因为看上去她根本不像是大学刚毕业的女孩子。脸寡瘦寡瘦，又苍白，根本没有一个姑娘家的红润。她的体态也不丰腴，给人以被掏空之感。几个家属私下里议论，说她在大学里可能作风不太好。不过这也没什么奇怪的，毕竟时代变了，社会风气也变了。家属们说起这些十分感慨，说到最后总是落到一点上，那就是像她们当年那样纯洁的女孩子已经没有了。这个结论一出，她们的脸上既带着骄傲，又带着些莫名的失落。

　　即使这样，那些没找到对象的单身汉还是对陶康丽跃跃欲试。教师的地位好像提高了些，工资也加了不少，现在大胆去追求有正式工作的女性，也可以理直气壮些了。师专数学系毕业的田定国的老婆小金，据说以前还"卖过铺板"呢，不然她身上哪来那么多金首饰？家属们眼嘴都很尖厉，柳昭苏是双重身份，她既是教师，又是教师家属，她会把两边的意见互相传递一下。现在，小金带着孩子住在学校，什么事情也不用干，一家三口照样生活得好好的。还是那句话，有钱什么事都好说。如果能找到陶康丽这样的师专毕业生做老婆，双职工家庭，既体面又轻松，之前的经历都不算什么。大家暗自盘算着，觉得还是得多失少。正在单身男教师各自准备向陶康丽进攻的时候，校长一言定乾坤："你们谁都不要打陶康丽的主意，我是为了蒋谷黄才特意向人事股把她要来的，谁要是破坏了我的计划我跟他没完。"校长像是在开玩笑，但他的样子是很严肃的。

　　不知道校长的"干涉"是否起了作用，不久，陶康丽真的和蒋谷黄谈起恋爱来了。他们一起到食堂打饭，一块儿吃饭。蒋谷黄把碗里的瘦肉拨给陶康丽，陶康丽把碗里的肥肉搛给蒋谷黄。饭后他们一起去散步，刚开始还一前一后，后来就并排走着手拉着手了。如果陶康丽到店里买东西，也一定要把蒋谷黄带上。她去盘头发，蒋谷黄就在旁边陪她聊天。又过了不久，陶康丽把被褥搬到蒋谷黄房间里，跟他住在一起了。陶康丽的内衣高高地挂在蒋谷黄的阳台上，跟他的内衣晾在一起。那段时间，蒋谷黄口袋里的烟总是很快地被一抢而光。他的衣服也比以前干净整洁多了。校长说，这才像个政教主任的样子。

虽然这样，可大家仍觉得他们哪里不对劲。但究竟是哪里不对劲，大家说不出来。像是缺点什么，但究竟缺点什么大家也说不出来。大家怂恿蒋谷黄赶快让陶康丽怀上孕，仿佛这样，他的锚就下稳了。不知他是否努力，反正陶康丽一直没什么动静，没在早上起床时呕吐，脸上也没长出可疑的雀斑。其实不但别人，就是他自己，也觉得他和陶康丽之间缺少一点什么。那种东西，就体积而言也许很小，但分量一点也不轻。他和陶康丽之间，缺少的就是这种东西。他们该到哪儿去寻找或补充这种东西呢？有时候，仔细一想，他会暗暗吃惊。按道理，他的人生已经发生了本质性的变化，他已是一个成人了。他已经有了女人，只要他和她愿意，他们还可以有孩子。他清晰地感觉到，他的人生已经掀开了崭新的一页。可是他一点都不激动。是他不爱陶康丽吗？或者说，他爱的是丁小婵？其实他对丁小婵还谈不上爱，他们那可能的爱情还没有开始。他真正爱过的，只有许玲。许玲死后，他的爱就停止了生长。

真的，他的爱已经停止生长了。

如果不是事情后来发生了变化，他也许会和陶康丽结婚。只要她愿意，他是愿意的，当然，如果她拒绝，他也没有什么难过。事实正是这样，陶康丽在经过一段时间的频繁进城之后，有一天忽然对他说："谷黄，我们还是分开吧，我要调到城里去了。"说完这句话，她就在那里等着，等待他指责她，甚至是扇过来的耳光。她闭上眼睛，准备承受即将发生的一切。但稍稍出乎她意料的是，他什么也没说，什么也没做，仿佛早知道这一天会到来，或认为这一切都无所谓。陶康丽在房间里收拾自己的东西，面容上有一些失落。从这天起，陶康丽在众目睽睽下，又搬回她自己的宿舍里去了。

房子忽然空出了一大块。

陶康丽办调动手续的时候，校长有意要卡她一下，不肯签字。校长明确地表达了他对陶康丽的失望。蒋谷黄听说后，跑来说："校长，你这是何苦呢，人家调到城里去，是好事啊，何必阻挡一件好事呢？"校长说："她的事是好事，难道你的事就不是好事了？"蒋谷黄掏出烟来，扔给校长一根，俯在校长耳边说："算了吧，她其实挺可怜的。"

此后，虽有人不断给蒋谷黄做媒，可无一成功。有的是他嫌人家，有的是人家嫌他。也有可来可去的，只是他不肯上心，做媒的忙活了一场，却发现他居然是一副事不关己的态度，也就渐渐失去了热情。

这期间，大家听说丁小婵从教育学院毕业后，嫁给了一个外地的同学。从那里来回有八百里山路。丁志毅老师去了一趟，回来说太远了，那里的路真陡，坐在车上腿发软。他叮嘱女儿，没什么事尽量少回娘家。他一直不明白丁小婵为什么要嫁那么远。他对女儿和蒋谷黄那可能发生或没来得及发生的恋情一无所知。

出乎大家意料的是，半年后，蒋谷黄也突然调到县城中学去了，和陶康丽成了同事。

蒋谷黄也不知道他是怎么被调进县城里的。现在调进县里可不简单，要县长亲自签字。乡中学有八九个老师在县城里住，在乡下上班，风雨无阻。其中包括跟一个副县长是间接亲戚的齐晓东。大家一致认为，蒋谷黄调进县城理所当然。可蒋谷黄仍不知道他们认为的理所当然又在哪里。校长设宴为他送行。校长说："现在好了，到了县城，你就不用为找老婆发愁了。"蒋谷黄却说："我并没有发愁啊。"总务主任孙见喜说："那我们每次到你房里打牌，你干吗总把床单卷起来。"大家笑了起来。

调到县城中学后，蒋谷黄又成了一个普通的政治老师，他还是喜欢做一个纯粹的老师。他在电话里把这些事情告诉三叔的时候，三叔笑着说："办成了就好，本来，你早该调到县城来的。"不久，三叔到县里办事，来看了学校分给他的单身宿舍。三叔让他先凑合着住，过段时间买套房子，预计县里的房价很快也会上涨。他看着三叔，忽然说："叔，是不是你帮忙把我调到县里来的？不止如此，现在想来，我以前的政教主任肯定也是你给我活动的。"三叔笑笑，说都是小事，不值得讲。

蒋谷黄擤了把鼻涕，发现自己又出了鼻血。这是他小时候就有的毛病。村子里的孩子都说他是"沙鼻子"，随便一碰都会出血，而且一出血，要过好久才能止住。那时候他看着从自己鼻子里奔涌不止的血，就像看着汽油燃烧起来了一样，不知道怎么办才好，担心体内的血液就这样哗哗地淌个一干二净。他赶紧把脸仰了起来，然后捋了一把艾蒿叶揉碎把鼻孔堵住。蒿叶的清苦气息沿着伤口前进，一下子侵入到了他的身体深处。为此，他总觉得他的鼻子跟别人的不一样。有一段时间，他看一个人不是看他的脸、头发、衣服或身体的其他部位，而是看他的鼻子，觉得他们的鼻子很好，像碉堡一样牢不可破。娘像是安慰他，又像是安慰自己似的说："不要紧，听人说，长大了，沙鼻子自然就会好。"后来，他的沙鼻子真的慢慢地好了，他也几乎已经忘记他曾经有一个爱出血的沙鼻子了。可前不久，他发现自己又出了鼻血。他并不惊慌，他认为自己有办法对付，他像小时候那样把脸慢慢地仰起来，仰起来。

这期间，他又谈恋爱了——不，应该叫谈了对象。对方是一家工厂的会计，小小的个子，玲珑可爱，像个算盘珠子似的。她的算盘打得很好，她的名字也好听，叫梁凤珠。两个人初次见面时都很满意对方，已经老大不小了，也用不着那样花花草草扭扭捏捏了。第二次见面的时候，他们就住一起了。在三叔的资助下，蒋谷黄在新城区买了一套两室一厅的房子。三叔说得不错，蒋谷黄刚买房后不久，房价就几乎翻了两番。值得或不值得一提的是，有一次，他在街上看到有个女人的背影很像丁小婵，她扯着个孩子，拎着包，风尘仆仆的样子。他很想上前看个究竟，但她拎着个那么大的包，如果是她，他肯定要帮她拎的，如果不拎，那像什么话。可拎了，又算怎么一回事呢？好像命运在这里给他设置了一个圈套，他想，他是不可能钻进这个圈套里去的。后来他一直在想，那个女人到底是不是丁小婵呢？即使跟梁凤珠在床上，他还是认真地想了几回。

情况是突然严重起来的。那天，他早上起来，鼻血一直没止住，只好请假去医院。医生在作了一系列琐细的检查和化验后，看了看他身后说："家属呢？家属怎么没来？"他说："我还没家属呢，家属就是我自己。"医生说："父母呢？父母总归有吧？叫你父母来。"

既然如此，他就已猜出了八九分。病情恶化得很快，没多久，去探望他的同事说几乎认不出他来了。又过了一段时间，他就被白衣护士用白布盖了脸，从白色病房里推了出来。

临去时，他把一只手放在娘手里，就像把鱼放在水里一样，另一只手被三叔攥着。他对娘说他马上可以看到爹了，又说他没想到这么快就能看到爹，只是相隔多年，不知道爹是否还认得他。他对三叔说："叔啊，求你一件事，把我的房子给凤珠，她虽是城里人，可家里穷，父母都下岗了，还有两个弟弟，现在房子这么贵，他们更买不起了。"三叔说："有什么你尽管说，我都答应。"他想了想，看看娘，又看了看三叔，说不想变成个骨灰盒再回到乡下去，他想离家里远一点，从读书时起，他就一直想离家里远一点，可能离家里越远反而越亲,他想对家人亲,他不喜欢娘站在那里一喊他就听得到,因此他请三叔把他带得远远的,哪怕是坐船坐飞机把他扔下去。三叔说:"你放心。"

几天后,一个打着黑色领带,眼圈发红的男人在轮船尾部打开一个木盒的盖子,盯视良久,忽然把盒子倾倒了下去,只见里面冒出一阵轻烟,然后他头也不回地回到了船舱里。

船尾吐着白浪,江水翻滚。

梁凤珠很快嫁了人。只有她自己知道,她已经怀了孕。她像蚌壳一样,偷偷藏着一颗珍珠。

她丈夫叫杨首富,因此那个孩子将姓杨。

夜 色

那天，我正准备下班，手机忽然响了起来。它在我抽屉里。我讨厌它老跟着我，别人一找我就找到了，所以我无论在家还是在单位，都把它放抽屉里，仿佛这样就可以逃避那无所不在的电波的追杀。即使我到隔壁办公室聊天，或到外面去办事，也让它待在抽屉里。朋友们都抱怨不能及时找到我，我嘴上一个劲地道歉，其实心里暗暗得意，好像某种阴谋得逞了。还有几次，我故意让手机开着在办公室过夜，而自己在家里悠闲地看书或呼呼大睡。想象着手机在抽屉里被呼叫得发烫，甚至跳动不止的情景，我不禁笑了起来，让他们着急去吧。但我跟你打赌，我在外面转悠了一会儿回到办公室后，做的第一件事就是拉开抽屉，看看手机上有几个未接电话或几条新信息，值得指出的是，最近我在网上看到的几条有关凶杀案的报道中，都是被害人手机上的信息为公安提供了侦破线索。我们就是这样，既害怕别人打扰装模作样地呼求安静，又渴望相关人员来函来电，生怕错过了某种联系。我们既狂妄自大，又可怜兮兮。

我看了眼来电显示，是一个陌生的号码。对陌生号码我也持有戒心。按下接听键，里面经常会没头没脑地问你："先生，要装修吗？要买房吗？要买保险吗？要买××基金吗？要×××一日游吗？"对于后面这句提问，我常会反问他："真的只有一日吗，我起码也要三日。"对方就笑了起来，保持着某种职业性的克制说先生您真幽默。商业时代有一点好，就是你作为消费者、上帝骂人了，对方不但不会还嘴，还会想出种种词来抬高你、美化你。这一般是固定电话。如果打来的是手机号码，那吃亏的很可能是我，月底到电信公司打一下话费单，很可能无形中多出一百多块，查来查去，会猛发现一个陌生的号码在不到半分钟的时间里吃掉了你几十块。后来弄得电视里也说，对于这种陌生的手机号码最好不要接，或者你用座机回过去，那样就不会掉进类似的电话陷阱了。

今天的这个号码，看起来应该跟我办公的地方在同一个地段。这样我就不怕了。我冷冷地"喂"了一声，里面说："是我啊，我是吴舰艇。"我绷紧的脸皮放松了下来，说："原来是你啊老兄，我还以为又是搞什么推销的。"对方哈哈笑了起来。他一笑，我便确定，他真的是我的师范同学吴舰艇。因为他笑的时候，两颗门牙便会像两艘潜艇似的，从那海水般呼啸滑落的声音里挺出，他的名字、他的模样也都跟着冒出来了。他永远是那副油光水亮的模样。还在学校读书的时候，他就懂得修饰自己，那个时候没钱买更好的美容品，他只有往头发上抹生发油，往衣服和床单上洒花露水。有时候为了节约，他不舍得用生发油，便用自来水代替。

我问他在哪，他说在办公室。我看了看号码，"你办公室电话换了？"他说："不是电话换了，是单位换了。""你不在农行了？""我调到建行来了。"他强调了一个"调"字。我说："好啊，祝贺你老兄，什么时候办好的？"我知道他原先在农行是借用。他说："刚办好。"我又说："前段时间给你办公室打电话，同事说你到北京学习去了，什么时候回来的？"他说："回来有一个月了。"我说："好啊，回来一个月才想起我，肯定没什么好事。"他说："好事好事，刚才还真让你说对了，我给你送饭来了，不是快餐，是大宴。"我问他是不是要请客，他回答说我来了就知道了。我轻轻哼了一声，心想要是你这个铁公鸡舍得请客，那可真是冬天打雷，雨天出太阳。不过这次也不一定，毕竟是正式调进了省城，说不准他一激动，就慷慨一回了。

听说有大宴，我的喉结蠕动了一下。这段时间我被请吃的次数大大减少，原因是我已经戒了酒。我戒酒的原因不是我这个人觉悟多高，而是医生警告我，说我有慢性咽喉炎。医生说这是一种既简单又复杂的病，目前还不能根治，只有靠自己平时保养。我把情况向老婆做了汇报，看到她脸上微微变色，大概她被那句"不能根治"吓住了。试想，一个人这么年轻，就得了某种"不能根治"的病，当然很恐怖了。后来她总会暗暗打量着我，对我的身体不信任，对我们的婚姻前景表示担心。我告诉她其实也没什么，医生说只要不抽烟不喝烈性酒就没事。她说："那你可要听医生的啊。"我忙点头。其实仔细想来，世界就是这样既井然有序又荒诞不经，比如我一直不明白，香烟盒上为什么要煞有介事，又自相矛盾地写上那么一句"吸烟有害健康"，既然如此，又何必生产这种东西呢？虽然有社会学家统计出了全国范围内每分钟有多少财政在指间烧掉，但经济学家马上针锋相对地指出，这种消耗促进了多少社会再生产，解决了多少人员的就业，减轻了多少社会的压力，以及消除了多少社会不安定因素。就是抽烟抽出了气管炎或肺部阴影，不也给广大医务人员提供了大显身手的好机会吗？而医务人员的繁忙又加快了药厂的生产速度，而如果你用的是草药或中成药，说不定还在一定程度上解决了"三农"问题。因为忽然戒烟戒酒，我从原先在酒桌上妙趣横生的人一下子变成了毫无趣味的人，成了酒桌上不和谐的音符。谁愿意与不和谐的音符在一块呢？我就像一块石头压在一堆燃烧物上，因为我，那火焰只能一阵一阵，忽冷忽热，像打着寒战，这多令人难受。我的被冷落其实是再自然不过的，问题是对于我这样的人来说，被人请吃多了会觉得烦，可被人冷落了，心里又不舒服。这跟刚才说的手机问题是一个道理。

吴舰艇显然不知道这一新情况。他在电话里热情洋溢地说："我的大记者，今晚你一定要来，我都已经跟大家讲好了，不然在他们面前我没法交代，你可要给老同学这个面子啊，再说今晚还有好多美女，我保证你不虚此行。"说着他又像潜艇出水似的笑了起来，而且那里面夹杂着一些暧昧神秘的意味，让人充满向往。我问他在哪里见面，他说稻香村。"你不会不知道稻香村吧？""知道知道。"他说那见面再聊。我说好。我们都准备挂电话，但又似乎觉得还有什么没说。我们都迟疑了一下，还是他反应快，马上补充道："稻香村3316号包厢。"我们这才都放下心来似的吁了口气，好像一件大事完全得到了落实。

　　在这里有必要交代一件事情。本来，自从我们知道对方也在省城后联系还是比较密切的，虽然我觉得跟他谈不到一块去，但电话还是会打打的。他甚至跟我说，如果我买房办的是他所在银行的按揭，他可以帮我争取优惠政策，只是我不愿为了他的优惠又去背负那么多债务。后来他又说，他们银行新出了一种什么卡，问我要不要，我一听每年要交一笔不菲的相关费用，便谢绝了他的好意，像我这样的工薪阶层，也没多少银子在手头流通。但像他在外面学习回来一个月后才跟我打电话的事情，以前是没有的，即使他不打电话来，我也会打电话过去的。为什么我没有打过去呢？实话说，我们之间出现了一些尴尬。其间我虽然按捺不住，打了一个电话过去，可听说他不在，又暗暗高兴，我不想他知道我给他打过电话。可毕竟是我有负于他啊，一想到这些，我还是不安。在人情社交上，我向来是一个优柔寡断、患得患失的人。

　　事情是这样的，去年的什么时候吧，他被借用的那家银行要搞一个庆祝建行多少年的晚会，由于吴舰艇是从县里借用过来的，大概是想表现表现，他便自告奋勇地报了名，说他要在晚会上代表他们科室朗诵一首诗，用诗的形式来展现他们银行的风雨历程，表现自己对这份事业的热爱。这样的积极性和热情，使得他们科长很高兴。但他当然不会写诗，只会写些参考消息或新闻报道到内部或行业报纸上发一发，他之所以这样胜券在握，是因为他料定我会帮他写的。他说："谁都知道，你写了那么多诗。"其实我从不写诗。作为一家晚报的副刊编辑，我写得最多的是散文。可他居然连我写什么都不知道，难怪他每次从他们内部的报纸领来了可观的稿费，便会沾沾自喜地马上告诉我，并说你那些文章才拿那么点稿费啊。好像不相信其实是很愿意相信的。我当然不会责怪他不了解我，因为我也从来没有跟他谈过这方面的事。我不希望周围的人，包括同学朋友知道我在偷偷写散文。这年头，搞文学的人，没搞出名堂来类似于小偷，搞出名堂来了是江洋大盗，反正都不是正常角色。他知道我写文章，但不知道我写什么样的文章。他认为报社的人一定会写诗歌，就像宣传部门的人都会写宣传报道一样。但他不知道我这人最不喜欢写两种文章，一是枯燥的东西，二是肉麻的东西。一遇上它们我就才气尽失，成了个白痴。接到吴舰艇的电话我就想："好啊，我好不容易把小县城写公文的差使拒绝掉，难道要做你的'御用文人'不成？不是我不帮这个忙，而是它会让我受辱，而且这个忙我一旦帮上，还不知道你以后又要自告奋勇揽下多少脏活来找我，既然迟早要得罪你，还不如趁早把你得罪算了，倒落个轻松自在。"

吴舰艇见我不肯帮他的忙，肯定生气了。本来我还可以在朋友中找个人帮他写，不过要花点钱。别看吴舰艇是个银行家，要花钱的话，他肯定不干，不然他也不会来找我。有一次我们一起去超市，看到七毛钱一支的处理牙膏，他居然一下子买了好几支。有时候我们在一起吃个快餐，哪怕是我付的钱，他也要服务员开了票，然后把它塞到自己兜里去。我不知道他后来是怎么把那件事对付过去的，他没再来电话。他那点才气我知道，写点报道还过得去，但写诗歌绝对不行。过了一段时间，我心软了，觉得不该拒绝他，便打了个电话想表示一下歉意。可打了好几次，他的手机一直是关的，后来打到他办公室，一个女的说他学习去了。我问到哪儿学习去了，她以银行职员惯有的那种高高在上的冷漠语气，不耐烦地说："到北京学习去了。"我从电话里仿佛看见她的指甲涂了蔻丹，又尖又长。

我想，刚好可以借这次吃饭的机会，把那件事跟他解释一下。他可是银行家啊，还是不要过分得罪的好。

我和吴舰艇是师范学校的同学。那是好多年前的事了。现在师范是没人读了，即使有人读，生源的质量也和当初不可同日而语。听说我们的母校现在已经改成了全日制高中，也就是说，人们在行政的范畴内已经找不到我们的母校了，它只保存在一些人的记忆里。我和吴舰艇就是这种记忆的携带者。虽然师范生社会地位低，可我们可以毫不脸红地说，我们都是当时学习上的佼佼者。我们县两三千学生参加中考，只有前五十名才会被录取到师范，五十名后的才去读高中，考北大清华。所以从某种程度上说，当时的这种招生制度造成了很大的人才浪费，要知道，我们这些优秀的，甚至可以说颇有各种天分的师范毕业生，后来大部分成了小学老师，娶了农村老婆，和民办教师打成一片，放了学就往家里跑，赶去种责任田。小部分调进了中学或县城机关，战战兢兢地过着小职员的日子，只有我和吴舰艇等极少数几个同学，从乡下和小县城里逃了出来。起先我不知道他也已经逃出来了，我像一条涉过宽阔水面的野狗，好不容易爬到陌生的岸上，惊魂未定似的四处打量，有一天忽然得知，吴舰艇和我爬到同一个地方来了。于是我们找个地方吃了顿饭，既像是互相庆祝又像是互相压惊。因为我们虽然上身在岸上，下身还在水里。他被省城一家银行借用，我被一家报纸招聘为编辑。我们的人事关系还在县里。他叫我大记者，他可能搞不清记者和编辑的区别，也可能他认为记者的名头比编辑响亮好听，我叫他银行家，我们仿佛在用这种称呼，把以前的屈辱部分地抹平。

吴舰艇读师范前的情况我所知不多，只知道他爹死得早，家里很穷，他们那里种的橘子和西瓜在全县很有名。有一位省农科院的教授曾下放到他们那里劳动改造，那里的农民对教授很好，后来教授回了城，常想着怎么报答他们。几年后，教授给他们寄来了自己培育的柑橘和西瓜种子。由于教授对他们那儿的土壤结构很了解，所以他培育的种子也只适合他们那里种植，别的地方想盗种都不成。从此，他们那里种上了甘甜的西瓜和橘子，让别乡的人羡慕得不得了。在师范学校读书的三年里，每到秋天，跟吴舰艇同一个乡的同学都会从家里背一袋橘子来给大家尝，只有他从来没有带过，不知道是他小气还是他家里没有栽橘树。或者可能他家里舍不得施肥，橘子长得比别人家的小，他拿不出手。作为农村人，连农作物的肥都施不起，那当然就很穷了。而栽不好橘子，只会让家里更穷。穷是什么，穷是屋门口的一窝饿狗，不但会凶狠地把你的饭碗扑倒，而且还在以惊人的速度繁殖。

我估计，吴舰艇入校时的成绩肯定是不错的，大概跟他以前一直担任班干部有关。他的履历表上是这么写的，所以他很快又被班主任刘老师安排做了班长。他跟我同岁，那时班里年龄大的比我们要大好多，有的是读了高中再回头读初中的，有的在初三复读了两三年。还有一个同学以前是我的小学老师，他高中毕业后代了几年课，觉得没出路，便偷偷跑到另一个乡去读初中。他怕村里人嫉妒，便谎称在外面学木匠，每次上学时还真的扛着个木匠箱子，把书藏在箱子里面。等他的录取通知书下来，村里人还真的告了状，不过告错了地方，他们把告状信寄到了公安局而不是教育局。等他们反应过来，我的那位老师兼同学已经在师范学校稳稳读了大半个学期。他姓崔，好长一段时间里，我不习惯于叫他现在的名字，而鬼鬼祟祟叫他崔老师，他也赶快鬼鬼祟祟地答应一声，仿佛把那声称呼像地下党在遇到紧急情况时吞吃机密字条一样吞了下去。

跟我相比，吴舰艇很早就表现出了跟年龄不相称的成熟。他很快明白，在师范里仅仅学习成绩好是不够的，或者说他不想像以前那样只埋头学习了。他偷偷买了一瓶生发油把它藏起来，踮着脚在镜子前把头发弄得锃亮的。为了节约用油，有时候他也用水。后来我们发现，搽了油之后，他的头发果然好看多了，总是顺溜溜儿地贴在那里闪闪发亮。以致我们读到《藤野先生》开头那一段时，总免不了有些亢奋，觉得拿鲁迅的大笔刺了他一下。不过后来他的营养跟上去了，不搽生发油，头发也很亮了。真的，班里大多数同学对吴舰艇比较讨厌。这个家伙老是窥视着大家的一举一动，然后把它们写下来向班主任汇报。还有一次，刘老师不点名地批评一个女同学，说她简直是资产阶级小姐，喝的是无产阶级父母的血，竟然把父母卖一头肥猪的钱在半天时间里挥霍得干干净净，全部买了衣服。虽然老师不点名，但我们都知道她是在批评一个叫曹金凤的女同学。吴舰艇不知从哪里知道的，早把那件事在班里传开了。可我们觉得老师的批评并不公正，既然像曹金凤这样爱穿衣打扮、虚荣心强的女同学要批评，那么像吴舰艇那样喜欢往头上抹生发油的男生是不是也应该受到批评？刘老师明显在偏袒他。一旦老师在偏袒谁，就像昏君在偏袒一个奸臣，其他任何人都是没有办法的。那时的我们非常痛恨奸臣，所以对吴舰艇也痛恨起来，只要他在寝室里，大家便会冷嘲热讽的。但他好像没听出来，他也很少待在宿舍里，他不跟我们待在一起，总是跟比我们高一届的那几个同学在一起说话和散步，他们都是学生会的干部，有的还入了党。大家说吴舰艇这只马屁精，肯定也想加入学生会。我们说对了，下学期开始时，他果真担任了学生会干部。又过了不久，他成了预备党员。当然，后面这件事我们当时并不知道，我也是毕业后才知道的。

　　大概是师范第二学年快结束的时候，班里谈恋爱的同学忽然多了起来。那时，我们已经知道师范生将来是干什么的了：到乡下去教书，那些小学跟村子连在一起，一到晚上学校便没了人，要么一个人孤零零地住在那里，要么像以前那样回家里睡觉去。可即使能住，还要自己挑水淘米、生火做饭，如果天旱，又到哪儿去挑水呢？想到这些，我们很绝望。如果我们回家去，那跟读师范前有什么区别呢？我们又何必读什么师范呢？很可能是受了年龄大的同学的影响，我们也稀里糊涂去抓爱情这根救命稻草，做着最后的挣扎。大家模模糊糊地觉得，如果和师范同学谈上了恋爱，那以后不用种田下地了，即使在冷清的乡村小学过夜，也有个伴当。很多人就是怀着这种心理去谈恋爱的。当然，在这方面，我们远远不是年龄比我们大的同学，甚至那些青年老师的对手。教我们美术的张孝名，充分发挥他的美术特长，并采用复写技术，使我们班的每一个女生在同一个晚上都收到了他的求爱信。反正后来我们发现，我们班里最漂亮的女同学后来都嫁给了师范学校里的老师或校领导的儿子。此外，年龄大的同学凭着经验的优势，很快也把瞄准的目标弄到了手。他们才不愿抒情，而是会找辆自行车，直接把对方驮到公园或湖边去。只有我们空怀一腔热情，求爱信也写了好几封，可得到的回答，不是说"天涯何处无芳草"，就是说"莫待无花空折枝"。大意是，不是她们对你没那个意思，而是你下手迟了。

我们都知道吴舰艇当时喜欢上了班里一个叫谢芳琴的女生。在安排活动的时候，他总是把谢芳琴跟他安排在同一组。点名时，有时候谢芳琴迟到了，他也睁一只眼闭一只眼。而如果是别人迟到了，他会毫不客气地记下来。我们问他："谢芳琴迟到了怎么不记？"他就装糊涂说："是吗，我怎么没看到？我没看到，就不算迟到。"把我们气得半死。让人欣慰的是，虽然他喜欢谢芳琴，可谢芳琴并不一定喜欢他。像谢芳琴那么漂亮、学习成绩又好的女生，肯定会受到很多人的爱情攻击。如果把那些有经验的家伙比作鲨鱼的话，那吴舰艇和我们这些人只能算做小泥鳅。别看吴舰艇做班长很有一套，可向女生求爱并不是他的长项。我们怀疑，他对谢芳琴的"爱情"还仅仅停留在单方面的想入非非上。再说像谢芳琴这么骄傲、有优越感的女生，是不会轻易在哪个男生那里停泊下来的。她要在空中多盘旋一会儿，看什么地方更适合她停歇。有一次，我们决定大胆采取行动，捉弄他一回。刚好是周五，晚上不用上自习，于是我们模仿谢芳琴的语气和笔迹给吴舰艇写了一封信。开始几个草稿写的都是什么"这段时间以来"，"感谢你对我的关照"之类，我们很不满意，把它撕碎了重写。后来我们忽然如有神助，只写一句："晚八点在操场有沙坑的那边等我。"这句话让我们都有些惊讶，没想到自己这么老练，看来我们这些身高还够不上爱情台桌的家伙，早就跃跃欲试，想把那只黑八捅进网兜里去。这封没头没尾的信肯定能给吴舰艇留下充分的想象空间的，同时也模糊了它可能露出的破绽。他可以认为是谢芳琴写的，也可以认为是别的女同学写的。

我们是中午把纸条塞到他抽屉里去的。那天下午，我们根本没心思听老师讲课，而是暗暗观察吴舰艇的一举一动，彼此发出会心的微笑。我们看到吴舰艇像被蚂蚁呷了屁股，开始坐立不安。他看到那个纸条后马上把抽屉关上，然后四处张望，生怕被别人看到。他的心跳明显加快了，脸上也微微发紧。过了好一会儿，他才又偷偷掀开抽屉一角，瞄了纸条一眼，趁人不注意把它抓到了手心里。在后面的时间里，他多情地朝谢芳琴望了一眼又一眼，按一位善用成语的同学所说，是深情款款的样子。富有戏剧性的是，谢芳琴仿佛感觉到了吴舰艇的凝望，也有一搭没一搭地做着回应，甚至还转过头来认真地盯了他一眼，让我们导演的戏剧简直天衣无缝。我们好不容易才把跟我们的牙齿剧烈搏斗的爆笑捂住，不过即使这样，笑声的尾巴还是从我们的指缝里跑了出来，那种声音类似于鼠叫，使部分同学怀疑地回过头来。后来在寝室里，我们一遍又一遍模仿吴舰艇那深情的张望，我们把脖子轻轻仰起来，像是贴着刀锋划过，但我们的脸是笑着的，眼睛是深情的。不明底细的同学看着我们莫名其妙的神态，也跟着莫名其妙起来。

那天晚上，我们几个很早就躲到教学大楼去了。我们隐藏在攀上三楼的树影里，可以清楚地看到操场边的沙坑，那里却不容易看到我们。那个沙坑是我们上体育课用的，我们班有一个长得跟男同学没什么区别的女生在那里打破了全班男生的跳高纪录，显示出了她的英雄虎胆。毕业统考时，为了提前取得试卷，她走到我们班的数学老师兼学校教务主任房间里，毫不犹豫地褪下了裤子。后来被男朋友知道了，她又毫不犹豫地告倒了我们的数学老师。当然，这些事情，我是毕业后才知道的。现在我们看到的，只是那个灯影与月影交叠里的沙坑，它反射着淡淡的微光。我们看着手表，八点差一刻的时候，吴舰艇出现了。他鬼鬼祟祟的，先是绕操场走了一圈，手里还拿着个本子，好像在背诵英语单词。当时，不甘心将来做小学老师的同学很自觉地拿起了这一武器，准备毕业后去参加普通高考或成人高考。可我们看出他根本没心思背什么单词，嘴里虽念念有词，眼睛却不停地向沙坑那边瞄着，而且过不了一会儿还要抬胳膊看表。风大起来，有些凉意，半个月亮也躲起来了，只见他把那个小本子往口袋里一塞，径直奔沙坑而去，一头扎进了浓密的树影。我们在教学楼上暗笑，心想好戏开场了。他起初还一动不动站在那里，朝女生宿舍张望。他的姿势因等待显得有些僵硬，但一听到脚步声他马上把脑袋转了过来，好像在打着寒战。等脚步声过去，他的脖子马上又僵硬了。当等待完全变得僵硬的时候，他开始了焦躁地踱步。我们心想把地点选在沙坑边上真是太对了。由于日复一日地使用，里面的沙子漫溢出来，把旁边的草都淹没了，走在上面沙沙作响，它们可以把他的脚步声清晰地传递到我们的耳朵里。他的脚步急促起来，好像狠狠踢了地面一脚。沙坑旁边是院墙，有时候，那些个子高的男女同学会翻到墙外面去谈恋爱。吴舰艇跳了几跳，似乎想看看谢芳琴是不是在墙外面。有一会儿没有动静，我们估计他是在重新看那张纸条。看样子，他的眼睛恨不得把那张纸条吃掉，或许他怀疑自己记错了约会的地点，漏掉了"墙外面"那几个字。后来他还真的向有路灯的那一边走过去，他从口袋里掏出自己的手掌对着路灯看着，不明底细的人还真以为他在看自己的手掌，只有我们知道，他手掌里还有一张纸条。他困惑地抬起眼睛，不明白谢芳琴为什么还不来赴约，但他又不能走开。时间已经过去了一个多小时。他又回到树影里。我们好像听到他叹了口气。他的脚步忽然在那里咆哮起来，好像要向什么地方冲过去，但想了想，又退回来了。他即使想去女生寝室也是不可能的，这个时候男生根本进不去。前不久有不明身份的人潜入女生宿舍引起了恐慌，学校加大了管理力度。末了，吴舰艇在那里奔跑起来，像上体育课跳高一样。他从沙坑边沿后退，后退，退到一定远的时候，然后忽然向前冲了过去，起跳，"叭"，他结结实实地摔在了沙坑里，不知道他是否跳过了想象中的那根跳竿。他爬起来，又后退，助跑，起跳。后来，他仿佛一心一意在那里跳起高来，像个体育爱好者。他一次比一次跳得更高。他穿着白色衬衫，这使得他像一道白光在半空中一闪，他摔在沙坑里的声音也越来越轻盈无比。我们希望他换点花样，可他像跟我们赌气似的，坚决不换，看得我们都有点乏味了。由于在黑暗中长时间地睁着眼睛，我们的面部开始酸胀。人和沙坑摩擦的声音仍不断传来，他老这么跳下去叫我们害怕，于是决定装作若无其事的样子去沙坑边看看。从楼上下来时我们低着头，一副垂头丧气的样子，好像倒霉的不是吴舰艇而是我们。为了避免引起他的怀疑，我们做贼似的先一个个溜到宿舍那边，再闹闹嚷嚷向沙坑边走去，好像纯粹是为了晚间锻炼。这时我们完全没有取笑他的意思，只是担心他会不停地跑下去，直到把自己跑死，像精卫填海，像夸父逐日。可当看到来了人，不知看没看出是我们，他马上抖抖鞋里的沙子，往另一个方向头也不回地走了。

　　这件事，可能吴舰艇一直认为是谢芳琴在犹豫不决，根本没怀疑是其他人在捉弄他。从此他对谢芳琴就没那么客气了，如果她迟到，他就会毫不犹豫地把她的名字记下来。

　　谢芳琴后来和我们班的张国庆成了一对。张国庆大我们好几岁，读了高中再读初中，还在社会上混过，腿上和胸口长了很多毛。对付个把女孩子，对他来说简直是小菜一碟。这时我们才意识到，在对付女孩子这件事上，吴舰艇和我们一样都是弱者。他没把谢芳琴弄到手不仅是他的损失，也是我们的损失。

　　我跟老婆打电话请假，说晚上不回家吃饭了。老婆说她也正准备打电话向我请假，她晚上也不回家吃饭了，弄得我心里七上八下的。我说吃了饭你直接回家啊，别去唱什么卡拉OK，她说看情况吧。什么看情况，分明是她自己想去，我看她最近有些鬼迷心窍了，我还不知道她单位那帮家伙，喝得醉醺醺的，然后去歌厅里要一个包厢，搂着别人的老婆跳舞或唱那些肉麻的情歌。我觉得老婆没有前几年纯洁了，现在每次从外面吃饭回来，浑身散发着酒气，嘴里哼着那些男女对唱的情歌，什么"在雨中，我吻过你"，"云呀云呀跟着风呀风儿走"，让我不心生狐疑才怪。于是我有些生硬地说："那好，你自己看着办。"我这是在给她施加压力。有时候，我一施压她就如梦方醒，但今天这一招完全失效，她笑嘻嘻地说你别太霸道了。结果我们真真假假吵了起来，不明就里的人还以为我们是在调情，只有我们自己知道，我们吵起来的时候越像是调情，那说明我们之间的关系越紧张。因为调情是一种若即若离、似真似幻的状态，借用我一个同事的话来说就是比较暧昧，而一个人要驾驭这种状态是要比较高超的心智的。这说明我老婆已今非昔比，不再是一个前怕流言后怕传奇，畏畏缩缩的小县城里的女人了。

前不久，我跟几个同事去县城做一个专题，吃了晚饭，大家说放松放松，便到了一个歌厅里。主办方早已把它包了下来，并安排了几个美女陪我们唱歌跳舞，以增加快乐的气氛。对方的一个负责人说，她们可都是他们县城里既有才华又浪漫的女性。当然，这话也比较暧昧。大家一起玩了一会儿，我们觉得她们果真不错，顾盼生辉善解风情。我们赞叹不已。然而晚上十点还没到，她们就不停地看表。又过了一会儿，她们便以种种理由和借口仓皇离开了歌厅，如飞蛾扑火赶回家里去了，让我们好一阵惆怅。我当时特别的冲动，想打电话漫游给我老婆，对她说我爱她。如果不是考虑到这样反而有可能会引起老婆的警觉，我就真的打了。不知怎么回事，现在如果我忽然对老婆说我爱她，她不是高兴而是害怕。她会怯生生地问我，又发生什么事了吗？刚来省城的时候，她还在我腋下做了半年家庭妇女。不可否认的是，在我们分居的漫长的几年里，我找过几个情人，每当旧情未断或新情又起的时候，我总是怀着无比的内疚在电话里对老婆说我爱她。而女人天生就是感觉动物，听我这样说，她马上就会紧张地问："你在哪里？"刚开始她仿佛还被我打动了，后来猛然明白过来似的把我一推，说："这就怪了，受伤害的是我，你不来安慰我反倒要我来安慰你了！"相信那天晚上回去，我的眼神一定是躲躲闪闪的。如果她追问不舍，那我一定会把什么都说了出来，然后像只受伤的鹭鸶一样，把身子藏在她怀里，长嘴不知道稀里糊涂嘀咕着什么。

半年前，她终于找到了一份独立自主的工作，工资还过得去，就是应酬太多了，让我不适应。一天晚上，她龇牙咧嘴地笑着对我说，作为报复，她一定要给我戴一顶绿帽子，让我尝尝戴绿帽子的滋味。可我们的绿帽子，不像越南人的绿帽子那么看得见摸得着，那年单位组织到越南去旅游，沿途看到越南人的绿帽子，许多人聪明地笑了起来，以为人家越南人是傻瓜。因此我不知道我到底戴没戴上，这东西就像是有人趁我们睡熟了，用屁股对着我们的脸扔下一个屁来，我们怎么知道呢？等我们醒过来，什么也不会看到，除非我们假装睡着了。面对日趋紧张的家庭关系，我不得不在外面收敛了自己的滥情，谁知老婆倒又欲罢不能。看来每个人的怀里都有一个潘多拉盒子。我不知道吴舰艇为什么还把老婆孩子扔在县城，他在省城也已经待了好几年了，干吗不把分居的问题解决掉呢？他要解决起来比我要容易得多。借调他的那家银行给他安排了房子，两室一厅，交通方便，住他一家三口足够。起先我还以为他有意这样给自己一个干坏事的空间，可我很快发现，他并不是个浪漫的人。哪怕在超市里买条毛巾，他也要权衡再三。有一次，他来了个前同事，叫我过去陪着喝一杯，他挑来拣去，选了街边的一家大排档，看上去脏兮兮的，空调都没有。老板问我们喝什么酒，他的前同事问有没有八度。作为县城里的人，自然知道省城里哪种烟酒比较好，八度在省城产的啤酒中算是比较好的一种。我看到吴舰艇脸上扯动了一下，老板说马上去拿，可吴舰艇却说："你这里没有啊？"老板老老实实说："店里没有，我可以去拿。"吴舰艇说："那看起来要等很久啊，你这里有什么酒？"老板说了一种大众化的酒，吴舰艇说："就这种，怎么样？"他回过头问我们。客随主便，我们能说什么呢？我曾问他，来省城这么久，有没有什么艳遇？他说他们单位倒是有女孩子暗示过他，要他陪她们去逛街购物或看电影，但他一概拒绝了。还有一个女孩，要他在情人节送花给她，后来他偷偷去问了一下价钱，赶忙打消了念头，到了情人节就在女孩子面前装傻。后来他还一再跟我嘀咕："你说，怎么一朵花，要那么多钱呢，不是宰人吗？"说实话，如果我是女孩子，是不会喜欢这样的男人的，一点趣味都没有，哪怕他再有钱。跟这样的人在一起，简直就是味同嚼蜡。

师范毕业后，吴舰艇令人瞠目结舌地直接分配到了县城中心小学。当时，师范同学中直接分到县城的虽然也有，但他们都是有门路有背景的，而且他们本身就是县城里人。只有吴舰艇家在农村，也没有任何门路和背景，靠的完全是他自己。那一届我们县五十多个师范毕业生，只有他一个人是党员，他就是凭这个被分到县城的。而我们这些乡下孩子，全都从哪里来回哪里去。这时我们不得不佩服他的成熟和精明。他才十七八岁啊，就能考虑得这么深远，又没有什么高人指点。那时我还什么都不懂，因为读了几首古诗，每到黄昏就自作多情地惆怅起来。聊以自慰的是，那种惆怅，跟年龄毫不相称。

在当初的师范同学中，现在在职务、级别上能和吴舰艇并驾齐驱的，只有高小俅和秦现代。像我这样的，哪怕文章写得再好，但因为没有职务和级别，也是拿不上桌面的。即使在圈子里小有名气，但不能得到人民群众的广泛认可又有什么用呢？伟人说，人民群众是历史的创造者，这话一点不假。有一次，我和报社的同事去一个古村采风，那是一座有着几百户人家的古村，村里的大多数建筑都有几百年的历史。接待我们的村长在带我们参观村里的祠堂时说，他们村一共出过三个进士，十二个举人，最大的官做到了朝廷副宰相。现在，从他们村出去的正科级及以上的干部共有七十三人。看看吧，没有职务和级别，你休想得到人民群众的认可，休想进入他们创造的历史里去。可一个小师范生，离正科级不知有多远，除非你有基础。高小俅就是一个比较有基础的人，他老爸曾经担任我们县政府招待所所长。他一毕业就分到了县团委，过了半年，就提了副科，但他不思上进，过了好多年才当了一个什么局的副局长。后来大概有些着急，就答应下去做乡长，谁知他刚走，原来他在的单位就被划到了省里，直接归省里管，把他气得不行。跟高小俅和吴舰艇相比，秦现代的发迹有点神秘，到目前为止，谁也不知道他靠的是什么关系成了县里的正科级干部。想当初，他在毕业前上台试讲时还挂着鼻涕呢，看来正所谓人不可貌相。

而吴舰艇在省城里应该升得更快吧，不知道他现在到了什么级别，反正在县里，他已经是一家银行的副行长了。在师范读书的时候，谁会想到他将来是银行的副行长呢，何况那时他还不满三十岁。从普通小学教师到副行长，这中间要铺垫什么，又要省略什么，我不知道，也不会去向他打听。那段经历如今只剩下了传说，或者说，那段经历本身已经成了传奇。当传奇传到我耳边的时候，我才知道了一点点。在这里，我无意再现他的传奇，其实把一些人们所津津乐道的成分抽去，传奇也就成了传而不奇。

吴舰艇的所谓传奇就是从县城中心小学开始的。他在认真翻看班里学生的花名册时，注意到了一个叫林晨光的学生，他的父亲林甘州是县农业银行的行长。其他的学生家长虽不乏有职务者，但都是什么主任或副局长之类，说话算不了数。在这里，吴舰艇的命运即将被他的一个学生所改变。他对林晨光特别关心起来，关心他也就是关心自己的命运。对我们来说，林晨光是个什么样的学生已经变得无关紧要，不管他成绩好不好，他的语文老师兼班主任吴舰艇都是一定要家访和主动上门辅导他的。即使他成绩很好，难道身为家长的林甘州会反对儿子的学习成绩变得更好吗？吴舰艇每星期定时到林家义务辅导两次，只关心学生的学习，不关心其他，行长很快喜欢上了这个勤恳踏实的年轻人。他发现，在老师的关心下，儿子对学习的兴趣更加浓厚了，哪怕是以前害怕的作文课，现在也变得兴致勃勃、跃跃欲试，这是行长所乐意看到的。行长很忙，中午一般不在家，但每天吃晚饭的时候，他一定会从儿子嘴里听到一些儿子本人或关于那个年轻吴老师的最新消息，比如他在全校举行的作文竞赛中获了奖，期中考试他的班在全校排名第一，他感兴趣的领域又有很大拓展，吴老师今天下午带学生去参加了一次有意义的活动，吴老师今天在课堂上举的一个例子真幽默，等等。行长想，儿子已经是三年级了，要是他在这样的班里一直读到小学毕业，那就太好了。说实话，他以前为儿子的读书问题没少烦恼过，有的老师根本不负责任，只知道向家长索要礼物，他是个牛鼻子脾气，你转弯抹角索要，他还偏偏不理，看老师能把他的小孩怎么样？他还曾号召过几个家长一起抵制过个别老师的这种不正之风。现在看起来，这个叫吴舰艇的年轻老师真的不错，他倒要主动送些礼物给他。但小伙子坚决不接受，"林行长，教书育人是我们分内的事，礼物我是无论如何不会接受的。"如果再坚持下去，小伙子仿佛急得要哭出来。他的脸和眼睛已经红了。他不但不接受林行长的礼物，而且在知道孩子妈妈得了一种久治不愈的病后，他还买了许多东西来探望，还说学校和家长就是要多沟通，作为老师，他感谢林行长和他爱人培养出了林晨光这么优秀的学生，孩子的事，他请林行长爱人少操心，只要安心养病就行了。

他叫林行长爱人大姐。他试探着叫第一声"大姐"时，他看到林行长爱人开始还有些茫然，当马上明白过来他是在叫她时，她的脸上焕发出了年轻而喜悦的光彩。真的，大姐这个称呼多好啊，说明她还很年轻。她一点也不喜欢银行里那些小伙子战战兢兢地叫她阿姨，过分讲礼貌反而显得生分、有距离。每当这时，她便爱理不理地转过身去，这样搞得小伙子们更害怕了，以为她是一个严肃的人。现在，她和这个年轻人，不，这个小弟弟很谈得来。他的每次到来，都给他们家带来了轻松而欢快的气氛，如果他有事不能来了，她会觉得家里缺了点什么。她真的把吴舰艇当成自己的小弟弟了，她会把她喝不完的那些蜂王浆之类的营养品给他，要他带给他的妈妈。他依然不肯接受，不过她有说服他的办法，她跟他说："又不是给你的，是给你妈妈的，难道我们就不能孝敬一下她老人家吗？"她用的是"我们"。吴舰艇眼圈又红了，再拒绝就生分了。其实他也知道，对于她这样家庭条件的人来说，蜂王浆是不算什么的，他们喜欢乡下的野菜或土鸡，下次他回了家，一定要想办法带一点来。他告诉她，行长是大忙人，整天都在外面，如果她身体有什么不适，请及时打他电话，他马上赶过来送她上医院。后来她真的给他打了，他请假赶到的时候，她已经倒在地上，人事不省。第一次见这样的场面，他简直吓坏了，后来知道她每次犯了病都这样，才胆大了些。他背起她就往医院里跑，她的个子本身比他还高些，又比较肥大，而他的身体还是读书时那副营养不良的样子，下楼梯的时候他不得不用力把脚踮起来。当时县城里还没的士，从她家到医院还有一段路。即使是冬天，他的头上脸上也都是汗。醒来后她十分过意不去。他说："既然你是我大姐，又何必说客气话，赶快把病养好就行。"

　　几次下来，林行长真的很感动，他没想到还有人对他这样贴心。他说："小吴啊，像你这样有能力的人做老师真是委屈了，等晨光小学毕业了，我一定想办法帮你动一动。"吴舰艇说："我没别的想法，能看到晨光这么好的学生在不断进步，能看到大姐身体健康，你工作顺利，我就很满足了。"行长爱人说："舰艇，这件事不用你操心，说实话，不把你落实到一个好地方，我们夜间睡觉都不安心，难道你希望大姐一辈子不安心啊？"吴舰艇只好腼腆地笑笑："到时候再说吧，我一定要先让晨光以最好的成绩考上县中的重点班，不然，我哪有面目见你们。"等他走后，林行长跟他爱人说："你看看，咱们乡下孩子就是纯朴。"林行长也是从乡下奋斗过来的，他爱人是城里人，因此会有一些城乡之类的话题挂在嘴边，十几年过去了还是如此。

三年后，林晨光以全县第二名的成绩考上了县城第一中学的重点班。一中是我们县最好的中学，而重点班又是重点中的重点。这大大出乎林行长的预料。他当然不会食言，不用吴舰艇操心，他就派人把吴舰艇改行的一系列手续全办好了。当时有多少老师想改行啊，但改行是那么容易的吗，要县长签字的。在林行长的安排下，吴舰艇到他所在的银行当了一名保卫干事。有一次我碰到他，就见他穿着保安服，腰间插着一根电棒在那里晃来晃去。不过这已经足够让人羡慕了。过了几个月，林行长就把他转到信贷股去了。一年后，他被提拔为副股长。

其间，林行长爱人为他介绍了一个对象。好像是姓朱，但叫什么名字我一直不知道，反正他们是结婚了。她爸爸是县建筑公司的经理，和林行长是战友，而且她自己也在建筑公司上班。我没见过她，但据见过她的同学说，她长得并不漂亮，长脸，颧骨有点高，有一颗牙齿似乎没完全被嘴唇包住。跟谢芳琴相比，不说天上地下，也是天鹅与鸭。但他们很快结了婚。吴舰艇对他的新娘子似乎还挺满意。他跟林行长爱人说："小朱人好，这比什么都强。"

婚后，他们拥有两套房子，他们自己住一套，另一套出租。那些年，建筑公司效益很好，吴舰艇更是一心扑在工作上。现在，他也是把自己的时间安排得满满的，工作之余除了到林行长家去走动，他还到其他银行的行长，以及县局级领导和一些企业的负责人家里走动。当然，有时候也不完全是为了工作，偶尔他也会到几个同学那里去坐坐，打打牌。如果同学有事找他帮忙，他总是很乐意，给同学倒水，请他们坐下，然后拿起电话。他一边打电话，一边把脚放到茶几上，一边对着电话里拖腔拖调，一边朝同学做鬼脸。他的皮鞋擦得那么亮，头发也还是那么亮，因为用上了现在流行的摩丝。不过跟那时不同的是，他的身上多了一条花色领带。有一次，他快到单位了，忽然发现没打领带，便赶紧回去系上，再回单位上班，他说这是因为单位对打领带要求很严格。打了几个电话，事情就办好了。

有一段时间，他每天回家比较晚。后来林行长爱人委婉地提醒他，说不能为了工作丢了家庭，他才不得不在工作上放松了些。其实也不完全是放松，而是他把工作带到家里来了，反正有电话，联系起来方便。他一回家就坐在那里打电话，有时候一打就是一两个小时。为了丰富业余生活，他还养了几盆花，养了几条金鱼。当时，我们县城里养金鱼的人还不多，因为金鱼比较娇贵，容易死掉，吃食也要到市里去买。但吴舰艇喜欢图个别人没有的。为了把金鱼养好，他还去买了一本这方面的书，一有空就坐在那里钻研。直到有一天，小朱在房里对他不长不短说道，她已经怀孕了，他手里的书不小心掉到了地上。小朱没有开灯，看上去房里黑乎乎的，他猜想那个胚胎的世界也是这么黑。

做了爸爸，吴舰艇也没忙多少，他请了一个保姆，就把事情都解决了。本来小朱要他娘进城来带孩子，那样可以省一笔钱，但他不同意，说娘年纪大了，带不动孩子了。他去看娘总是一个人买些东西悄悄去的，从不让小朱知道。只有春节，才和小朱一起下乡待几天。以前一回家就侍弄金鱼，现在是把孩子抱在手里。他最喜欢让孩子在手里作鱼游状。有一天，他趁小朱出门的时候问保姆："你说，这孩子像我还是像我爱人？"保姆认真地端详他一眼，又认真地端详了一会儿孩子说："像你。"他很高兴，说："我也觉得孩子像我。"

他称呼小朱为爱人而不是老婆。

他对孩子说，你以后可不要去读什么师范啊，我们家再穷，我也不会让你去读师范。孩子才五岁，他就找熟人让孩子上了小学。他仿佛急不可待。他让孩子背诵唐诗宋词，练毛笔字，参加各种兴趣培训班，带孩子登门拜师或请人辅导。他对孩子是严格的，有时孩子不能完成作业，他就让孩子站在那里不能吃饭或睡觉。打手心也是常有的。为了掌握好力度，他买了一根玻璃钢尺，专门对付孩子的手心。每当他去拿尺的时候，孩子就往后躲，小小的身体在哆嗦着。可孩子强忍泪水，一下都不哭，让他又略感安慰。他大概在想，他小时候也是这样的。他到底要把孩子培养成什么样的人才呢？我不知道。好像是既要做文学家，又要做科学家，既要做音乐家，又要做美术家，既要当名人，又要做伟人。有一天我忽然发现，我们师范里的那些同学，已经在不约而同地做着培养下一代的工作。他们是那么的苛刻，好像要把自己的人生失误全部在孩子身上扭转过来，或把自己没有实现的人生理想全部压在孩子身上。

他们自己在想着法子改行从商从政，可没有人一开始就希望自己的孩子将来也去经商或做官。要做官，也是希望自己的孩子将来做大官——最起码也要当个省长吧。他们从没想过，也许自己的孩子将来更有可能只是当个乡长，或什么都不是。

　　不过吴舰艇还远远没有停止上进的脚步。像我这样不思进取的家伙老是想，他已经够顺利了，够成功了，在师范同学中已经是奇迹了，也许他算不上最有钱的，也算不上是最有地位的，但他无疑是把金钱和地位完美结合起来的唯一的一个，无论是高小俅还是秦现代，都不及他。他担任信贷股副职没多长时间就升任了股长。后来到外面去学习了几个月，回来就被提拔为副行长。那时我还在乡下教书，有关部门想调我去写应用文，我不肯去。我到省城来完全要感谢社会体制的进一步开放，很快，人员流动比以前更简单了，我就懵懵懂懂地跑到省城的一家报社里来打工，没想到就此和小县城告了别。那时我想，吴舰艇马上要做行长了，以后我们的孩子读书没有钱也可以找他贷款了。来省城前我还见过他一次，笑着跟他说了上面的话。就是那次，我到他家里坐了一回，他老婆上班去了，孩子上了幼儿园，我看到了他养的金鱼。房子里光线比较暗，大概他老是拉着百叶窗的。那次他叫了几个同学过来一起吃饭，有高小俅和秦现代，看得出，他们来往得比较密切。还有在一所乡下小学担任教导主任的姚水平。功夫不负有心人，姚水平在那所小学十多年没挪窝，终于守到了教导主任一职。他到吴舰艇这里来是有事相求，想吴舰艇帮他在一个什么单位的集资楼里弄一套房子。吴舰艇满口答应。席间我喝了几杯酒，很怀旧地喊了他一声老班长，没想到他很感动，居然喝了一大杯橙汁。他不喝酒。我说："做官的都像你这样，酒厂可就赚不到钱了。"但说句实话，我不像姚水平，跟吴舰艇这样的人我怎么也亲近不起来。虽然他每次碰到我总是那么热情，当然，我也不管那热情是真是假。不久，我就稀里糊涂跑到省城里来了。转眼两年过去，我回去碰到了姚水平，他早已住到吴舰艇帮他搞到的新房子里去了。他拉住我不停地说话，还在师范读书的时候，我就对他的这种本事甘拜下风。他可以就一件琐屑无聊的事跟你不紧不慢用同样的语速说上大半天，过后你根本不记得他说了什么，因为他前面的话被他后面的话消解了，湮没了。这次还好，还留了一点。他说吴舰艇本来可以调到邻县做行长，但他不去。他问我："你说他为什么不去呢？如果是我，去就去，谁都知道是过个趟，肯定是这边不好直接提就转了个弯，不愿在那边待，过段时间就回来嘛。"看得出来，姚水平对自己目前的状况很满意，经常会热辣辣地看着你发出那种自以为是的，会心的微笑。他脸上的酒窝虽然有些松弛，但无疑可以盛更多的生活的美酒。

又过了一段时间，就是这次，我在报社忽然接到吴舰艇的电话，他叫我猜他是谁，估计他跟别人打电话也这样问。不用说，我马上就听出了他的声音。他笑了起来，我仿佛看见他的两颗门牙像潜艇似的冒了出来，嘴里发出点钞机那样"啪啪啪"的声音。需要说明的是，这并不是我采用了什么漫画式的描写手法，而是他的笑声本来如此，我也没觉得这种笑声有什么不好。倒是他的笑声和他的职业结合得亲密无间，容易给人留下深刻的印象。我们毕竟是同学，这么多年，我之所以没和他进一步走近，从某种程度上说，是想保持同学感情的自然和纯洁。他说他借调到省行里来了。众所周知，借调就是正式调动的前奏。

　　采薇阁在省城繁华的聋子路上。聋子据说是古代的一位隐士，隐来隐去的，就隐进了人民群众的历史，接着又隐进了人民群众的生活。像这样的高人，是十分难得的。像他那样的出名法也比较玄，有点苦肉计或自虐狂的味道，一旦不成，想回头都没面子了。很多人做隐士的结果，就是后来露出了马脚，就反而不美了。其实古今大小隐士的出发点和另一拨人并无不同，只是方向看起来不一样。如果把历史比作一个古村的话，里面有一拨人是因为重视功名利禄被记住，而另一拨人是因为蔑视功名利禄被记住。人民群众也是多面性的，他们既崇拜权力，又蔑视权力，至于什么时候崇拜，什么时候蔑视，那要看他们的心情。开始我以为聋子这样的隐士出自于少数精英人物的记载或虚构，后来仔细想想，觉得并不尽然。任何精英人物，如果不和人民群众打成一片，那是怎么也成不了气候的，最后只有被他们一脚踢出去。假如这个聋子的所作所为没有取得人民群众的好感，他休想把他的游戏玩下去。据说这个聋子虽然蔑视权贵，但和人民群众还是打成一片的，经常跟他们在一起喝点小酒，给他们写写对子，排排八字。如果他们的猪或鸡丢了，他就拿出两块龟板来给他们打上一卦。

　　聋子路现在是省城以吃而闻名的地方之一。每天从上午十点到晚上十点，街两旁就会渐渐停满了车，看上去密密麻麻的。这两年店名有些变化，乡下的野菜和粗粮都被拉了过来，比如稻香村、粒粒苦、油盐酱醋、家家粗粮、百姓厨房，还有叫农家大院和柴火大队的。但怎么看怎么别扭，就像我每天收到的那些来稿，作者明明住着高楼大厦，纸上怀念的却都是乡下的牛羊猪狗和农作物。我知道，采薇阁是聋子路仅有的几家高档饭店之一。

我骑着那辆新买的轻便自行车向饭店走去，可刚骑上不久，我就后悔了，不该骑车来的，我该继续把它锁在报社大楼的地下停车场里。可我磨磨蹭蹭优柔寡断地已经骑了一大段路，正值下班的高峰期，想回头都难。于是我只好将错就错继续往前踩。等会儿怎么停车呢，我后悔买了辆新车，如果是旧车，破破烂烂的，随便往哪儿一放，根本没人瞧得上，即使瞧上了，损失也不大，人也显得洒脱，可新车就让我很为难。骑自行车去豪华酒店赴宴，总有些不伦不类，好像民工逛珠宝城或名牌专卖店，为了怕自己没跟上时代，还在腰间挂了只手机，哪知道这更暴露了他的民工身份。刚来省城的时候，我就觉得自己像一个民工，只不过出卖的是脑力。本来，我以前都是在象山路买旧自行车，每辆不过几十块钱。众所周知，那是专门卖旧自行车的地方，夫妻或兄弟形成偷卖一条龙的流水线。来省城这几年，我丢的自行车不下五辆，我有一个朋友还创下过一星期丢三辆车的纪录。以致我再买旧车的时候，不禁会拍拍坐垫，对卖方说车是好车，只是过不了多久，它又会回到你这儿来。听到这话，那个卖车的中年妇女发出了会心的微笑。那种微笑就像我们朝佛像前的水缸里丢硬币，眼看着硬币摇摇摆摆斜下去了，圆阔的水面也不过抿了一下嘴唇。当我刚把一辆旧车骑出感情来它又丢了之后，我终于深刻地认识到，不能再买旧自行车了，正是我们贪小便宜的心理，喂养和促进了这一市场的发展。也就是说，我们越是频繁地光顾这里，丢的车会越多。如果我们不贪这个便宜，他们的车卖给谁呢？既然卖不出去，他们偷那么多车来干吗呢？既然是市场经济时代，从市场的角度来考虑一切，当然不会错了。就像我租住的那个地段有两家超市，一家大一点，一家小一点，很多人只光顾那家大的不去光顾小的，而我对老婆说："我们也要去小点的那边买些东西，不然，等它倒闭了这边的东西会更贵。"遗憾的是，胳膊拧不过大腿，果然，没多久小点的超市关门了，大点的超市立即涨价。很多人没意识到，自己在消费的时候，应该给消费的对象培养一个竞争对手，不然就会出现垄断。因此我想，再能不培养那个旧自行车市场了，只是，像我这样想的人不会很多。我买了辆新车，从此小心停放，在单位放地下停车场，有保安看管，在家里放楼上。个人自然阻挡不住潮流，这是没办法的事，但我再也不去买旧自行车，我为自己的决定感到骄傲。可是现在，胯下的这辆新自行车为我带来了压力。因为赴宴，它让我不自在。看啊，别人都有私家车了，没有私家车，也可以打的，没有打的，骑一辆破车也很潇洒，现在生活这么好，谁会怀疑一个人买不起一辆新自行车呢？只有像我这样骑了一辆新车的，倒会让人生疑。如果我不来赴宴，别人也许不说什么。但既然是赴宴，别人就会有想法，比如

"他哪买得起车啊？""打的要多少钱，他都舍不得，偏偏还要来赴宴！""至少也要买辆电动的啊！"这时我就会有被人排斥的格格不入之感。好像别人穿西服，你穿中山装，偏偏还是新的，旧的还没人注意，新的就容易引人注意。俗话说，越新越扎眼。

这时我就感到了做人的难度。一个人，如果既能和人民群众打成一片，又能跻身于时代精英的行列，那简直太了不起了。老实说，我是做不到的。我这辆崭新的自行车现在是两边都不靠。过立交桥时，我走了一下神，差点被一辆摩托擦到一边去，吓了我一身冷汗。每天这个时候，立交桥下的几个路口，两头都站着戴红袖章的老头，红光满面、精神抖擞地挥着三角旗，像赶牲口似的，把不同的车辆赶进不同的车道，这使我想起我乡下的老娘驱赶那些刚孵出不久的鸡和鸭子的样子。因此在经过老头旁边的时候，我注意地听了一下，看他们的嘴里是否也发出了那种"喔嘀嘀"的声音。如果有人不听指挥，他们就会站在那里跳脚，嘴里大声地斥骂着什么，把唾沫星子喷到行人的脸上。在转弯的地方，经常有车互相撞上，只听一阵尖锐的"吱吱"声，像是某类动物受惊发出了尖叫。

在存车的时候，我果然遇到了难题。我问保安自行车放哪，他指了指一个地方。我沿他的所指望过去，见酒店的一个角落里放了不少自行车，但都是些破烂不堪的家伙，并且我可以肯定，其中大部分是酒店员工自己的。我问他能不能帮我找个更好的地方，他斜了我一眼，摇了摇头。天啊，我敢肯定，像他这样的，工资也不高，可看他那副神情——有人说得对，穷人往往更瞧不起穷人。这就是鲁迅先生所谓的劣根性了，我只好自己想办法。我属猴，站在那里抓耳挠腮一阵，办法就来了。我把自己的车跟别人的车铐在一起，这样，小偷动作起来就不那么容易了。反正是员工的车子，他们下班肯定比我出来得晚。即使不是也不要紧，让他急去吧，他越急，闹得动静越大，我的车子越安全。锁好车子，我不禁有些得意起来。这家酒店真气派，门口两尊石狮子高大威武，灯笼也挂了十几个。门两旁的轿车牌子和样式各不相同，只是我是个十足的车盲，连宝马和蓝鸟都分不清。其他的，车门上大多写了单位，比如××局、××所，或××院。看来采薇阁生意很好。

　　采薇就是采野菜嘛，没想到现在这样高大上了。它本来是古代著名隐士，不食周粟的伯夷叔齐兄弟俩用来充饥的东西，据说他们后来还是饿死了，现在被商人拿来做了酒店的招牌。当然他们更可能会说它是《诗经》里的一首小雅，这样就显得他们很雅致和有文化了。事情就是这样，没有文化的人偏偏要装作很有文化，有文化的人又要装作没文化。作家口口声声称自己是农民，诗人们在刊物上模仿小孩子说话，一会儿要搭积木，一会儿要棒棒糖。不知从什么时候起，我养成了一个恶习，在酒席上的应酬开始之前，要先去逛一下附近的书店。对于这类应酬，我既怕迟到，又不想去得太早。像现在这样，我就可以把时间牢牢掌握在自己手里。但聱子路上并无书店，我只好将就着站在一个报刊亭前翻了翻。在一本刚出来的散文刊物上，有我的一组散文。我看到自己的名字在那里老奸巨猾似的望着我，一脸坏笑。说实话，对此我已没什么感觉了，我拍拍他的脸，叫他继续在那儿待着。我还在一本畅销杂志上看到了一个朋友的稿子，为了计算每月的稿费收入，他老婆还特意买了一只计算器。看看时间，已经差不多了。见我翻了那么久什么也没买，报刊亭里那个一直在虎视眈眈的中年妇女有些不高兴，从鼻子里"哼"了一声。停车越来越多，保安恨不得多长几只手出来。我以前没来过这里，进去了才知道，它真大，外面那个门不过是个引门，里面还别有洞天。酒店的整个结构像个巨大的四合院，中间的天井两边站满了迎宾小姐，她们像盛开的鲜花，发出翠鸟般的鸣叫，并且层出不穷，似乎这里时刻都在举行盛大的宴会，事实可能也正是如此。进来的人个个天庭饱满、气宇轩昂，一看都不是等闲之辈，我不禁有些自卑起来，只好贴着墙根走，没想到还是被迎宾小姐发现了，她碎步过来，朝我鞠躬说："先生，您预订包厢了吗？"还好，我还记得吴舰艇告诉我的包厢号。"3316。"她说："请跟我来。"我跟在她身后。她的臀部在旗袍里左冲右突，活灵活现。不一会儿，她把我交给一蓝袍迎宾小姐，这位小姐的臀部宽阔得像一艘大船。转了个弯，我又被一紫衣迎宾小姐带进了电梯。里面的几个人互不相干地望了一眼。他们高傲、漠然、不屑一顾。原来，我要去的包厢在三号楼。出了电梯，紫衣小姐对恭候在门外的几个黄衣小姐说："带这位先生去316。"至此，她们对于我的传带工作才算完成。

我被安全带进了一个陌生的、封闭的环境。脚下是软绵绵的地毯，走廊两边的墙上，挂了几幅临摹的古典人物画，有荷锄的，有挎篮子的，好像真的准备采薇了。黄衣小姐先敲了一下门，再把门拧开，说："请进。"然后头也不回地走了。

　　这个包厢可真大，一张大圆桌像草原一样铺展在那里。已经来了不少人，我和他们彼此似是而非地点了点头，但脑子却一片空白，因为没有发现一张熟悉的面孔。我的目光像把刷子似的擦过每个人的脸，希望把吴舰艇的脸刷出来，就像小时候我们把一枚硬币放在白纸下，用铅笔在上面涂擦，不一会儿，硬币上的国徽或麦穗就显示了出来。我没想到包厢可以这么大，我以为吴舰艇只找了个三五人的包厢，那样正合适。他当然不会只请我一个人，大概除了非常关键的事情，他是不会单独请某一个人吃饭的。每请一次，他都要考虑到方方面面，让酒席发挥出最大的作用，所以有时候我不得不和一些莫名其妙的人坐在一起。对此我早有心理准备。他在省城的朋友我也认识了一两个，有银行里的同事，也有高招办的主任，因为他的儿子快要读高中了，或者是他的重要客户。还有几次，他叫我去吃饭，去了之后我才知道是别人请他吃饭，虽然他一再低声对我说没事，可我总觉得不自在。但现在看来，我准备得还很不充分。我没想到今天的场面这么大，自己一个人也不认识，而且吴舰艇还没来。我看了看他们，他们也看了看我。我尴尬地笑了笑，他们也笑了笑。我转过头，脑子在紧张地思索。我想我可能跑错了地方，或者是吴舰艇讲错了地方。这里我越看越不对头，于是我拉开门，跑到走廊上给吴舰艇打了个电话。电话响了好久，他才接。我猜他可能在路上，或包厢里吵，他没听见。我说："你在哪里，怎么没看到你？"他反问我："你在哪？"我说："我到了，是不是3316？"他说："是啊。"

我说:"那我怎么没看到你?"他说:"我还没去,你怎么能看到我。"说到这里他笑起来了,我又听到了啪啪啪点钞机的声音。我说怎么回事,他说临走时领导叫他办个事,他一会儿就到。我说:"今天到底是谁请客啊,是不是你?"他说:"这个你不用管,在那儿等着吧。"我说:"那些人我一个也不认识。"他说:"一回生二回熟嘛,你是大记者,难道还怕人?"

我只好又回到包厢。早知如此,我就不来了。跟一堆陌生人在一起吃饭,纵使美酒佳肴,也味同嚼蜡。服务员已经为我倒好了茶,包厢里的服务员,穿的衣服和外面的迎宾小姐又有不同,头上绾着高髻,衣服是蓝色蜡染布,腰间系一块布兜。出于无聊,我开始打量包厢里的陈设。除了彩电和电脑点歌系统,其他陈设既充满农家风味,又古色古香。当然,这一切都是伪造的。但现代人喜欢生活在虚拟和伪造之中。墙壁不用说,是美工画出来的那种古代的粉壁,像豪宅大院又像是城墙,墙上挂着几串塑料辣椒和玉米。只是那些仿古画显得有些堆砌,试想,即使在古代,谁会把画挂在城墙或院子的外墙上呢?不用说,桌子和椅子也都是仿古的,当然不是红木,但看起来像红木。茶杯仿佛一截截的竹筒,餐具也似乎特意被烟熏火燎过,像是刚从古代的废墟里抢救出来的。我抿了口茶,却闻到了一股咖啡味。我问服务员这是什么茶,服务员回答了,我没听清楚。还好,包厢里比较吵,这使我多少自在些。像我这种性格的人,适合在混乱的环境中,即使不会应酬也不会引人注意。

我一边喝着那种带咖啡味的水,一边打量着在座的人。有人看到我在打量他，便抬起了头，我的目光没及时溜走，只好礼貌地朝他笑笑，他也朝我笑笑，跟先前一样。女孩或少妇倒真的是有几个，但只是离我比较远。有的人说话比较主动，也有的人说话比较被动。我发现他们之间也不怎么认识。有一个油头粉面的家伙正在向旁边的一个少妇大献殷勤，少妇用手背按在嘴上"咯咯"地笑。她的手背上有酒窝，脸上也有酒窝。仍有人不断地进来，也是发愣，转身到外头去，然后又回头找地方坐下。这时我跟其他人一样，也有了一些先来者的优越感了。我心想这个人马上会朝我们尴尬地笑笑的，我一抬头，果然看到他朝大家尴尬地笑了笑。他掏出烟来在包厢里走了一圈，但没人接他的烟，本来我是不抽烟的，看到他狼狈的样子，我赶紧接了一支。他终于松了口气，有些感激地朝我笑了笑。他在我旁边坐下，掏出打火机来给我点上烟，他自己却不抽。我有些奇怪，自己不抽烟干吗发烟给别人抽，这使我好像有上当受骗的感觉。我不想理他。可他一个劲地靠近我，用他的嘴脸凑近我。他大概是北方人，中午毫无疑问地吃了大蒜。他说能参加这样的宴会真是感到荣幸，本来他很忙，手头还有很多事要处理，但一接到电话，他就来了。他说他的副高已经批下来了，现在他是他们单位最年轻的副高了。我问："是吴舰艇跟你打的电话吗？"他愣了一下说："吴舰艇是谁？我不认识什么吴舰艇。"我只好说："吴舰艇是我的一个朋友。"他抱歉地笑笑，这时他才认真地打量了我一眼，似乎才发现和我并不熟，如此说来刚才那些唠叨都白说了。他不禁有些失望，不满地瞥了我一眼。如果我再跟他说什么，他肯定是"嗯嗯啊啊"的。他把目光转向了别处，开始指责服务员茶水加得太慢，空调的风向没有调好，服务员忙不迭地按他的意思更正。他很生气地说："这些老板，这些乡下妹子，太不像话了！中国人素质就是低，如果在西餐厅里，早被炒鱿鱼了。没有特色，既然叫采薇阁，就要拿出中国农业文化的绝活来，我去年到欧洲考察，看了很多，人家那才叫文化。我看，这彩电和电脑纯粹是多余的，没品位，大杂烩！"他发了一通议论，看得出，他希望他的话起到抛砖引玉或抛玉引砖的效果，反正要使得大家都讨论。他瞪大眼睛，见大家没什么反应，又失望地叹了口气。他的手指像马的四蹄似的，在桌上嘚嘚笃笃地原地奔跑起来，好像在焦躁不安地等待它的主人。

不一会儿，门外进来两个人，里面还真的有一个他熟悉的，他终于找到救兵似的赶上前一个劲地握手，但另一个对他却似乎不冷不热的，握手的时候似乎还迟疑和退缩了一下。后来他们开始谈房子、年薪和职称，谈着谈着，隔膜感渐渐消除了，他们越谈越热烈，越谈越投机，甚至覆盖了其他人的话题，不少人也加入这边的谈话中来了。一个说他们单位又在建房子，有的人已经有了三套房子了，反正单位马上要改制，头儿要把小金库里的钱全用掉，不然以后就什么也没有了，反正头儿得实惠大家都得实惠，不过是个多少的问题。少就少一点嘛，头儿也不是那么容易当的。一个说你们头儿幸福啊，难得你们这么善解人意，他这个头儿当得一点劲都没有，实惠没有，还经常受气。有人感叹道，单位有钱就好办事，人家是什么单位，你是什么单位。这边听了立马就叹气，不过叹气也是有些骄傲的叹气，跟别的叹气还是有一些不同。一个又说，去年省委一个领导倒台的时候，他们单位的头儿跟着倒了点霉，但也没什么大碍，最近有人找上门来，要高价收购那位领导送他的字画，他说他差点把它们毁了，藏在什么地方一直不敢拿出来，没想到现在像个文物似的，值那么多钱。有人接话说，是啊，有个地方不是还拍卖过一个被枪毙的什么人受贿的赃物吗，电视里都直播了，卖到了天价，记者采访一个买主，问他为什么舍得花那么高的价钱，买主说这个人是进入了历史的，跟他相关的东西就是文物了，以后可以升值。看来，流芳百世和遗臭万年还真是异曲同工啊。

正说着，门忽然被推开了，进来一个女的。她做了一个有些惊愕的表情，还好，里面有人认识她，她这才放下心来。她看了看，只有我旁边还有空位，于是朝我点点头，然后赶忙坐下。

我有些高兴。这是一个颇有姿色的女人。在这样的场合，如果没有漂亮女人，那就太索然无味了。我和她进行了一些简单的对话。她的嘴唇很有线条感，脸也很有线条感，妩媚中似乎有些沧桑。我喜欢这样的女人，对面那个脸上和手背上都有酒窝的女人虽然年轻、充满了活力，但总觉得简单了一些。我不喜欢太简单的女人。老婆说这大概跟我小时候缺乏母爱有关，这使得老婆对把握我充满信心。不管怎么说，跟那些显得沧桑的女人较量，她还是很自信的。有时候，为了追求沧桑感，她还有意把眼睛弄得有点浮肿，果然让我怦然心动。我感觉到，眼前的这个女人对我也有好感。她的眼角好似枣树上的刺，在隐约挑衅或挑逗我。我们太老套了，居然还用眼睛在交流。我们既不合时宜又想入非非。

大家的肚子大概有些饿了。刚才的各种话题戛然而止，谁也懒得接上，一边心不在焉地翻手机，一边瞄着门口，不知是在等东道主进来，还是等服务员上菜。也许他们知道，反正到目前为止，我还不知东道主是谁。看架势，不太可能是我的同学吴舰艇。我有些急了，这个吴舰艇怎么还不来啊，不是他做东，已经让我心虚了，如果他不来，那我简直没有理由再坐下去了。我再次拨通了他的手机。我说你怎么还不来，他"嗯嗯啊啊"的，好像说话很不方便的样子。过了一会儿，他的声音才大起来。他说很抱歉，他来不了了。我说："那我怎么办？"他似乎有些奇怪："你不用干什么，只要吃饭就行了。"我说："又不是你做东，我凭什么在这里吃人家的饭？"他说："不要紧的，大家都是今天你请我明天我请你的，老同学，大记者，你放心吃，我就不陪你了，下次我再单独请你，给你赔不是，哈哈。"我想问他究竟谁是东道主，可他已经挂了电话。

我想这事荒唐，心想一走了之，但看到旁边的女士在用期待的目光望着我，我的心又软了。我这人就这点没出息，看到女人就心软。我模棱两可地站在那里。这时包厢的门打开了，服务员上菜了。再一看，人也早已坐得整整齐齐，座位也基本上满了，这个时候再走就显得突兀了，说不定人家还会怀疑我跑错了包厢笑我是白痴。想到这里我只好坐下来，跟大家一起举起了酒杯。

由于我现在喝酒比较注意，所以还能保持清醒的头脑，看别人怎么喝酒。一大圆桌人加起来有二三十人，开始大家彼此还比较拘谨，但在酒精的作用下，所有人都兴奋起来了。不熟悉的好像已经认识了好多年，男人之间叫兄弟，男人对女人称呼妹子或大姐，女人对男人称呼大哥或小弟。兄弟这个词本来是多么好啊，波德莱尔说："所有的诗人都是兄弟。"但后来，我对这个词忽然倒了胃口。因为我发现，那个韦小宝看到什么男人都叫兄弟，还有电视剧里那个宋江，他每次叫人兄弟的时候，我就起鸡皮疙瘩。从此这个词我就尽量不用或基本不用了。

他们开始了互相敬酒。有的人真的能喝，好像他们本身就是盛酒的容器，他们把酒喝到肚子里，面色通红，嘴唇闪闪发亮，眼角略略有那么一点儿眼屎，好像是酒把它们驱赶出来了。不会喝酒的就喝牛奶，尤其是那些女士，我从来没发现女人喝牛奶是那么美和那么令人浮想联翩。当然，也有的人飞快地把酒洒到了地上，还有的人把酒当成水倒别人的茶杯里，而那个人居然什么也没发现，把一茶杯酒全喝下去了，然后大叫好茶。整个饭局的高潮是在一道牛鞭被端上桌的时候到来的。服务员说这是正宗的乡下牛鞭，马上有人问她："你怎么知道？"服务员红了脸，但她立即反败为胜，说尝尝就知道了。但一条牛鞭，怎么分呢？这可是一个难题。我忽然灵机一动，心想因为这牛鞭，说不定就可以知道谁是东道主了。如果东道主是职务最大的人，那么别人会把牛鞭送到他面前，请他先下箸，如果他不是职务最大或根本没有职务而只有其他，比如说有钱，那么他会主动站起来把牛鞭搛给座中最有分量的人。我盯着在座的各位看谁先动手，没想到片刻的寂静之后，大家同时举起了筷子，只有女士羞答答的，拿着筷子旁顾左右。男士们"嗨"了一声一齐用力，一根大牛鞭顿时分成若干小鞭，爬到各人的筷子上去了，我因为没有抓住机遇而扑了空。我看到旁边的女士对我轻轻笑了起来，我也朝她笑了。我感觉面部肌肉有些僵硬，便用力搓了搓。

看来东道主是谁的问题不是一下子能搞得清楚的。因为在追索这个问题，我连享用牛鞭的机会都失去了，这个损失无疑是严重的。我不知道那个东西是否也是海绵体，只知道它嚼起来大概挺费劲的，由此可见，刚才大家用了多大力。他们像是用筷子划了一次龙舟，每个人都是冠军。我看了看在座的其他男士，见他们的腮帮果然还是鼓鼓的，我想假如我今晚回去在老婆面前表现不佳，肯定跟没尝到这道菜有关系。每当我在外面应酬回去，老婆首先要我交作业，如果检查合格，她就露出满意的笑容，如果不合格，她就要细细地查缺补漏。看到他们的样子，我有些懊悔，因为不管谁是东道主，他们吃得很轻松，不像我这么沉重，好像不知道自己的老子娘是谁似的。俗话说，有奶便是娘，生不如养，母亲只生了我的身，诸如此类。我决定调整自己的心态。老婆不是要检查家庭作业吗，那我先做点课外习题吧。

我跟旁边的女士互相碰杯。她很高兴，满面绯红。我们互相通报了姓名、职业和婚姻状况。总不能像一篇小说里写的那样，一个男人与一个女人或一个女人与一个男人发生了什么故事之后，等一方走出门时，另一方忽然问："你叫什么名字？"这叫有名的报上名来，无名的俺们不要。不过我们还是没有什么话说，我们大概都是那种性格内向、有社交恐惧症的人，这样的人感受丰富而滞于行动。我果断地把自己的大腿靠在她的腿上。为了避免闹出靠了半天原来是靠在桌子脚上的笑话，我又伸出手在上面摁了一下。她的腿很结实，皮肤凉凉的。我抬起头，见她的脸更生动了，好像是溪水从鹅卵石上流过的样子。后来趁人不注意，她还伸出手来，往我手心里掐了那么一下。

这时有人来敬她的酒。她已经喝了小半杯，可那个人还要敬，她很为难，说无论如何不能再喝了。可对方偏偏不放手。她用求助的目光望着我，我热血往上冒，英雄救美似的站起来，说我代她喝。说着，不等对方同意，我端起她的酒杯便一饮而尽。就这样，我的嘴唇和她的嘴唇在酒杯上胜利会师了。酒杯似乎散发着热气，可我感觉那酒不是盛在杯子里，而是盛在她微微开启、散发着热气的嘴唇里，我是为了接近那嘴唇才去喝这杯酒的。我也不管什么慢性咽喉炎了，大不了吃几片药，反正这种病又根治不了。我从眼角的余光里看到她展颜一笑，大有彼此默契、心领神会之感。后来又有人敬酒，她依然喝一小半杯，余下的请我代劳，我们联手取得了胜利。在这里，我不得不提到我的农民式的狡诈。我开始装作不怎么会喝酒，他们满怀嫉妒，一定要出我的洋相，便加快了敬酒的速度和频率，他们哪知道，这是在给我们的嘴唇提供更多会师的机会呢？有几次，我还装作要醉的样子，拍着她很暴露的肉嘟嘟的双肩。我感觉自己像一艘又高又尖的帆船，快要在风里鼓满了。他们兴奋地瞪着眼睛，心里一定在喊着"一、二、三，倒下！一、二、三，倒下！"结果没想到我不但没倒下，反而越站越直了。他们的眼睛越瞪越大，最后不得不承认他们的失败，不是我，而是他们中的一些人，已经完全站不住了，站起来敬酒的时候，不得不用一只手撑着桌子，这样才让自己没有轰然倒下。

在这里，我注意到了一个问题。你看，哪怕是在敌我不分，或你唱我和的酒席上，我也习惯于把人分为"我"和"他们"，喜欢把个体和集体对立起来。这就是读书人的坏毛病了。

他们见不能把我灌醉出我洋相，便改变了战斗策略，互相埋怨、攻击起来。这种方法行之有效。他们用的是大杯，半尺见深的那种。它们有着巨大的喉咙和粗壮的身体，先吃掉了瓶嘴，接着吃掉了人嘴。开始，人嘴回到人身上还比较快，后来就越来越慢了。我盯着他们看，要过好久，他们的嘴才慢慢从脸上显现出来，像我们那时候读的革命小说，那些至关重要的情报总是在清水的浸泡中才慢慢显现出来。有的酒杯在吃掉瓶嘴和吃掉人嘴之后，就跳到了地上，但没有出现意料中的碎裂。他们马上爬了起来，以为没人看到似的松了口气，之后突然又捂着刚刚失而复得的嘴巴，向卫生间奔去。很快，他们宣告自己的嘴巴发挥了另一种作用。

闹了半夜，我还不知道东道主是谁。这时，我突发奇想，故意把筷子掉到地上，然后俯下身去。我忽然想起了古代一部有名的笔记小说，那里面乐善好施的人基本上是狐狸变化而成的，仿佛变成人对他们来说太简单了。但他们再怎么会变，尾巴却没法变幻，也没法藏起来，现在我趴在地上，就是想看看谁有尾巴。有尾巴就是狐狸，是狐狸就是东道主。有一回我认为自己看到了一条尾巴，等我揉揉眼睛，才发现是那一根拐杖，或者说文明棍。它的主人是一个学者或出版家模样的人，他眼睛贼亮，头顶闪闪放光。不一会儿，我又把一个女人拖在地上的裙带当成了尾巴。我不知道裙带怎么从她苗条的腰间跑了出来。真的，后来我干脆装作若无其事的样子绕桌子走了一圈，还是什么也没发现。我绕到了几个人的背后，轻声问他或她：“请问，今晚谁是东道主呢？”他们摇了摇头，接着面露困惑，似乎不知道我为什么要问这个。有人干脆说：“东道主不是你嘛，别考我，你以为我不知道啊。”

“对，你就是东道主。”几个人站了起来，把我拽回座位，跟我喝酒。认为我是东道主的人越来越多，使我自己也疑惑起来，是不是吴舰艇就是东道主，他有事来不了，于是他们便理所当然地把我当成了东道主？可刚才吴舰艇在电话里根本没说他是东道主。以他的性格，是不可能不说的，平时哪怕是别人请客，他也要把人情算在他自己头上。

不知究竟闹到了什么时候，酒席才散场，反正每个人都喝得既互不相识又亲密无比，彼此搂着肩膀说哥儿俩好或亲爱的。我正准备去推自行车，一个女人忽然从后面拽住我，说：“你难道扔下我不管了？”我猛回头，发现是刚才坐在我旁边和我掐过手碰过腿的女人，可我真的忘记她叫什么名字了。她不容置疑地说：“走吧，旁边有一家旅馆。”这时，我的眼前出现了一条类似于食物链那样的东西：她在我旁边，我和她都在一家旅馆的旁边，旅馆又在这个伟大的时代旁边……可是，我的自行车怎么办？那可是一辆新自行车啊，我总不能推着一辆自行车去和一个女士开钟点房吧？我情愿它是一头毛驴，那多少还有些小资情调。事情就是这样，很多时候，我们既找不到东道主，又离不开小资情调。可是。正在我"可是"的时候，忽然听到存放自行车的那边嚷嚷起来，一个人说谁这么无聊，把车子锁到他的车上来了，要人给他拿一把老虎钳来，另一个人说不行呀，他是这里的保安，怎么能让人在眼皮底下撬锁呢？老板知道了会怎么说？顾客知道了会怎么说？广大市民知道了会怎么说？弄不好他会被开除的，请那人再耐心等一等。他们一个要撬锁一个不让撬，争得不可开交。她想拉我过去看，我却连连后退，生怕那个保安认出我来。还好，他只顾和那个要撬锁的家伙理论。看样子，他是绝对不会让人撬锁的。一个保安，在行使权力的时候往往比穿正规制服的人更来劲。我坏坏地笑了起来。她又在掐我的手心，她的指尖像宝塔，像七级浮屠。说真的，她掐手心是很有一套的，那种感觉让我很舒服，感觉人生得到了升华。于是我狠下心来，悄悄对我的自行车说："老兄，你也看到了，我这儿有战斗任务，只好委屈你了，暂且把你交给敬爱的保安同志保管，拜拜，拜拜。"

　　我没想到在那天深夜，无意间洞悉了吴舰艇的一些秘密。大概是那次莫名其妙的宴会之后，一天深夜，我蹲在卫生间里听收音机，这个习惯是我从单位上的老同志那儿化用而来的，我看到他们散步时总喜欢把个收音机放到耳朵边。按道理，收音机已经大大地落后于时代了，我的一位从事广播工作的朋友老是抱怨他们和隔壁电视台的收入相距悬殊，没想到它还能在老同志手里发挥余热。我马上做出决定，向老同志学习，他们的经验就是我们的财富，于是也买了一只收音机。当然我不在散步时带着它，有一段时间我睡眠不好，我想它也许可以起到催眠的作用。上卫生间时太枯燥，因为我便秘，它可以让我听新闻和音乐。还有一个原因是，我是个有点儿怀旧情调的人，它会让我想起自己的少年时光。记得在师范学校读书时，我们班几乎每个人都买了一只小收音机，晚上躲在被窝里偷偷听那些悦耳的女声。一天晚上我突然醒来，听到有人在说话，而且是一个女人，这让我的睡意跑了个精光。我偷偷下床，渐渐找到了声音的发源地，原来是一个家伙在梦中和收音机里的女声对话。女声："不，这不是真的！"同学："我也不希望是真的。"女声："你别说了，我不想听！"同学："我要说，可我要说……"

事隔多年，我已经不太记得那是谁了。但收音机让我想起师范学校，想起同学，自然也就会想起吴舰艇。说实话，如果不是同在省城，我才不会想起他来。像许多同学一样，我那时并不喜欢他。

现在我才知道，从收音机里已经听不到当初我喜欢的阅读欣赏、电影录音剪辑之类的节目了。现在充斥于收音机里的，是各种增高、减肥、降压等等产品的广告，大量求助治疗心理或生理疑难杂症的无聊热线，比如失恋啊，落榜啊，前列腺炎啊，乙肝啊，糖尿病啊，老年痴呆症啊等等，似乎收音机成了万事通。有时候为了听一首自己喜欢的歌，不得不忍受主持人聒噪半天废话。我把调谐转来转去，忽然听到里面传来一阵电话铃声，我冷笑一声，心想不知道又是个什么热线。主持人拿起了话筒，"喂？"对方半天不作声。主持人又"喂"了一声，对方还是不作声。这种情况收音机里经常有。看来都有难言之隐，不然谁吃饱了没事干，这么晚还在给电台打电话呢？主持人显得很有耐心似的，循循善诱，好像在引蛇出洞。对方终于说话了。他说："是我吗？"大概他一边开着收音机一边拿着话筒。主持人说："当然是您啊，请问先生，您有什么问题要咨询呢？"对方似乎稍稍恢复了平静，说："主持人你好，我天天这个时候听你主持的节目，我很早就想跟你打电话。"

听到这里，我吃了一惊，心想这个声音太耳熟了，他多像吴舰艇啊。他的门牙像潜艇似的露出水面，头发湿漉漉的油光水亮。这时他当然不会笑。我有些好奇，继续听了下去，不知道他有什么秘密要跟主持人说。

那个声音像吴舰艇的家伙说，他一直在银行工作，在许多人眼里，他算得上是个成功人士。在来省城之前，他就是他们县一家银行的副行长了，当副行长时他还不到三十岁，只要他愿意，他完全可以当上行长，然后到市里当副行长，再当正行长，一个市的银行行长应该也是个不小的官了。但是他把一切都放弃了，只身来到了省城。在这里，他没有职务没有基础，一切要重新开始，可他愿意这样。他不畏艰难，不怕挑战，可没有人知道，因为疾病，这么多年来他一点儿也不快乐。结婚不久，他就查出了自己患有乙肝。他是从农村出来的，妻子本来就瞧不起他，他怕这样一来，她就更瞧不起他了，所以他起初瞒着她。但这怎么瞒得住呢，妻子终于知道了事情的真相，也真的更瞧不起他了。要不是因为某种原因，他才不会娶她，她长得多丑啊，明明生在城里，可还没结婚就长得又老又丑，长脸，凸额，还有一颗龅牙。第一次跟她见面时，他以为自己认错了人。说实话，找了个这样的老婆，即使他没有乙肝，也不会快乐。可乙肝，让她在他面前趾高气昂。他们的夫妻关系越来越恶化了，她甚至在外面有了人，一个年纪大他们许多的秃顶男人。她说："反正你又不行，难道要让老娘守活寡？"可是她又不会跟他离婚。除了他，她到哪儿去找像他这样长相斯文、前程似锦的男人呢？而他也没办法跟她闹离婚，一离婚，他就什么也没有了。

由于种种原因，他和她都向外隐瞒了他的病情，当然除了行长，因为他还要向行长请假，请行长报销医药费。在行长的帮助下，他几次治病都让其他人认为是进修学习去了。为了摆脱家庭生活的压抑，他把精力都扑在了工作上。行长十分赏识他，他进步很快。只有在工作的时候，他才感到充实和些许的愉快。除了日常工作，他还主动写新闻报道、行业论文，领导讲话他也写了几次，让行长秘书颇有微词。如果不工作，他简直不知道日子如何打发。他跟妻子的关系是既互相仇视又互相依赖，虚荣心使他们谁也离不开谁。但有一天，他忽然发现，他拼命工作的结果竟然是向着她所希望的方向发展——试想，等他当了行长，她就是不可一世的行长夫人了。想到这里，他冷笑起来。两年前，行长在调到市里去之后，想把他调到邻县当行长，被他拒绝了。他们第一次不欢而散。他想，他不可能让行长还有妻子的"阴谋"得逞。他要把已有的一切都抛弃掉，让他们顿足捶胸。于是他只身来到了省城，他要到省城来重新奋斗。他要让他的成绩他的前程跟他们没有一点关系。可就在这时，他的病又犯了，他为此感到绝望。犹豫了很久，他还是决定给主持人打电话，希望主持人能给他指点迷津。

主持人向他推荐了几种药物。我不禁替吴舰艇着急，是的，我已经认定他是吴舰艇无疑了，虽然他没有把老婆像平时那样称作"爱人"。我心想，他怎么病急乱投医，相信电台里的鬼话了呢？那些主持人或嘉宾个个装得像是专家，其实什么也不懂，不是增高给人增出了残疾，就是降压给人降出了尿毒症。我几乎要给吴舰艇打电话了。正在这时，我却听他说："主持人您知道吗，别看我刚才说得那么斩钉截铁，其实我心里很难过，我想我女儿。"

我记得吴舰艇是生了个儿子的，怎么成了女儿呢？是他故意撒谎担心别人听出了他的声音对号入座，还是他根本就不是吴舰艇呢？

第二天，我打吴舰艇的手机。不知是巧合还是果然不出所料，一个柔美的女声说道："您好，您所拨打的电话已关机或不在服务区。"

桃之夭夭

杜若桃在她二十五岁的时候有了第一次外遇。

当外遇第一次来到她跟前时，她吃惊地睁大了眼睛。她想这就是传说中的外遇吗？之所以说它是传说中的，是因为她一直觉得它离她很远。她认为她的生活中永远不可能发生这样的事情，可是现在它摇头摆尾地来了，像日月相逢，像白光一闪。她有些晕眩，也有些羞恼，还有些心慌发抖。她像是受了蛊惑，又像是受了委屈，眼圈一红，眼泪几乎要吧嗒吧嗒地掉下来。

杜若桃是镇中心小学的老师，结婚已四年，女儿三岁半。她丈夫夏天无是镇卫生院的医生。他们从恋爱到结婚，速度快得惊人。那时杜若桃仿佛是一只受惊的小鸟，在飞行的过程中迷了路，急于想找一个温暖的巢穴投进去。一旦投入进去，她便要把翅膀收紧，伏在那里一动不动了。

八年前，杜若桃还是市立师范的学生，是一个面容皎洁，目光清幽，喜欢眺望和遐想的女孩。她经常像风一般穿过操场和熙攘的人群，在离校门不远的小山冈上，找了个有草的地方坐下来。她手里总有一册晚唐的诗或宋代的词，书页飘拂，古典的阳光映照在她脸上。她不知道这个世界除了诗和梦还有什么，但她知道，对于她而言，有了梦想和诗歌就足够了。也许她不太合群，有时还会遭受嫉妒和流言蜚语的中伤，但这又有什么关系呢？她应该永远骄傲地微笑着……正是在那些迷离的光线里，她暗暗对自己说，将来要找一个大她三至四岁的男人做丈夫，并且一生只恋爱一次。当然，最好她也是他的初恋。

第一个让她倾注了柔情的人是她哥哥。仿佛哥哥的出现，对于她来说比父母更重要。她有好多姐姐，亲姐姐、堂姐姐，小时候数都数不过来，而哥哥，她只有一个。或许是因为父母宠着哥哥的缘故，她也宠着哥哥。每当哥哥和姐姐们吵架，她总是站在哥哥这边。如果姐姐们欺负哥哥，把哥哥弄哭了，她就会在姐姐们的手臂或大腿上飞快地咬上一口，然后一溜烟跑掉。她和哥哥跟父母一起睡，被面上开满了花朵，他们就在花朵里钻来钻去。后来哥哥读书了，她也跟在哥哥后面，兴致勃勃地往学校跑。哥哥要上课，她就在学校的操场上捉蚂蚁。哥哥比她大三四岁，懂得比她多，她经常望着哥哥的脸，像望着天上的月亮一样，既好奇又充满神圣感。五六岁的时候，一个亲戚结婚，他们去坐席，回来，她就对哥哥说："我要嫁给你。"哥哥说："你瞎说，做妹妹的怎么能嫁给哥哥。"她又说："那我就嫁一个跟你一样大的人。"哥哥笑了起来。她感觉出哥哥的嘲笑，就坐在那里大哭，赖着不肯起来。别看哥哥娇生惯养，可他很会读书，初中毕业，便以优异的成绩考上了市里的中专学校。那时考上中专，是要请老师、亲戚和全村的人来喝酒的。那几天，她的虚荣心得到了极大的满足，仿佛考上学堂的不是哥哥而是她自己。哥哥走后，她郁郁寡欢起来，幸亏哥哥教会了她写信。想念哥哥的时候，她就给他写信。三年后，她也以高出分数线许多的成绩，考到市里去了。她上学那年，哥哥毕业。

毕业后，哥哥被分到了一家造船厂，厂在江边的山里。哥哥很快结了婚，她虽然和嫂嫂很要好，可只有她自己知道，她对嫂子是多么挑剔。哥哥把未来的嫂子带回家来的那天，她感觉自己被完全抛弃了。她吃惊地瞪着哥哥，仿佛哥哥违背了他们的什么诺言。她坐在黑暗中，被自己的泪水窒息了，她的泪水在黑暗中闪闪发亮。

她也在师范学校里爱上了一个男生，是班上的学习委员。那时，他们的爱情空间就是这么狭窄，以后也还是这样。仿佛人生是一条逼仄的过道，他们侧着身子从那里经过时，身体彼此碰着了，便擦出了火花，产生了爱情。她几乎是没来由地爱上了那个男生，等她快失去这份爱情时，她才意识到，他长得是多么像她哥哥，还有他的手势，他说话的腔调，而且他年龄也比她大。问题是，他并不知道她爱他。当时他和班里的另一位女生打得火热，他们一起排队买饭，一起逛街，一起坐在教室里弹风琴。晚上，她躲在被窝里和晚唐或宋代的女人们一起哭泣，再次感到被人抛弃，虽然那些作者是男人，不过反正那些写诗作词的男人们也是习惯于把自己比作女人的。后来，他和那个女孩分了手，终于知道了她对他的爱。但当他再来向她示爱时，她却毫不犹豫地拒绝了他。她在日记里有点幼稚却很严重地写道："严寒杀戮嫩芽去，芽儿死去花怎开？虽是新春即到来，新春怎奈严寒酷！"她不能原谅他爱过别人，虽然她仍然不断地梦见他。她一边拒绝他的爱情，一边流着泪水。那时，她的泪水是那么多，仿佛她是一根饱含着泪水的甘蔗。她自作多情地咬自己的嘴唇，掐自己的身体，仿佛肉体的痛苦可以让她平静。

从师范学校毕业分到镇上教书，有如仙女从天上被谪放凡尘。——哦不，那时这里还不是镇，只是一个乡，后来有一段时间撤乡建镇成风，据说因为镇长比乡长高半级，这里才成了镇。不过除了名称，其他一切照旧，依然没有路灯，依然没有自来水，依然时不时地被拉闸限电。一个人如果生来是瞎子，也许她的痛苦会少些，但如果她是从光明进入黑暗的话，那么她痛苦的程度肯定会更深。所以临近毕业的时候，师范学校出现了一阵骚乱，大家都想留在天上，不肯下入凡间。按道理，在这方面，女生更有优势，那时，市里或县里一些官员的车子经常开到学校里来，为他们弱智或不弱智的儿子挑选媳妇。也有女生主动向学校的青年教师或教职工后代投怀送抱。许多男生如梦初醒，开始了向女生的疯狂进攻，仿佛在垂死挣扎。他们企图在回到乡下之前，和某个女生联手，把他们坠向凡间的速度减慢一些，把他们对城市的美好幻觉保持得更长一些。

但下凡的杜若桃依然保持了她骄傲的姿势。在此之前，她拒绝了数不清的情书和雪花般的电影票。她走在乡里街道上的姿态依然像一只天鹅，立腿，抬颈，目不斜视。她在等待她意念中的那个男人。她相信他不是虚幻的。

杜若桃和夏天无的爱情，得之于纪念一位伟人的诞辰。像许多地方一样，县里为伟人的百年诞辰举办知识竞赛，杜若桃和来自医院的夏天无、中学的全丽清，作为全乡文教卫生系统的代表，组队参加了这次知识竞赛。全丽清已经结婚，杜若桃无疑便成了夏天无追求的对象。这时，夏天无刚从县城医院"发配"到乡下。本来，从医专毕业分到县里已经不错了，但他有些不好的习惯让人难以接受，比如半夜把录音机开得震天动地，一个人在房间里又是喊又是跳，不许别人动他的东西，老怀疑别人手上有病菌，等等。种种怪异的举动，都会经由一条看不见的通道传递到外界，鉴于他在县医院的表现，乡卫生院院长便把他放在了门庭冷落的五官科。夏天无为此牢骚满腹，经常找院长吵架，刚好有这么一个知识竞赛的机会，院长便把他打发到这里来了。不用坐门诊，夏天无很高兴，看到了杜若桃，他更高兴了。因为种种原因，他此前的几次恋爱都没有成功。杜若桃让他看到了新的希望。

这时在杜若桃眼里，夏天无是一个落难者的形象。由于她自己当时的处境，她对落难者油然而生了一种理解、好感甚至敬意。她很快明白，乡镇小学并不是一个适合骄傲的天鹅待的地方。操场上尘土飞扬。大多数时候食堂只供应午餐，晚饭得自己动手。成堆的作业。教室里整天散发着乡村儿童浓重的汗垢气息，让她想自己当初读书时是否也这样。水是井水，得弯着腰，把系着尼龙绳的塑料桶扔下去，等它慢悠悠地下沉灌满，再拎出来，水滴泼洒在裤脚和鞋子上，把上面的灰尘变成泥点。一到晚上，学校便空空荡荡，只有几个师范毕业生的灯火瑟瑟地在某一个角落开放，其他人都已回家。学校挨着一个村子，离乡里热闹的地段还有一里半路。再说即使是到了那里，晚上也是黑灯瞎火的。学校的铁门虽然紧紧关着，但半夜依然会有巨大的声音突然响起，落在操场或窗玻璃上。那些夜晚，杜若桃总要仔细地检查她的房门是否关上。她不敢关灯睡觉，可又一想，灯光或许反而为小偷或其他不法者提供了方向，所以她马上又把灯关了。第二天醒来，她觉得耳朵和眼睛很痛。开学不久，校长便把自己的侄子介绍给她。校长的侄子在县城郊区的乡里做干事，听校长说马上要当副乡长了。也许校长的侄子是不错的，如果他们在合适的机会认识了，或许杜若桃还会对他产生好感，但现在是校长给她介绍，那就不一样了。校长是在落井下石，还是乘人之危，乃至以势压人呢？所以她想也没想就拒绝了校长。她甚至还为此感到骄傲，并把头更加抬起了一些。但她马上感受到了来自于校长、教导主任和其他一些人的冷眼。她被安排教最差的班，而且教导主任还振振有词："你是这批毕业生中最优秀的，那个班正需要你这样的老师。"

于是像其他师范毕业生那样，她也开始想着如何从这里逃生。

可除了嫁人，哪里还有更好更快捷的办法？

嫁人，这是一个多么粗俗的词，仿佛在她背上插了一支兜售的草标。

其实自从分到中心小学，她就收到过一些求爱信。它们都是乡政府、卫生院或中学的师专毕业生们写的。但她没有发现能让她眼睛一亮的人选。不久，亲戚给她介绍了一个在县某单位开小车的司机。见了几次面，她对他有些好感，便同意和他交往。只是她和那位小车司机的交往没有她想象中的那种诗意。她每次进城，他都要带她到饭店里吃饭，然后到商场里给她买衣服，把她弄得晕头转向。后来有一次，他借试衣之机，在他的单身宿舍里强行脱下了她的衣服。一切来得太快，她还来不及准备。原本，她想她的第一次应该轰轰烈烈，很美很悲壮，像百花盛开，像冰瓶乍破，繁华忧伤，哀绝婉转。可是什么都没有，事情就已经发生和过去了，她只是潦草地哭了一场，为她的少女时代送行。其时铺面狼藉，一个既熟悉又陌生的男人在她身旁呼呼大睡。更令她吃惊的还在后面。一天，她和几个师范同学同来县城，她机智地甩开了他们，然后一路小跑，想给他一个惊喜。自从和他有了那种关系，她便觉得自己和他更亲近了起来，至于其他，她想生活也许就是如此吧，再说她以后还是可以影响他的。她要把他们的爱情挂上窗帘，栽上水仙花，洒上香水。总之，她要让生活充满了诗意。但她的这种梦想马上遭遇了雷霆一击。走到楼梯口，她忽然听见他房里有人说话。她紧张而羞怯地停住脚步，听见他对人说："你是说那个傻乎乎的乡下小姑娘吗？整天就知道诗呀梦呀的，谁和她结婚才倒一辈子霉，你以为我和她来真的呀！"她猛然愣住了，然后忍住夺眶而出的泪水，跑出长长的巷子，跑向大街，终于蹲在什么地方"哇"的一声哭了出来……

这不是杜若桃的初恋，但她认为自己失去了比初恋更重要的东西。她觉得自己的身体和理想一样，一下子碎了。

所以现在，她和夏天无有一种同是天涯沦落人的感觉。她也听说过夏天无的那些事情，但她想，一个想和别人生活得不一样的人，往往会受到别人的误解和歧视，她自己的经历足以说明这一点。或许夏天无放浪形骸的外表下，蕴藏着常人所不及的思想和情怀，包含着常人所没有的苦闷和忧虑。所以当她一听说夏天无如何如何，便立即在心里倾注了许多同情和希望。同情的是，因其大抵由于志大不能实现或心高不融于世；希望的是，他有与众不同的情怀与才华，可以引为知己。于是当夏天无将目光落在自己脸上时，她也会若有若无地报之一笑。就像镜子把太阳光反射出去一样。一来二去，两人都对对方有了好感。这时的她，正对自己充满了怀疑，正处在彷徨和孤苦无助中。很久以来，她一直在追求一种诗意的东西，痴迷地做着梦，可现在她迷失了方向。周围的人，包括她的那些同学，一个个都生活得那么现实，谁像她那样，为一只受伤的小鸟痛心，为一片凋零的叶子伤感？诗意和梦想只给她带来了坎坷痛苦。假如没有这些，她何至于败得这样惨呢？"丢开吧，你一个弱女子，又如何呵护得了她们？"她手握为她带来厄运，而又为她所热爱的东西，张皇四顾，不知如何是好。正在这时，夏天无出现了。由于缺乏经验，她对人的判断只来自于直觉，还没有鉴别的能力。善良而软弱、正需要精神慰藉的杜若桃，一下子被夏天无迷住了。她觉得他热情开朗、温文尔雅、口若悬河、滔滔不绝，开口规律定理，闭口术语公式。走上社会两年多来，她听了太多的无聊语和庸俗语，现在忽然听到这与众不同的声音，她来不及仔细辨别，便俯首相向、凝神静听，仿佛旧梦重温，又回到了朝阳冉冉升起的校园里。这让她不由得对夏天无投去感激和敬佩的一瞥。尤其是有一次，夏天无似乎无意中透露出，他正在努力攻读准备考研，这让她对他更心仪神往了。在她眼中，夏天无无疑是个有理想有抱负的人，他和她周围的那些人绝然不同。只有他能理解并接受她的那些诗和梦。哦，如此说来，以前的坎坷曲折都是等待，失望和伤心只是考验。现在，在她快要支持不住，快要放弃，快要土崩瓦解的时候，夏天无就像传说中的骑手那样，出现在遥远的地平线上，策马向她奔来，她还有什么犹豫的呢？

在这里，夏天无有两点值得指出，一是他是外地人，说的是普通话，这就在语言上把他与其他许多人区别开来了，因为那些庸俗和无聊的玩笑总是和方言紧紧相连的。二是他很快嗅出了杜若桃的爱好，及时地为她送上了一本厚厚的《唐宋词鉴赏辞典》。这本书曾令杜若桃在书店犹豫好久，因价格太贵，她下不了狠心购买。

仅这两点，就足以令杜若桃呼吸急促，两颊绯红，在即将来临的幸福面前晕眩了。

她在心里说："夏天无呀夏天无，你是我最后的一次选择，你千万不要让我失望！"

可当时，她的恋爱遭到了旁人强烈的劝阻和反对，不但有周围的好心人，甚至还有她的兄嫂。她望着哥哥，又望着嫂子，那种表情和神态仿佛是她要故意跳到他们认为的悬崖上去，让他们着急。她当时的逆反心理特强，还有点自虐，越是大家反对的，她反倒越要去做。她是怀着同情和自以为是去爱夏天无的，从某种程度上说，她爱他就像爱自己。别人越说他不好，她就越要对他好，或把他变得好起来。

这次纪念伟人诞辰的知识竞赛，他们没拿到名次，但他们的爱情，却已经含苞待放了。在一个寂静的午后，夏天无摘到了他渴望已久的果实。他吻了她。她紧抿住双唇以示拒绝和抵挡，但当拒绝和抵挡也柔软和湿润起来，便是毫无保留的接纳和包含了。

夏天无成功了。不到半年，他完成了从恋爱到结婚的所有过程。他要速战速决，他担心夜长梦多。

有一段时间，杜若桃认为他们婚姻的问题是出在她身体的"瑕疵"上。自从发生了小车司机那件事，她的骄傲大打折扣。如果没有夏天无，她大概会变成一个孤独幽闭的人。她憎恨她的身体，有时候，它会无视她的思想意识，把她带到她蔑视的地方去。在那些黑暗和疑窦丛生的夜晚，她深刻地感受到了身体和意识的矛盾。但在爱上夏天无后，她又恢复了骄傲，被折羽的诗意和梦想又重新回到了她身上。她不想做一个虚伪的人。她也知道怎么去掩饰自己身体的瑕疵。对于一个聪明的女人来说，这一点并不难。她的一个同学，就曾经选择在经期把自己的身体交给男方，那是一个乡长的儿子。但她怎么会这么做呢？她和夏天无要以诚相待，对他开诚布公。她被自己的高尚所激动和感动。于是那天晚上，她跟他讲了她和小车司机的故事。她看到夏天无一愣，然后笑容从脸上慢慢消失，就像潮水从沙滩上退去一样。

过了好一会儿，笑容才慢慢又从夏天无脸上浮现出来。好像经过了整整一夜，浪潮又回到了沙滩，只不过潮水中多了几个塑料袋和树杈。他用好听的普通话说道，他十分感谢她的真诚，人生的道路从来就不是平坦的，不可能没有坎坷，他希望她抛开过去的阴影，重新回到阳光和快乐中来。这种语调是多么似曾相识，像在电影或书里见过。杜若桃忽然明白，她其实一直在渴望有人用这种声调跟她讲这样的话，那会让她想起教室里挂的那些写满了名人名言的条幅，那样她的不安就可以得到安慰，她的罪过就可以得到洗涤。她原谅了夏天无刚才的语言空白。夏天无在说完那套书面语之后，便顺理成章似的把手伸向了她的身体。她动了动，没有拒绝。

她如释重负般叹息一声。望着眼前的这个男人，她想："现在，他是她最后的栖息地。"

作为丈夫，夏天无却始终不知道杜若桃的初恋。她为什么没有把自己的初恋告诉夏天无呢？这说明她对他还是有所保留的，只是她当时并没有清晰地意识到这一点。但后来，她把自己的这段经历毫无保留地告诉了李鹜浦。李鹜浦就是使杜若桃有了第一次婚外情的那个男人。他也是卫生院的医生，夏天无的同事。他曾经眼睁睁地看着杜若桃走进夏天无的婚姻陷阱而无能为力。当时他不知道该怎么对她说，他担心说了，他在她眼中就会成为一个在背后说人坏话的小人。这次犹豫，让他后悔了一辈子。李骛浦的出现，使杜若桃认识到，生活中真正有理想的人其实是那些不声不响的人，而不是整天把大话挂在嘴边的人。

说不清楚她是从什么时候开始对这个男人产生好感的。结婚后，她终于摆脱了黑暗而恐怖的中心小学的夜晚，名正言顺地住到了相对说来比较热闹的卫生院里，他住在她家对面的楼上。他窗子里的灯总要亮到很晚，有时候，她半夜起来给女儿端屎把尿，看到他的灯还亮着，她不知怎么的，总会感到一些温暖和安慰。以致她后来形成了一个习惯，每次走到后窗那儿，总要抬头往上面望一眼。天气晴好，她还能听到从他窗子里传出的音乐，他放的那些磁带她也很喜欢。除了做医生，他还写诗。那时，他已经是一个理想主义者了，企图一手救治人的肉体，一手救治人的灵魂。他和杜若桃的共同点，是他们都认为自己是与众不同的人，或想做与众不同的人。不同的是，杜若桃的理想主义热情已经快消耗殆尽，而李骛浦还在不断累积和匀速前进。他们联系的纽带最初是因为孩子。在卫生院里，杜若桃的女儿小絮最喜欢的叔叔是李骛浦。这真是一件奇怪的事，她总是拉着杜若桃过五官科不入，而直接去了李骛浦的门诊室。孩子凭的是直觉。李骛浦对孩子从不采取强制恐吓的态度或随意指使他们，他总是蹲下来和小孩子说话，让孩子觉得他们是平等的。很多人认为孩子是不懂得甚至不需要平等的，他们把孩子一会儿当作小皇帝一会儿当作奴隶。如果李骛浦不在门诊部，小絮便会拉着杜若桃找到他房间里来。他女儿李甜甜已经上小学了，就在杜若桃隔壁的班上。如果是周末，小絮便缠着李甜甜玩游戏，杜若桃则和刘小霞在一起打打毛线聊聊天，刘小霞是李骛浦的妻子，一家乡办企业的职工。李骛浦住的房子也很小，杜若桃发现，她每次来，李骛浦都不免手忙脚乱一阵，这让她暗暗发笑。偶尔，她和他也有一句没一句地聊上几句，一般是关于诗歌和艺术的事。那样的话题，刘小霞插不上话，只在一边听。有时候，杜若桃会顺便从李骛浦的书架上借走几本书。其他，他们几乎没说过什么，但渐渐显出心有灵犀的样子。他们在一起的时候，杜若桃的眼里会闪出光来。她的笑靥是嫣红的。再后来，她望着他的时候，仿佛泪光点点，眼里蓄满了深沉的忧伤。

事后有人说，问题就出在杜若桃的眼睛上。她的这种眼神艳若桃花，看人的时候总像是脉脉含情，容易引起人的误会。

当时李骛浦是不是产生过这样的误会呢？反正在那个灯光朦胧的夜晚，他忽然抓住了她的手。

杜若桃和夏天无婚后的关系已是众所周知了。一俟结了婚，夏天无果然大摆其"男子汉"派头，翻云覆雨，无所顾忌。他几次考研都无功而返，于是把自己多年来的失意和不顺，全归结在杜若桃身上。仿佛要通过对她的从灵到肉，直至每一个毛孔的征服，来重建他的尊严。而杜若桃打量着这最初的变化，还以为是她和夏天无之间忽然闯进了一个陌生人。当她定睛细看，发现那就是夏天无时，不由得吃惊得说不出话来。于是在很长的一段时间里，她觉得是与另一个夏天无生活在一起。那么原先的夏天无呢？他一定是到外面的什么地方去了。他考研去了，到老家探望父母去了，或莫名其妙地出走了，但过不了两天，他又会忽然出现在她面前……她抱着孩子，天天站在那里，等着他回来。他们要团结在一起，把这个夏天无赶走。可她慢慢发现，那个夏天无已永远不会回来了。后来她又发现，夏天无其实还是那个夏天无，他根本没有走，倒是她自己走了，或她自己的某一部分已经走失了。夏天无本来就是这个样子，能怨他吗？怨只怨自己，看错了人。为什么看错人？还不是那些诗呀梦呀的？她太看重这些了，反而为它们所惑所误。也许，世界本来就是这个样子，男人和女人本来就是这个样子，是她的理想错了……再后来，她就渐渐习惯这种生活了。麻木也好，迁就也罢，都无所谓了。委屈，委屈算什么，憋在心里吧。实在憋不住，还可化作泪水。只是她是个要强的人，哭也不敢大声地哭，担心被别人听见，被他们耻笑。于是她一边啜泣，一边用力咬下嘴唇。久而久之，她的下嘴唇就有了深深的、层层叠叠的牙印。可她的尽力遮掩又有什么用呢，第二天，夏天无便把他们吵架的事情有声有色地宣扬开了，仿佛她越害怕什么，他就越要那样做。他把她的自尊一点点从她的身体剥离，像从活鱼身上剥鳞一样。她惊恐地抱着双肩，一步步后退，找不到藏身之处。

关于自己和夏天无婚后的生活，杜若桃曾用日记的形式保留了一鳞半爪：

我一个人在路上跌跌撞撞。那么晚，那么大的雨。雨水和泪水混在一起，模糊了我的眼睛。没有路，我的眼前只有黑暗。我们又吵架了，他用不堪入耳的言词侮辱我。我逃了出来，一边走，一边回头张望。我想他会从后面赶上来的。天这么黑，这么可怕。我的体内还有一个小生命，我们的小生命。我一边摸索着往前走，一边紧紧护住自己的腹部。我在心里说："孩子，妈对不住你，你才四五个月，就让你受这样的苦。"后来我实在累了，走不动了，便站在那里大声地哭着。

后来我终于望见了我父母的家。我仿佛看见以前的我，坐在桌前就着煤油灯刻苦攻读，在那个朴素而干净的厢房里做我少女的梦……可如今，那个我哪里去了？她还在那里吗？不，她已经面目全非了，她已经不是她了……

家门在望，只要举手一敲，便能唤来父母的慈颜和尽情地倾诉。甚至我已看到了他们在墙上晃动的身影。但是，我忍住自己的泪水往回走了。难道父母为我操心得还不够吗？我又怎么忍心再来增添他们的烦恼和痛苦呢？我朝那灯光望了一眼，又望了一眼，然后几乎是逃着走了。

回到医院，他早已呼呼大睡。

　　打击是接踵而至的。他考研失败，又得罪了院长。我呢，在学校里的日子依然不好过。校长，还有教导主任，依然在挤对我，安排我教最差的班，他们明明知道我想教语文，可偏偏安排我教数学。

　　在这样祸不单行的日子里，我们理应相濡以沫，互相宽慰鼓励。可是，他也要讥诮我，挖苦我。他说什么你真应该嫁给校长的堂弟，不然，这会儿你也春风得意升官发财了。气得我直哭，他就在一旁幸灾乐祸地笑。

　　利用，只有利用，现在，你总该明白了吧！对于他来说，你除了供他发泄兽欲和帮他洗衣做饭，还有什么价值呢？在他眼里，你连一个字母都不如。

　　生活是这样的无望。但为了女儿，为了给她母爱、和一个完整的家的形象，为了报答你的父母，尽你有限的孝心，你要坚强地活下去。

　　现在，你的一切被剥夺殆尽，你还剩下了什么？你还有理想、事业、朝气和爱情吗？没有，只有这一副人不人、鬼不鬼的样子了。谁说善恶有报？这个世界上总是好人吃亏。

　　我本是一个要强而又多愁善感的弱女子，可这世界偏偏跟我过不去。唉，我该怎么办？我向谁去倾诉我的苦恼？知心朋友难得见面，好几年了，她还是以前的她吗？同事？不，不能让她们讥笑我，瞧不起我。兄弟姐妹？当初没听他们的劝告，他们现在还能说什么？父母？不，我已经让他们够操心了。

怎么办？怎么办？我痛苦欲绝，要活不成，要死不就。这漫长的路途，这遥远的坎坷，我该怎样走下去？我该向谁求救？！

又做了一次人流。比上次痛苦多了。我扶着墙走回来。每走一步，人都要虚脱一次。我多想有个人来扶我一把。今天不是他当班，我想他陪我去，他说："好远？十里还是八里？"回到家里，他连看都不看我一眼，更别说端上杯热茶或说一句暖人心的话了。

上帝呀，在这短短两年的时间里，你从肉体到精神折磨得我已经够惨了，你行行好，别再折磨我了，我受不了了！

记得在师范读书时是那么的幼稚单纯，许下的诺言又是多么可笑：找一个至少比自己大四岁，像自己一样没谈过恋爱的人做丈夫，并且，一生只爱一次！

晚风中，你抱着女儿走着。女儿依恋地攀在肩头，小手紧紧将你搂住，你也紧紧搂住这唯一的精神支柱。

"絮絮，灯在这！月在那！"女儿大大的、一尘不染的眼睛随着我的手望去，果然找到了灯和月亮的位置。可是，妈妈的灯在哪？月亮在哪？妈妈找不到，找不到……

"女儿，知道月亮为什么发光吗？那是因为有太阳。人们常把女人比作月亮，可妈妈自从做了一个'月亮'以来发过光了吗？天上的太阳只有一个，也很容易找，可人群中的太阳太难找了，稍有不慎，找到的只是一块石头。我的女儿，妈妈不想别人用异样的、世俗的眼光来看我这个不发光的'月亮'，但是，你不能不爱妈妈。要知道，妈妈是最好的妈妈，是最善良的女人。妈妈不能失去这唯一的位置。"

哭出来了，终于哭出来了。假如他看重你的眼泪，对你就不会这样；假如他不看重你的眼泪，你又何必为他而哭？所以你一直忍着。现在，你终于大声地、痛痛快快地哭出来了。不是为了他，是觉得你自己的付出太不值得了。你为什么要这样委屈地活着？仅仅为了你那可怜的诺言吗？不，那太傻了。你只是为了女儿。小絮絮，妈妈是为了你，你知道吗？小絮絮，妈妈的好孩子，妈妈没能给你一个好的家。也许有一天，妈妈会做对不起你的事，那也是被你爸爸逼的，妈妈没办法……

那天晚上，她又带女儿来李骛浦家里。她已经有些控制不住自己了。其实这时他和李骜浦之间什么也没发生，但她就是想见他。当他们在一起时，她并没意识到这一点，但一分开，她马上若有所失。那天，李骜浦和甜甜坐在沙发上看电视，他喜欢和女儿一起看动画片。小絮也想看电视，赶忙爬到沙发上去，她拉着女儿的手，便也跟着坐在沙发上，她和女儿坐在李骜浦和甜甜之间。刘小霞在对面的房间里洗澡，仿佛有水声和雾气弥漫过来。刚开始，是李骜浦的手有意无意碰到了她的手，一碰到，马上又跳开了。可不一会儿，那只手又好像在匍匐地向她的手前进。它们同时落在了沙发的某个地方，又同时跳开，像两只鸟儿落下又飞起。后来，他忽然抓住了她的手。

他们都呼吸急促起来。

但她马上站了起来，拉着女儿仓皇离开。

临出门，她借走了李骜浦的一本书。那本书与当时的场面似乎风马牛不相及，叫《飞碟探索》。

她不明白，为什么他的手忽然抓住她的手的时候，她感到最强烈的情感是委屈。她想，为什么会是这样？如果她再不逃出去，她会扑倒在他怀里痛哭一场的，仿佛这样的痛哭对她来说等待已久。

第二天一早，她去洗衣服，刚好和李骜浦对面相碰。她不知怎么面对他，忙低头与他擦肩而过。一霎间，她也仿佛感觉到了李骜浦的慌乱。下午，她收到了李骜浦的一封信，他在信里说担心他伤害了她，为他昨晚的行为道歉，他还说他一直喜欢她，爱她。那封信既混乱，又充满激情。过了一天，她给李骜浦回了一封信，请他不必自责，正是在这封信里，她跟他谈到了自己的初恋。她说她恨自己，有时做梦竟还有对方的影子出现，醒来面对丈夫，她觉得自己是一个有罪的人。她说："而今，我不否认，我欣赏你，敬佩你，但我们是有缘无分。因为这已经太迟了。想必你也已经知道了所谓的爱情和家庭是怎么回事，又何必再作茧自缚呢？你有事业，要以事业为重。我也早已不是那个十七八岁的我了。我不能做对不起丈夫和孩子的事……面对你，我也仿佛是一个罪人。是我打乱了你平静的生活。别再继续下去，使我们越陷越深，好吗？相信你能做到。我会永远珍惜你的这份情意。"

但李骛浦并没有就此止步。大概是难改诗人美化事物的"恶习"，他把他们的感情拔得很高。他写道："真正的爱情是什么？我想，应该是男女之间两情相悦、互相趋于纯洁和高尚的那种感情……我们为什么不能勇敢一些，真实地面对自己的内心呢？从本质上来说，我们生活在一个喜剧化的时代，在天才和英雄们死后突然空下来的虚空里，我们庸庸碌碌，像蚂蚁般活着，世俗的灰尘渐渐湮没我们的头顶也无动于衷。平庸，是我们的大敌，而爱情，永远是疗治平庸的一剂良药，她使得我们从平庸的生活中上升。"

这些话让杜若桃有些欣喜，重新看到了诗性的希望，爱的希望。她既忐忑不安，又若有期待。她送给他一张照片。那是她师范毕业那年照的，是她所有的照片里她最喜欢、最宠爱的一张。照片上红色的背景前，她穿着借来的一件黑色的、带蕾丝花边的衣服，手里抱着一束塑料做的百合花，她的手臂裸露，清幽的眼睛望着前方。总之，这张照片热烈、纯洁、凝重，既略显忧伤又充满憧憬。终于有一天，李骛浦忽然闯到她家里来，在进行了一系列有必要的对话后，他忽然从她的手上跳了过去，吻了她。

她哀伤地望着一个什么地方，任他吻着。

然后，他们的对话继续进行着：

"你在想什么？你别这么痛苦好不好，本来，我想我的爱会带给你欢乐……"

"大概，我这个人，是与幸福无缘的，我命中注定，永远是一个失败者。"

"不许你这么说。"

"以后你会知道的。"

"我不相信，我们不是才刚刚开始吗？"

"不，为什么要开始？有开始就有结束。就像一粒种子，不发芽，它还饱含希望，可一旦发了芽，它反而随时会遭受灭顶之灾……"

杜若桃痛苦地抱住了头。她知道，所谓的外遇，已经不可避免地来到了他们中间。它像一头横冲直撞的野兽，她想把它赶走，可是她没有力气了。或者说，她知道自己没有力气，便表现出了没有力气的样子。

他们的约会，并不是一件简单的事。在镇上，男人和女人可以开很大胆的玩笑，有的男人甚至还喜欢动手动脚，但如果真的发生了什么故事，别人看你又是另一种眼光了。此前他们心里没有什么的时候，杜若桃在女儿的牵引下往李骛浦的诊室或楼上房间里走去，倒不觉得有什么不自然，现在却仿佛做贼似的，心虚了起来。他们只能拿书当掩护，把信夹在书里面，借来还去的。杜若桃的那个日记本就是和书放在一起递给李骛浦的，其间她一直闪烁其词，犹疑不定。甚至有一次，她还说夏天无其实对她很好，他们也合得来。李骛浦不禁有些刻薄地回答道："就好像看见一个人在水里，我想去拉他（她）一把，可他（她）却对我摆摆手，说他（她）是在游泳。"不过李骛浦马上又向她道歉，后悔自己刚才的刻薄。杜若桃则恨自己到如今这个地步，竟然还有这种感情，并且是一个不能去爱的人。她问李骛浦：

"我从没后悔过自己的初恋，但为什么我能果断地埋葬它，而不能狠心地拒绝你呢？我真怕自己会跌入万丈深渊。其实，我不值得你对我这样的。我不是个好女人。有人说，好女人是一所学校，而我不是。自从我和夏天无相识，我给他带来的都是厄运。我曾试图改变这一切，可我没这个能力，反而使自己伤痕累累。我改变不了他，我对他由希望到失望再到绝望，感情上也由爱到恨，到没爱没恨，再到怜悯。我曾想跟他离婚，可我又狠不下这个心。他多少也是我自己的选择，如果要我完全推翻，我没这个勇气。每天我们无话可说，相敬如'冰'。渐渐地，我习惯了这种生活，过一天算一天吧，许多人不也是这样吗？我不再苛求生活，变得麻木了。以前，对于他我问心无愧，没做过任何对不起他的事。在他面前，我从来都是光明磊落的，可现在……我每天像个小偷似的生活着，不敢面对他的眼睛。我小心翼翼，生怕被他觉察。不管他提出怎样无理的要求，或做出怎样无理的举动，我都只能默默忍受。因为我觉得自己已低他一等了，没有拒绝的资格。骛浦，把我放回我原来的那种生活里去吧！我们就像在冒险爬一座山，不知那山有多高，也不知那山顶有什么，但下面有很多人在看着我们，等着我们摔下来。你知道他们会怎样看我们吗？他们会理解我们吗？你以为我们的爱是如何的纯洁高尚、不同寻常，可在他们眼里，那和一般的婚外恋，或男女媾和又有什么不同呢？在他们眼里，你是一个不光彩的第三者，我呢，是一个背叛了自己丈夫的坏女人。"

她又说："为什么我们不在八年前相逢相识呢？这都是天意。天意是不可违抗的，也是不可强求的。每天，我不知道该怎样面对他。也不知道怎么面对你妻子。每当跟他在一起时，仿佛总有个声音在我耳边吼道：'你们这算什么？这叫偷情，你这个娼妇！'天哪，怎么会是这样？为什么？为什么一个一辈子只想恋爱一次的人，现在竟然堕落到了如此可怜可笑的地步？我受不了！我们近在咫尺却远似天涯，这种日子我也受不了！骛浦，我们还是分开吧！"

李骛浦回信说："一个十七八岁的爱着诗和梦想的女孩，幻想着和一个比自己大三至四岁、从未谈过恋爱的异性结婚，并且一生只爱一次，这是多么与众不同的情怀，多么纯真的理想！我被深深地感动了，但并不赞成这种想法。因为无论任何事情，第一次可能是纯洁的，也可能是刻骨铭心的，但并不是成熟的。因为人本身就不成熟，又怎么能要求他们的感情成熟呢？从这个意义上说，我倒以为，一个人只有在经历多次坎坷挫折后找到的，才有可能是他或她一生所要寻找的。"他接着浪漫地写道："花开有迟有早，但是花总要开的，所以我们的相识并不晚。大概爱也有两种：一种是自发的爱；一种是自觉的爱。现在，我已经不是那个十七八岁的怯懦自卑的男孩了（我的初恋正是因怯懦、自卑而夭折的），我的感情也早已由自发而自觉。和那时相比，我更看重现在。即使你我在八年前相识，也不一定相爱，即使相爱，也不一定是现在的这种爱。"

然而不管他们怎么纸上谈兵，爱情终究还是要把这张纸烧穿的，他们必须面对许多现实问题。她问他："你既然爱我，那你是否爱你妻子？如果以前爱，那么现在为什么不爱了？以后你对我是否也这样？"他说："我对妻子的爱和对你的爱是两种爱，我和你的爱更多地含有精神的成分，只有我们才互相理解，息息相通。"至此，他们在爱情面前都不免出现了幻觉，由于把对方当作理想状态，自己便也不知不觉进入了某种特定的角色的演绎之中。也许他开始只是放任自己的某种感情，对杜若桃的感情甚至也不过是出于诗人们拈花惹草的惯性，但现在，他的神态开始庄严起来，他说他不能容忍自己既爱杜若桃又和妻子生活在一起，而杜若桃也不应该继续对她的命运保持沉默。

他说："我只爱你，我要离婚。"

话一出口，他们都吓了一跳。过了一会儿，杜若桃摇了摇头，说不同意。但奇怪的是，她越不同意，他的决心反而越坚决了。他说："不管你离不离，反正我是要离的。"

她说："那你就等我两年吧。"

他说："为什么要等两年而不是现在？"

她说："夏天无现在是一副人不人鬼不鬼的样子，我怎么忍心跟他离婚？过两年，女儿大了些，他也可能考上了研究生，那时，即使我不跟他离，大概他也会跟我离的。"

他既感动，又悲伤。她是被动的。他说："无论多久，我都愿意等。"

由于把感情和离婚联系了起来，他们的来往更小心了。杜若桃尽量避免带女儿去李骛浦家玩，怕引起刘小霞的怀疑。也只有当杜若桃在人群中的时候，李骛浦才能放心大胆地朝她走去，他们可以借着人群互相交流。只有在人群中，他们的目光才是安全的。由于爱情，他们坐立不安，却不能单独相处。正是暑假，医院里有好几个家属都是当老师的，有中学的，也有小学的，没什么事的时候，生活区的树下就有人在打牌。有一段时间，他们不得不和大家在一起打牌，之后又觉得空虚。人群，既是他们的媒介，又是他们的土壤，一旦离开，他们便无处藏身。他们本来都是不喜欢打牌的，认为那样做是浪费时间，而现在他们不得不用打牌来掩护他们的爱情。他们的爱情就这样被囿于无聊之中。他们为此而自责、苦恼。

他们的第一次约会，是在一个有月光的晚上。他们从各自的家庭里脱身出来，潜出小镇建筑物的阴影，在田野里慢慢走着。他们一会儿轻声细语，一会儿停下来互相拥抱。她仰脸望着天上的月亮，月亮比几天前似乎消瘦了一些，但并不因此而消减了她的美丽。他们像小孩子那样手牵着手，或踮起脚向上看。仿佛他们走了很远很远，又仿佛他们走了很久很久。他们希望这路没有尽头，这夜晚没有尽头，这月光的美没有尽头。

仿佛他们要永远这样走下去。

事情的变化很突然。李鹜浦回到家，见刘小霞正坐在那里等他。他吃了一惊，看了看钟，这时已经是深夜两点了。刘小霞红着眼睛问："你哪去了？"他说："我坐在房里闷，就出去走了走。"这段时间，他一边和她谈离婚的事，一边和她疯狂做爱，仿佛不让自己有思索和内疚的时间。刘小霞是很善良的女人，他既听从自己的感情驱使，又不忍伤害她，可这怎么办得到呢？诗人大概都是有拯救欲的，他想把杜若桃从不幸的生活中拯救出来，可谁又来拯救刘小霞呢？因为对于刘小霞来说，现在的生活是同样不幸的。难道他不应该对刘小霞负责吗？难道杜若桃就比刘小霞命高一等吗？他只好索性不想。这时他听刘小霞说："鹜浦啊鹜浦，我们做夫妻也有七八年了，你何必瞒我，我知道你去哪儿了，我都知道了。"说着，她哭了起来。那个晚上，刘小霞一直在哭，甜甜也被惊醒了。刘小霞一会儿求他不要离婚，一会儿又说既然他这么痛苦，那还是离婚吧。李鹜浦像木头一样漂浮着，似乎都不知道自己为什么要跟她闹离婚了。

杜若桃很快也发觉了事情的变化。她从窗子里望见李鹜浦家的灯亮了一夜，隐隐还听见哭泣的声音。后来，刘小霞的哭声似乎越来越大，好像全镇的人都知道了。她隐隐约约听见："是杜若桃吗？是杜若桃这个婊子害得我们离婚吗？明天我要去撕烂她的衣服，让全镇的人知道她是个什么货色。"

她想，她的爱情完了。

她瞪着眼睛过了一夜。

第二天一早，李骛浦找到她，多余地跟她说，他们的事情，刘小霞都知道了，要她做好刘小霞闹上门来的准备。她看了他一眼，什么也没说，径直从他面前走了过去。正是这时，她觉得自己变得陌生起来。其实，这种陌生感以前也有过，比如和夏天无吵架后，第二天在大家面前装出来的笑脸；如果有谁的孩子欺负小絮，她会失态地斥责那个孩子；和邻里相处得并不好，邻居背地里指责她死要面子，自私，泼辣，邋遢等等，她们说她家里灰尘堆得多高多厚，洗衣服也总是三搓两搓随便了事。但它从没现在这样强烈。

她去学校上课，走在路上，好像大家都知道了昨晚的事，在背后对她指指点点。办公室里，不时地会发出莫名其妙的尖叫和怪笑。有两个同事，也是医院的家属，她们肯定把昨晚的好事到处宣扬开了。校长看她的眼神也有点幸灾乐祸。在她背过身去板书的时候，学生也在窃窃私语。她转过身来，他们又不说了，装出认真抄题的样子。婊子，婊子。她差点把这两个字写到黑板上去了。这些都让她头痛欲裂，有人跟她打招呼她也没听到。放学后，她径直跑到李骛浦家里来。恰好这一天，刘小霞向厂里请了假，没去上班。她进来的时候，刘小霞正在做饭，李骛浦在对面的房间里看电视，看上去一副相安无事的样子。她冷笑了一声，事情似乎印证了她的想法，李骛浦和刘小霞在合伙捉弄她。于是她对刘小霞说："你们倒真是恩爱啊，可我什么时候得罪了你们，害得你们要合起伙来算计我？"刘小霞愣了一下，说："杜若桃，你这不是欺人太甚吗？我还没去找你呢，你倒来倒打一耙，世上哪有你这样蛮不讲理的人！"可杜若桃还是重复着那句话，"你们为什么合伙算计我，看我好欺负吗？"她接着说："你丈夫说他一点都不爱你，说你们没有共同语言，说你们同床异梦，说你们的婚姻是牢房，是坟墓。"杜若桃把脑子里能搜索到的关于不良婚姻的描述，一股脑儿地倾倒了出来。她对闻声赶来的李骛浦说："你说是吧？当时你说得跟真的一样。"李骛浦很窘迫，站在那里左也不是右也不是。刘小霞说："杜若桃你也太嚣张了，明明是你和他欺负我，却说我和他算计你，我干吗要算计你？你的生活跟我有什么关系？我犯得着去管你家的闲事？"这时，杜若桃忽然不知哪来的勇气，上前去揪住刘小霞的头发，和她撕扯起来。门外看热闹的人越来越多。李骛浦拼力把她和刘小霞拉开。她说："李骛浦你这个伪君子，真是既想做一个好丈夫又想做一个好情人啊，告诉你，没那么轻巧。"说着，杜若桃抽了李骛浦一个耳光，然后扬长而去。

在和刘小霞吵架的时候，杜若桃感觉自己分成了好几个人。一个在一旁冷冷看着自己，一个在打量着周围的人，一个在吵架，还有一个紧跟着李骛浦紧贴着他。然而现在，她看到李骛浦狠狠推开了她。把好几个她同时推开了。

她向夏天无坦白了一切。夏天无是她的丈夫，她最后的孤岛。他们是一家人，是同林之鸟，是同船之渡。她再也不能失去这座孤岛了。如果连这座孤岛都没有了，她会漂到哪里去呢？她怎么面对那些目光？她怎么度过那些层层叠起的漆黑的中心小学的夜晚？不管怎么说，他是她自己选择的，推开他等于推翻她自己，打自己的嘴巴。她抹不下这个脸，没这个勇气，真的没这个勇气了。她几乎是想也没想就对夏天无说，李骛浦对她没安好心，让她陷入流言蜚语。她像许多女人碰到类似的事情那样哭了起来。她拿出李骛浦给她的一封信，那是她第一次拒绝李骛浦后，他给她写的那一封。她把其余的信还保存在一个夏天无不知道的地方，她喜欢读李骛浦的那些信，它们充满了激情和美感，像诗，像梦想，是她唯一的光。

不可思议的，她就这样眼睁睁看着自己出卖了李骛浦。出卖了自己。

夏天无拿着这封信找到李骛浦，把信拍在他桌上，问他是怎么回事。李骛浦没想到她把他的信都拿出来了。但他马上镇静下来，说："对，是我写给杜若桃的，不过请相信，一切责任在我，她是无辜的。"他想了想，又说："她也是清白的。"

一切责任在我。刚才他也跟刘小霞这样说。

夏天无从鼻子里哼了一声。他说："我们是同事，你这样不是欺负人吗？"

李骛浦说："对不起，实在对不起。"跟一个一向被自己蔑视的人说对不起，李骛浦大概很难受，因为他紧接着蹙起了眉头。

夏天无说："你说，你这样做，让杜若桃怎么做人呢？你还要不要她活了？希望事情到此为止，我不再跟你啰唆了。"

他趾高气昂地走了出去。走到门口，想起那封信还落在桌上，又赶紧回头抓在手里。

刚好是周末。杜若桃把自己关在房里，只是哭泣。其间她回了一趟娘家，她也不知道自己是怎么跑回娘家的，那个跑回娘家的杜若桃也让她感到陌生。她被那个杜若桃拽着两手，不由分说地往娘家拉去。以前她跟夏天无吵架都没回娘家，即使回了也不进门，即使进了门也什么都不说，还强装笑脸。从镇上到娘家很近，两三里路。这次，她听任那个陌生的自己把一切都告诉了父母，并叫父母如此这般地到镇上去一趟。天啊，这是怎么啦？怎么会有一个如此陌生的自己一直藏在身体深处，而自己一直浑然不觉？

杜若桃的父母在门诊室找到了李鹜浦。他们跟李鹜浦讲了许多婚姻、家庭乃至做人方面的道理。一看就知道，她父亲是个乡村的头面人物，脑子活络，眼睛发亮。他叫李鹜浦小李。他往门外张望了一下，说："小李啊，我家若桃昨天一回去，就在她娘面前哭，我们问了好久，她才把你的信拿给我看。"李鹜浦不知道，这一次她拿的是哪一封。他吸了口烟，神态忽然严肃起来，说："李医生，我女儿和小夏结婚这么多年，虽时好时歹，但夫妻哪有不吵架的时候？我经常到院长那儿坐，他也说小夏为人老实，上进心强，你呀，李医生，何必要拆散别人的家庭呢？万一出了问题谁负责呢？我们家，可是有规矩的，在村子里也都是有脸面的人。"这时杜若桃母亲也说："李医生啊李医生，若桃本来命苦，现在又碰上了这事，你叫她将来怎么做人呢？她和小夏还是要把日子过下去的呀！"从门外经过的人忽然多了起来，他们往里瞄一眼，走过去，然后马上跑回来，又瞄一眼，已至门前成了来来往往的样子。杜若桃父母讲了很多，声音随着外面的人来人往时大时小。临出门，杜若桃父亲又莫名其妙地、几乎是咬着李骛浦的耳朵说："小李啊，你们还年轻，什么事都不要急，你要想想，我女儿得先把人做好。"他目光炯炯地盯着李骛浦，仿佛在用一种合谋般的语气说："你懂了吗？"

夏天无又走了。他带女儿回江对岸的老家了，以此作为对杜若桃的羞辱和惩罚。这是他惯用的伎俩。他对女儿说："你妈妈是个婊子。"女儿问："婊子是什么？"他说："去问你妈，她最清楚。"女儿果然跑过来，摇着她的肩膀："妈妈妈妈，你告诉我什么是婊子？"

她闭门不出。桌上是李骛浦刚刚写给她的一封信。上面写道："上午，我冒了风险去见你，是担心你想不开或忧惧过度。果然，你在房中以泪洗面，见了我，仍啜泣不止。我不知道怎样安慰你才好，而你后来说的话，又让我觉得我们之间忽然隔着一道墙。你说：'别来找我好不好，就算我以前是骗你的，总行了吧？假如你处在他的位置，又会怎么想呢？'我听后十分吃惊，以为你家里还有其他人，你是故意说给他或者他们听的。可我疑惑着四下望了望，并没有发现其他人的存在。我说：'你是在和我说话吗？'你没有搭理。过了一会儿，你才说："你知道这几天别人是怎样议论你的吗？说你先是喜新厌旧，然后是乘人之危，做了插足他人家庭的第三者，收获不小。'我说我不在乎别人怎么议论，我才不在乎别人怎么议论。你说：'你当然不在乎了，可我却不能不在乎……你走吧，别再来找我了。'我坐在那里，默默望着你。你的眼里贮满泪水，眼睑在泪水的浸泡中显得浮肿了……我立时原谅了你。也许是你所受的伤害太深，才故作此绝情之语。"现在，李骛浦当着很多人的面，穿过走廊，径直又来找她。他把自己的大胆决定告诉了她："既然到了这一步，我们何不就此反戈一击，索性冲破罗网呢？不然，我们会陷入孤立，而被他们各个击破。这时我们是更需要紧密地联系在一起的。想到这一点，我很高兴，他们万万没料到，他们的那些行为反而促成了我们。为此，我赶忙写了这封信，好让你转忧为喜。"

她把信扔到一边，想着这个男人实在幼稚，一点也不懂得"山雨欲来风满楼"的道理。这大概就是诗人们常见的那种幼稚吧。

于是她似乎是在一团从上面投射下来的光影中厉声说道："你来干什么？我不要你的关心，你走吧，你们男人没一个好东西。"

她看到他愣了一下，然后痛苦地皱了皱眉，尴尬地退了出去。

她知道，她可能已经失去这个男人了。

她在努力平复创伤。这段时间，她和夏天无看上去很好。他变勤快了，开始做一些家务，比如洗衣服，做饭。她和他开始有说有笑、同进同出。不太会织毛衣的她最近也在勤奋地织着一件毛衣。有人问是谁的，她说："还能是谁的，小夏的！"以前她并不喜欢体育，现在能经常看到她和夏天无在宿舍前面打羽毛球，看上去步态轻盈，十分投入。

她似乎不相信自己刚刚和另一个男人相爱过。

不久，她接连收到了李骛浦的几封信。它们从邮局寄到了中心小学：

之一

有时，我从窗口远远打量着你，我想，那就是曾经和我相见恨晚、彼此默契、相对如梦寐的女人吗？每当夜深人静，读着你的那些来信，我一次次泪水盈眶。

我只有安慰自己："她也是一个弱女子，不这样，又能怎样呢？这不就更需要你去爱她、帮助她吗？"

我被自己的想法感动了。

我知道，是我自己焚琴煮鹤、清泉濯足，破坏了这份美好。

所以，看到你们日趋亲密，我反而释然了。我所做的一切，不正是要你幸福吗？现在他幡然悔悟了，重新认识到了你的价值，如果你们能重新开始，不也很好吗？而且这样还让你少走了许多弯路，免去了许多烦扰。你应当得到幸福。至于我，不要紧，我本来就不配享有这种幸福。你已给过我那么多，我很知足了。

之二

虽然我们终止了现实的交往，可我相信，你依然没离我太远。

首先，你希望我以后不要再给你写信，你说你实在不知道把它们藏在什么地方好。我理解。其次，你说你正在努力将前事忘却，一个人老沉浸在过去中是可怕的，会失去现在，这精神也颇为可嘉。但我总以为，那至少要看看它是值得记住，还是忘却。我们这个族类其实是一个善于遗忘的族类，能这么快地忘记过去，也是一种幸福。再次，你请我好自为之，不要再介入你的家庭（我又一次觉得你写这封信的时候另有人在场，仿佛你是写给他或者他们看的）。你说你不会放弃他，因为他毕竟是你自己的选择。这话就叫我莫名其妙了。

难道现在，你连自己也要欺骗了吗？

之三

打击接踵而至。我万万没想到你以前告诉我的那些话，竟是你亲口对人说的。

就好像一个人正在努力对付着外来的危险，他的同志或朋友却从背后狠狠插了他一刀。

没有比这更痛心彻骨的了。

瞧，我先是"喜新厌旧"，然后"乘人之危"，再是"收获不小"！

我打了个冷战。

假如爱的后面是恨，假如恨能让你获得平静，那你就恨我吧。

有人从生活中提炼出了诗，而我，却偏偏拿诗去印证生活。

这大概就是我的悲剧之所在。

也许，该为你高兴了。你们终于站到了一起，为维护你们的共同利益而慷慨陈词了。

于是，我真的成了一个可鄙的第三者，一个企图破坏他人美满家庭的卑鄙小人。

如今，我真的无话可说了。我唯有像一只受伤的狗，独自在暗夜里，伸出猩红的舌头，舔着不为人知的伤口。

悲剧已经落幕，该喜剧上场了。

之四

对不起，我昨天的话伤害了你。

我真的是一错再错了。

对别人我可以这样，但又怎么能这样对你呢？

我们怎么能互相伤害，就好像拿自己的左手去刺自己的右手呢？

不管你怎样待我，我都了无怨恨。

即使要恨的话，也不应该恨你。我只能恨陷于你的泥沼和软弱的人性。

假如这个世界上的幸福也是被定量供给的话，那么，就请造物主把我的那一份给你吧，让我独自承受这永远的痛苦，我不会作任何辩白。

之五

听说你们又吵架了，夏天无动不动就打你，吓得你那年幼但十分懂事的女儿抱着你丈夫的腿喊道："爸爸，不要打妈妈了，我怕！"然而孩子的哭喊又怎能拉得住那麻木而粗暴的拳头呢？我实在难以理解，一个受过高等教育的人居然会如此愚昧和不尊重人。这些是我从别人的闲谈里听来的，看到我，他们马上会闭口不言。你家朝北的窗户依然关着，你的神态也如平常一样平静。

如今，我真的不知怎么理解你才好。你的虚荣和"精明"，乃至决断，曾使我十分地震惊和失望，可你依然抱着那点可怜的寄托不放，你不觉得可悲吗？

其实，一到关键时刻，你还是习惯性地把我当作了外人，不知不觉地和他站在了一起。

难道我们的爱情，难道真和美，真的是那么脆弱吗？

一切，仅仅是那么一瞬，多么短暂的一瞬啊！

以前，我还觉得你是有希望摆脱这种生活的，因为你的心里还有诗和梦想的种子。可是现在，这种可能性越来越小了。而你丈夫也摆脱不了你，有时我想，假如他考研成功，然后和你离异，对你来说未必不是好事。可事实上，他没有这个能力。

这也不能不说是你的悲哀。

她把李骛浦的信全部撕了。毋庸置疑，他说到了她的痛处。从这一刻起，她开始怨恨这个男人，他太残酷了。不但如此，她把他以前写给她的信也撕了。本来她还想保留它们，可现在她发现，那是一种奢望，一种不切实际的幻想。纸片纷纷扬扬，她又把它们扫拢，放在蜂窝煤炉上，看纸片慢慢变黑，冒出青烟，忽然蹿出火来，然后变灰。那些密密麻麻的汉字，有如蚕籽剥剥作响，仿佛有幼蚕在里面扭曲着身子。

李骛浦和刘小霞似乎也重归于好。杜若桃知道，她已经伤了他的心。也许在他现在看来，她比刘小霞还不如，那天中午，她实在是过分了，她的泼辣也让李骛浦震惊了。可是她自己也不知道，她为什么会忽然表现得那么泼辣，仿佛那个泼辣的人格一直藏在她体内的什么地方，一旦遇到了火源，便会"嘭"地炸响，燃烧起来。那个自己很陌生，她几乎不相信那就是自己。可她亲眼看到，那个自己在和刘小霞吵了一架，并莫名其妙打了李骛浦一个耳光之后，又大大方方地缩回了自己体内。她惊呆了，咬紧下唇，几乎要叫出声来。说实话，她并不想伤害刘小霞。她和刘小霞曾一度十分要好，而她的那些女同事和卫生院里的其他家属，对她都比较排斥。她知道，那其实是嫉妒，但刘小霞不排斥和嫉妒她，因为刘小霞是个朴实的人。她们在一起打毛线，说话，她在刘小霞那儿能感受到同性间的温情。可是现在，这一切都没有了。为什么会是这个结果？她不知道。仔细想来，虽然刘小霞对她没有嫉妒，可她难道不嫉妒刘小霞吗？真的，她是嫉妒她。所以她紧接着打了李鹜浦一个耳光，她的嫉妒是因这个人而起的。当她的手掌从李鹜浦脸上掠过，她甚至还有种甜蜜和骄傲的感觉。那一刻爱恨交织在一起，她仿佛拥有了某种特权。

这时，逆反心理再次控制了她。正因为她爱这个男人，所以现在她要恨他。正因为她在乎这种感情，所以现在她要毁灭它。她家朝北的窗子永远地关上了，为了避免自己往那里看，她又在窗玻璃上贴了白纸。即使是白天，也拉上了窗帘。她坐在黑暗中，把灯拉亮又熄掉。在路上，如果碰到他，她就把头扭向一边，即使他跟她打招呼她也不理他。她想象着他尴尬的样子，感到了一丝满足。

没过多久，李鹜浦辞职去了沿海。她几乎不知道他已经走了。似乎已有一段时间没再在路上碰到他，买早点，打水，买蜂窝煤都没见到他。她刻意用耳朵听了听，才知道他已经走了，真的是已经走了。只有刘小霞还带着女儿住在这里，甜甜还在读小学。甜甜小学毕业后，就转到县城读书去了，刘小霞也辞了厂里的工作，到县城租房子住，一心照顾女儿读书。看来李鹜浦在外面混得还不错。

她重新陷入了孤独之中，和夏天无亲密无间的表象很快蒸发干净，生活的本来面目重新显现了出来。她该怎么办？这段时间，她把全部精力投入了自学考试上，她一直想到大学里去读两年书。她只读过三年师范，没读过大学，她一直想弥补这个人生的缺憾。但现在她的这个念头变得越来越不现实，夏天无的考研依然是无果之花。他不可能让她去脱产进修。在考上研之前，他也不会离婚，就像一个人不爬上墙头，不会踢开垫脚石。面对这样一潭死水的生活，她还没有死心，还想逃出去。

拿到大专文凭后，她就想办法调到中学去了。中学不会像小学那样，到了晚上便像一座孤庙。哥哥帮了她的忙，他的一个同学现在是县委的秘书。哥哥永远是她最亲的人。

她不想再待在这个她已经待了好多年的小镇上了。七八年，对于她来说，像是好几辈子。

教育局管人事的领导问她想去哪里，她说："越远越好。"

就这样，杜若桃带着小絮来到了全县最偏僻的理齐中学。那里离她原来生活的小镇有几十里路，要转两次中巴，路也很不好走，到了雨天，车就吱吱地打滑。理齐原名"里脊"，现在的名字是后来改的。但她一下子喜欢上了这个地方。

摆脱了以前的生活，摆脱了夏天无，她仿佛一下子觉得轻松了起来，惊讶地看到了天空。它是那么大，那么蓝，太阳光有些刺目，像新鲜的麦芒一样。生活重新变得单纯，好像重新回到了学生时代。只在夏天无来的时候，她才有些短暂的烦恼。不过因为远，他也来得少，何况她总能找出种种理由不让他来。他每次来的时候都像一头载重汽车，吭哧吭哧爬过来，把货物卸下，又灰溜溜儿走了。他还真像一个长途车司机，热天打着赤膊，冬天则把自己裹得严严实实，只露出两只眼睛。

夏天无走后，她就忙着洗被子，晒床。新同事说她是勤快的人。其他时间，她可以教女儿认字，回答她提出的各种稀奇古怪的问题，监督女儿做作业。但她没有再教女儿读诗歌。她想，也许不读这些没有什么坏处。女儿睡着了，她就披衣坐在桌前备课，看书。这种日子让她感到有趣和充实。和女儿在一起，她一点也不孤单。

她的教学任务很重。班主任，两个班的语文，还有音乐。本来她可以不教音乐的，但她喜欢，便向学校提出了申请。上音乐课的时候，她眼含热泪，好像带着一群小鸟在空旷无云的蓝天上飞过。因为她，那所偏僻中学的语文成绩有了很大的提高，她很快被委以重任，教毕业班。在这里，她感到了大家尊重和敬佩的目光。对于她来说，这种有分量的目光前所未有，是无比珍贵，让人感动的。每周一次例行的教师会，她总是大家注目的焦点。大家乐于跟她说话，开玩笑。这种感觉，也是前所未有的。

校长说："年轻人应该要求上进，小杜，我希望你在这方面有自己的想法。"

她有些迷惘地抬起头来，说："校长，我已经尽职尽责了，还不行吗？"

校长说："像你这样有能力的人，不应该只局限于教学上，还应该在其他方面，比如组织啊，行政啊等方面有所发展。"

她听懂了，说："我还真没考虑过。"

校长说："现在你可以考虑。"

她想了想，对校长一笑，说："我考虑不来。"

校长望着她的眼睛，一时有些恍惚。不过他马上回过神来，对她说："我来帮你办，就先把你的组织问题解决了吧。"

不久，校长就成了她的入党介绍人。负责给她搞外调的是一个副校长，他们教同一个毕业班，她教语文，他教数学。因为他们的共同努力，他们教的班在那年中考取得了相当好的成绩。搞外调要找她原来待过的中心小学和生活过的卫生院，副校长的到来，小小地惊动了一下小镇的文教卫生系统。小学还是原先的那个校长，他已经当了十多年校长，虽然曾因经济问题和学校管理问题多次被人举报，但他的校长依然当得很稳，是个不倒翁，总是上面调查一番后说没什么，事情就过去了。倒是举报的人后来莫名其妙受了处分，吃了苦头。外调程序正在进行，小学校长忽然对理齐中学的副校长说："杜若桃这个人在这里是闹过一些绯闻的，在那边没有吧？她的作风……"

副校长没把这点写上去，回去也没有向校长汇报。

那年暑假，杜若桃回到小镇的时候，感觉大家的目光有些不一样。

但她已经不在乎小镇人们的目光了。

有一天，她忽然收到一封信。收发室的人手里扬着什么东西，在一直喊她。她有些奇怪，她已经好久没给人写信了，当然不容易收到信。眼前的这封信上，对方还挂了号。签字时，她的手忽然抖了一下，信封上的字迹她是很熟悉的，它来自于沿海的某座城市。她把信抓在手里，按着胸口急急向房里走去。李鹜浦把那张照片还给了她。他说："我知道，这是你最喜欢的学生时代的一张照片，现在物归原主，希望她得到更好的保护，而我，已经没有保留它的资格了。"

她忽然感到自己落了单。很软弱，仿佛风一吹就倒。这时她才意识到，虽然她一直在努力工作，可她并没有忘记他。甚至，她现在的工作是她和他的爱情的某种延伸。每当她在那里读书或工作的时候，都仿佛有一双眼睛在看着她。她甚至在不知不觉用他的目光看待一些问题。比如他曾说："我是一个医生，你是一个教师，我们结合在一起是多么好啊，一个救治肉体一个医治灵魂。"他说："如果我是老师，我要把自己的理解和不同于教科书上的答案也告诉学生，教学的目的不仅要学生接受，还要让他们学会怀疑，教学的目的不是把答案告诉学生，而是要教给他们思考和思维的方式。"她还会想起他说过的，"爱的反义词不是恨而是遗忘，因为爱和恨都是记住。"那么现在，他是不是已经将她完全忘记了呢？

她大口吸了下气。不过这种情绪维持的时间并不长。校长推门进来，看到了她脸上的泪痕。校长很吃惊，问她怎么回事，什么地方不开心。校长五十多岁，但"开心"这个词在这个偏僻的地方是很少有人用的，所以他用起来的时候还是花了些力气的，甚至像小孩子过年时穿上新衣服一样，兴奋而别扭。为了接近她，校长尽最大努力接受了一些新生事物。他开始染发，当知道夏天无喜欢体育锻炼，他也开始了每天早晨的跑步。这时，杜若桃的眼圈红了，看上去像是受了委屈。校长于是感到自己责任重大，他走过去抓住她的手，把她拉近自己身边，再把她揽进了怀里，他的手瘦而有力。他把胡子拱到她颈窝时，她咬着自己的手指，目光掠过校长的肩膀，散落到窗外。

校长说："咦，你这个人怎么不怕痒。"

听校长这样一说，她果然觉得脖子很痒了。于是她一歪头，忍不住笑了起来。

杜若桃再次频繁地出现在小镇上，是那年九月份的事情，她和理齐中学的副校长郑有光一道调到了镇上的中学。郑有光担任镇中学的校长，她担任教务主任。不知内情的老师都说，新来的郑校长和杜主任如今在全县的教育界大名鼎鼎。据说他们把理齐中学的教育工作抓得风生水起、有声有色，曾创造过百分之八十的升学率，且一半学生考进了县重点中学，这是令人瞠目结舌的成绩。据说郑校长已经在县城买地皮做了房子，谁愿意在那个偏僻的地方老待下去呢，自然是想离县城近一些。至于杜主任，她的家本来就在镇上嘛。镇中学历来关系复杂，各路人马老搞不到一块去，主管部门为此大伤脑筋，这次才大胆启用和原先的势力不沾边的人。据说郑有光本来想进城当普通老师，不愿意来当这个校长，但上面一定要委以重任，他不敢违抗，但提了一个条件，那就是把年轻且有教学和管理能力的杜若桃带来，一起打开镇中学的新局面。

杜若桃本来是一个副主任，这时就名正言顺地转了正。

当年的小学普通老师，如今成了中学的教务主任，对于熟悉杜若桃的人来说，当然是始料未及的。杜若桃回到小镇的头一件事，是把家从卫生院搬到中学。刚好学校的集资楼里空出了两套房，她向校长要了一套。校长自己没住集资楼，他住的是集资楼对面的教师宿舍，他把集资楼里另一套房子给了一位年龄较大的老师。宿舍里条件比较差，楼顶没有隔热层，校长不得不经常在办公室待到很晚才回房休息。

夏天无刚开始不同意到学校来住。杜若桃说："你不来也行，反正我和女儿是要住到学校去的。"卫生院住家的人虽多，但进进出出都要经过门诊部，走廊里躺过各种病人，用担架抬着。如果病房里死了人，病人家属还会闹事，哭泣，到处飘着纸钱和爆竹屑。传说住院部那边还闹过鬼，到了夜深，女人和孩子是不敢出来的。她说："中学里多好。"

杜若桃渴望镇中学的住家生活已有多年。那里如今有自来水，是学校自制的，在集资楼的屋顶建一个水塔，用电泵把井水抽上去，每天早晨或傍晚，都能听到让人振奋、积极向上的电泵抽水声，有单独的厨房，有宽大气派的铝合金窗，有阳光灿烂的阳台，有仿瓷墙壁，还有防盗门，等等。这些是小学、卫生院和那所偏僻的理齐中学所没有的。总之，那里的生活和县城基本没有区别。并且她还是那里的领导，校委会成员之一。生活条件和自己的身份仿佛都在跟她说：怎么能不住到学校里去呢？难道还要在卫生院里寄人篱下般地住着吗？

对，那么多年的婚姻生活，给她的感觉就是寄人篱下。

她叫来了几个校工，搬走了属于自己的东西，然后带着女儿从卫生院扬长而去，夏天无只好也收拾了自己的东西跟了过来。自从她调离小学后，他们的许多生活用品就已经不知不觉分开了。有时候，他们甚至各自洗自己的衣服。各自洗自己的饭碗。

夏天无接连考了几年研，似乎一年比一年差得远，也就心灰意冷，只把读外语的习惯还保留了下来，仿佛以此显示他落难公子的身份或与众不同的品位，从此他不读中文报刊，常把自己埋在沙发里翻英文版的《中国日报》。

他们是镇上令人羡慕的双职工家庭。搬到中学来住后，买菜做饭这样的事情就渐渐落到了夏天无头上，经常能看到他在楼下跟附近村子里来卖菜的人讨价还价。有时候，他还跟对方争吵起来。那一般是上了年纪的妇女。夏天无用普通话唠唠叨叨道："怎么这么贵，还让不让人活了。"有时还掺杂几句英语，让对方一头雾水。

所谓女主内男主外，以前他们经常为经济问题吵架，比如他会怪她送娘家的礼多了，她怪他往江北老家寄钱也不跟她打个招呼。他还会追问她这个月到底发了多少钱，她也会怀疑他自告奋勇地给那些女护士去买零食。有一次，她以前的一个小学同事就发现，自己的丈夫和一个女护士在手术室偷情。在医院里，这种事比较普遍。现在他们也没什么吵的了，杜若桃已经在适当的时候把家里的经济大权抓到了自己手里。也就是说，他们两口子从最初她把工资交到他手里，到她去理齐中学教书时各自管各自的钱之后，发展到现在他得把工资交到她手里，她开始控制他身上的零用钱。有时候，夏天无在集市上看到便宜东西想买，但一摸口袋才发现自己钱没带够，回来不免在她面前发牢骚。即便如此，她也懒得理他。

水塔只供应集资楼的用水。住在其他地方的老师还是要用桶到井里打水的。学校地势较高，到了秋冬季节，用水便有些吃紧，每天只能抽一次水。一到抽水时，家家户户都要用各种办法蓄水。这时，杜若桃便要把家里的盆盆桶桶装满。其他人家用水都比较节约，蓄的水只用来煮饭、洗菜、洗澡，用过的水还留在那里冲厕所，而她总忍不住要洗衣服、拖地。所以她那个单元的水塔总是最先没水。家属们不免有些抱怨，她也满不在乎。她已经不愿像个农村妇女那样，翘起屁股蹲在塘边洗衣服了。她想，自己早已不该做那样的事情了，那是没有正式工作的教师家属们做的，她怎么能跟她们一样呢。

她工作很忙。除了教务处的工作，还教了一个毕业班的语文。她还经常出差，即使不出差，也有各种会议、应酬，因此她很少在家里吃饭。在这种情况下，夏天无的厨艺倒是有了很大的进步。工作中，她和校长，还有其他领导走在一起。郑有光的老婆是另外一个乡的妇女主任，她和校长到县城开会，晚上便住在他的新房子里。她没有向校长提过分的要求，觉得现在这样很好，她已经很满足了。郑有光年富力强，有魄力，也有魅力，做事雷厉风行，大刀阔斧。他在极短的时间内，把四分五裂的镇中学管理得井井有条，使学校的声誉日渐回升，生源流失日渐减少。她感到自豪，因为这里面也有她的功劳。她把头靠在他宽阔的肩膀上，他浓眉大眼、身材魁梧，散发着浓郁的混合着烟草味的男性气息，这些都是她十分喜欢的。她爱他，不许他多抽烟，多喝酒。如果他咳嗽了，她会惊慌地问他，是不是要去看看医生。有时候，她在他怀里会流泪，她不知道自己为什么要流泪，但泪水就是流个不停。泪水使她眼角热辣辣的，但她喜欢。她流泪时，更能感觉到郑有光对她的爱。她的泪水像天上的银河一样闪闪发亮，郑有光说："你的泪水里全是星星。"一次，他拿起了她床边的一本诗集，于是她把她的初恋，她的婚姻，她的第一次婚外恋，都告诉了他。那年在市里参加自学考试，她碰到了她初恋的那个男生，现在他也是一所中学的校长，不过她已经不喜欢他现在的样子了。但奇怪的是，她还是那么爱着以前的他，想起在师范里读书的时光，她还会怦然心动。对于她来说，他不过是她生命中的一个符号，本身没有任何温度。但跟校长在一起的时候，她会想起他。作为一个符号，他和校长叠加在一起，使她意乱神迷，一时分不清哪个是校长，哪个是他。他像一首歌，由于跟她生命中的某段岁月联系在一起过，当她听到这首歌时，自然会想起那段青春袅袅的岁月。

她和夏天无的吵架越来越频繁。吵到不可开交的时候，她就说："如果不愿在一起，你可以搬回医院去，你又不是没有房子。"后来，夏天无还真的搬回卫生院去住了一段时间。不过没多久，他又搬了回来，因为小絮已经读初中了，需要照顾。杜若桃经常在外面应酬，从不关心家里的锅灶是冷的还是热的，他不忍心女儿天天吃食堂。他越来越疼爱女儿，仿佛和女儿相依为命。反而杜若桃对女儿的学习倒不怎么关心了，女儿对她似乎有敌意。杜若桃早已学会了饮酒，由于过量摄入高营养食物，她的体态由瘦弱变得丰满，又由丰满慢慢变胖，以前的很多衣服都瘦了。她让郑有光陪她去县城和市里买了几次衣服，他有一辆车。她还买了一些高档护肤品，以及手镯和耳坠之类。如今她像一个贵妇人似的，变得珠光宝气起来了。

杜若桃学会了打麻将。开始是陪上面来的领导打，领导走了，就和校委会的人打，后来无聊的时候，和同事以及同事的家属们也打。一打就是一整天，一整夜，或几天几夜。夏天无把饭菜弄好，打发女儿端过来，女儿没空，他就自己端过来，上楼，下楼，让她享受领导的待遇。他系着一条围裙，上面有许多油渍。夜深了，夏天无就站在楼下喊她的名字，她说："你又不是小孩子，没有我你不会睡觉啊？"夏天无听了，就气鼓鼓地回家。她发现自己有旺盛的精力，也有很强的欲望。刚开始，她有些吃惊，她想这是我吗？但慢慢地，她也就默认、习惯了这一个自己，不再有陌生的自己从自己身体里蹿出来的错觉。夏天无是从来不打牌的，不管是扑克还是麻将，他一概不沾。一方面是怕输钱，他是个把钱看得很重的人。另一方面，他认为那完全是无聊的行为。所以后来他们吵架的时候，飞来飞去最多的一个词就是无聊。他说："无聊。"她说："是无聊。"他说："难道不是无聊吗？"她说："无聊又怎么样？"他说："无聊就是无聊。"她说："你才无聊。"他说："我怎么无聊了？"她说："你越来越无聊了。"不熟悉的人还以为他们在用这种文字游戏的方式调情，只有他们自己知道，他们之间已经无情可调了。别说调情，就是性生活，他们也难得有一次了。在那方面，夏天无似乎已有了一定的障碍。久而久之，他自己也认为他在那方面确实不行，这使他自卑起来。

　　他唯一热爱的是体育。他举哑铃，拉扩胸器，做俯卧撑，跑步，打篮球，甚至跟人掰手腕。"一、二、三"，他就赢了，然后欣赏着自己上臂鼓鼓的肌肉。夜深睡不着时，他便抱了只篮球，到操场上去。他运球，奔跑，过人，起跳。深夜的投篮声听上去既空洞又惊心动魄。

白　蓝

　　李瓦和白蓝差不多认识二十年了。李瓦还记得，他刚见到白蓝时，并不觉得她有多么好看，因为她总把自己藏在深蓝色的外套里。李瓦那时候胆小，看女孩子总是先看她们的脚，再看她们的手，等看到脸时，她们已转过身朝外走了，他只能看到她们的背影。所以他和白蓝虽然已经做了好几天同事，却还不知道她到底长什么样。如果在路上碰到了，如果白蓝换了身别的衣服，他还真不一定认得出来。那年上半年，李瓦和几个师范同学一起，被安排到他熟悉的沙港小学实习，白蓝则在她父亲的安排下来这里代课。她父亲以前做过一个乡的中心小学的校长，后来调到了县城，现在白蓝就是从县城过来的，也就是说，她已经是一个城里女孩子了。她先坐车到玻璃厂，再步行到学校。玻璃厂的职工大多住在城里，有厂车接送，白蓝有时候坐玻璃厂的车，有时候就坐小四轮，她总能免费坐到来沙港拉沙的小四轮。

　　从县城到沙港，有十多里路。从一条水泥路上坡，过一个村庄和一个集市，有一家造船厂。穿厂而过，有六七里路一直下坡，叫七里冲。到了路面平缓的地方，就可以见到路面上的黄沙。到了这里，车子会行走得滞缓起来，如果是自行车，一不小心就会滑倒。再往前走，路面就和江水齐平了。路这边是江水、沙草和柳树，那边是零星的民居和高大的厂房，有玻璃厂、制药厂、冷饮厂、水泥厂，还有矽砂矿厂。几堆金黄的沙子像金字塔似的堆在那里，闪闪发亮，小孩子在上面爬来爬去也没人管，反正上面是沙下面也是沙，浪费不了。厂门口停着几辆车，江边泊着运沙的机帆船。可以说，小县城的主要企业有一半在沙港。李瓦的村子虽说和沙港不远，只隔着一道山梁，憋一口气就可以跑到，但地位和沙港相比，却似乎是两重天地。沙港直接归县里管，李瓦那个村子归属于大队，如果从行政上来说，到沙港要先从大队到乡，又从乡到县，再从县里到沙港，得绕很大的弯。

小时候，沙港在李瓦的印象里显得很神秘。他和同村的孩子一起翻过山梁，就可以闻到跟村子里完全不同的气息。那里没有耕牛，没有草顶泥屋，没有干不完的农活。那里的房子至少也有两层，窗子开得很大，都镶了玻璃，楼上还有阳台。食堂里整天散发着八角葵的香味。星期天，他们就到沙港去看水泥做的房子，看高高的烟囱，听机器的轰鸣，闻机器散发出来的那种金属和机油混合在一起的陌生气味。他们还会在冷饮厂门口跑来跑去，那里的一股空气特别清凉。他们经常从大人手里接过零钱，再拿只陶瓷杯，去买了冰棒放进里面，然后往家里跑，仿佛在和冰棒进行比赛，到家里见它们没有跑掉，才吁了一口气。冰棒会变魔术，明明把它放在瓷杯里捂得严严的，可它还是可以变成水跑掉。真的，不管杯子多厚多结实，可冰棒刚被放进去不久就会开始逃跑。他们还看运沙船，看不知从多远流来，又不知要流多远的江水。有时候，还有大客轮从江水里慢慢升上来，它先露一个尖，再露一根杆，接着是高高的船头和一排排白色的窗子。等它完全现身时，江水就沸腾起来了。晚上，他们到沙港去看电影，那里经常放电影，每星期至少两场，银幕就挂在沙港小学的操场上。当时，他最大的愿望就是能到这里来读书，但这里只收沙港厂矿的职工子弟。李瓦只能趁着看电影的机会，把头贴紧门缝朝里望上几眼，或摸摸窗子上那冰冷粗壮的钢筋。为了加强自己和沙港的联系，村里人情愿爬坡绕路，他们去县城不走从乡里到县城的马路，而坚持走沙港，上七里冲。初中毕业后，李瓦报考了市里的师范，回县里实习时，带队老师问他想去哪里，他想都没想，就说要去沙港小学。

后来，李瓦就带着白蓝，把他小时候经历过的事情，重新演历了一遍。只是冷饮厂还没开张，不然，他可以给她演练一下冰棒逃跑的经过，他说那时候他一直以为是冰棒逃跑了。听到这里，白蓝就像稻谷那样笑弯了腰。他们教同一个班，她教语文，他教数学，这样，他们就有很多机会在一起了。如今，他的目光终于越过了她那深蓝色的外套，抵达了她的美丽。好像她的美丽开始是藏着的，现在却像电影里播过"××电影制片厂"的片头画面那样，会源源不断地放出光彩来。他给她讲小时候的趣事，带她去江边看船，去听玻璃厂的轰鸣，去闻制药厂淡淡的中成药的气味。他拍着他们教室的窗子，说那时候他在暗中摸的，大概就是这几根钢筋。现在，学校门口偶尔还放电影，他们坐在阳台上看。望着下面黑压压的人群，李瓦想，小时候的自己，大概也在那里面吧。

周末了，她回了县城，他站在村后望着山梁，觉得那两天特别的漫长，星期天下午，他收拾东西匆匆赶到学校，令人惊喜的是，白蓝也来了。他曾和几个同学一起去过县城她家里。他偷偷打量过她父亲，她父亲高个子，穿西服，系领带，吃饭时请他们喝白酒，他记得那酒叫西凤酒。有一次，她和他的几个同学一起到他家里玩，回去时已是夜晚，外面下起了小雨，爬那道山梁的时候路很滑，他抓住她的手怕她摔倒。为此他一晚上没睡着，觉得自己是世界上最幸福的人。后来，他写了一张纸条给她。那是一个雨夜，他和她在她房间里相对而坐。她和一个叫韩春丽的女老师同住一间房，其他人在隔壁房间打扑克。他先是看着她，接着忽然在一张纸上写了句什么，然后飞快地扔给她后就跑了出去。仿佛那不是求爱信，而是一团火。此后两天他躲在房间里不敢出去，怕见到她。实际上，他是在回到师范学校后才知道，原来她给自己回了一封信。

这时他们的实习生活已经结束了，即将离开沙港小学。临行那天，白蓝和韩春丽去车站送他们。后来他才知道，当时韩春丽和他的同学万涓成也在谈恋爱。白蓝帮他拎着行李，回到师范他才发现，她把一封信偷偷塞在了他的行李里面。他顾不上整理东西，抓起她的信一阵猛跑，跑到刚做好的新宿舍楼的顶层，打开了它，那里没有任何人打扰。他把她的信一连读了几遍，但不知道上面说的到底是什么意思。信上说他有才华，她欣赏他，以他为荣。她还说，当她读到他发表在一家杂志上的那两首诗的时候，不知道心情是多么激动，因为她和诗的作者离得那么近，这是她从未有过的体验。但他们现在太年轻，还没到考虑那件事的时候，再说，她还只是一个代课教师。末了，她引用了一位著名教育家的名言，大意是说趁人年轻的时候，要把精力放在更重要的事情上去。他看了看信的正面，又看了看它的反面。她没说爱他，也没说不爱他，那么她到底是爱他还是不爱他呢？后来他想，肯定是他当时不懂得女孩子的心理，如果继续追求下去，结果肯定会不同的。毕竟在爱情上，女性大多时候都处于被动状态，何况他们当时都没有经验。可事实真的如此吗？也许，她当时也不知道自己是不是爱他，因为那时他们还不知道什么是爱情。就好像两个人在路上捡到了一个宝，但他们不知道那是稀世珍宝，所以又把它扔掉了，或发扬拾金不昧的精神，把它交了出去。等他们反应过来，它已被别人捡去或再次遗失了。事实就是这样。之后他才知道，他失去的是人生最宝贵的东西：初恋。

之后，他的生活就是大段的平铺直叙了。毕业后，他被分到了乡中学，也就是他初中时的母校教书。暑假，他到沙港小学去玩过一次，由于是厂办子弟学校，里面还是经常有人的。他碰到了韩春丽，这时她已经和万涓成订婚了。韩春丽告诉他，白蓝已经到县里的城南小学教书去了。韩春丽说："李瓦你知不知道，白蓝跟你分手后，制药厂里有个家伙追求过她，他们还热火朝天地谈了一段时间，但后来又没谈成。"李瓦听了一愣，其实他和白蓝何曾谈过恋爱，既然如此，也就谈不上什么分手。或许是韩春丽夸大其词吧，实习时，他并不怎么喜欢和韩春丽打交道，觉得她有点咄咄逼人，虚荣心和好胜心太强。他还是喜欢白蓝那安静的、看上去有些忧郁的样子。韩春丽的话他不一定相信，他甚至怀疑她为白蓝没有和他谈恋爱而暗暗高兴。在韩春丽眼里，大概什么人都是她的对手，一定要把别人比下去而后快。但她的话还是让他耿耿于怀，他在沙港走了一圈，眼前老晃动着白蓝和另一个男孩的影子。他想，他们谈得热火朝天是个什么样子呢？如果她真的跟别人谈了恋爱，那么当初信里说的那些冠冕堂皇的话，就不一定是真的了。或许她本性里也是虚荣的吧，不然她不会和韩春丽的关系那么好。他曾看过她们在江边的一张照片，韩春丽手搭在白蓝肩上，两人显得很亲密。说起白蓝和那个男的分手的原因，韩春丽说似乎是因为那个男的在感情上不专一。

韩春丽的话向来是真假参半。李瓦和万涓成由同学成为同事，后来韩春丽到乡中学来，李瓦偶尔也和他们夫妻俩打打牌。有一次，韩春丽又说起当年的事情，说那时她和白蓝经常夜晚坐在江边，望着江心的渔火和天上的星星，都想到了远在市里的师范学校，想到了他和万涓成。她说："白蓝那时候真的很喜欢你呢，你订婚后，她还向我打听过你，我说你已经订婚了，她问是谁，我说是你的一个女同学，叫秦好，她半天没作声。"

的确，就在师范毕业的那年暑假，李瓦和一个叫秦好的女同学订了婚。快毕业时，学校里简直乱了套，大家对做一辈子乡下教师感到恐惧，便伸手乱抓想抓住恋爱这根救命稻草。秦好自然也做过这样的稻草，不过抓住她的不是李瓦。那时他们的关系还没有开始，她在跟一个外县的男同学谈恋爱。由于毕业后不能分回同一个县，他们又不知道怎么处理调动的问题，她一下子绝望了，便分了手。李瓦还记得，那个晚上正在上自习时，那个男同学先从外面进来，紧接着她也从外面进来了，眼睛红红的，像是刚哭过。她的座位跟他隔着过道，他看得一清二楚。经过一个晚上激烈的思想斗争，李瓦还是乘虚而入了，他厚着脸皮写了一封信给她，想帮助她摆脱失恋的痛苦。

李瓦似乎一下子成熟起来了。他不知道他和秦好算不算爱情。秦好让他对爱情产生了怀疑。她那么快就忘记了那个男同学，答应了他的求爱。再看自己，不是也不再想白蓝了吗？但现在，他写的信不再像半年前写给白蓝的那样没头没脑，纸上满是激情，而是有了小小的心计，对段落大意和中心思想都了然于胸。接下来，他和秦好都在目标明确地朝对方前进。当终于把她握在手中的时候，李瓦不禁长长吁了口气——他听到，秦好仿佛也吁了口气。从此以后，他们两人开始共同对付寂寞清寒的乡村教书生活。那时毕业分配，基本上是从哪里来到哪里去，李瓦还比较幸运地分到了乡里的中学，秦好则分到了偏僻的百世乡中心小学，离李瓦这里有三四十里路。他们曾要求教育主管部门把他们调到一起，但相关负责人没答应。于是每到周末，李瓦便骑上自行车去百世乡看秦好，就像是披坚执锐地去抵抗敌人可能的入侵一样。不过"去百世乡看秦好"这个句子还是让他得到了一些安慰，虽然到了那里，他都要事先侦察一番，看情况是否有变，看秦好是不是白天也拉着窗帘，看秦好的同事们看他的目光是否不对劲，有没有在他身后指指点点。他的一位同学就有过类似经历，发现自己被挖了墙脚。为此他跟秦好走在一起，总是倏忽转过头来看看身后。为了避免夜长梦多，他自然想方设法把生米煮成了熟饭，在秦好身上贴上了自己的标签。经过两年的"长征"和殚思竭虑，以及对相关负责人的"公关"，他终于把秦好调到了自己这个乡的中心小学。后来秦好从韩春丽那里知道了李瓦和白蓝的故事，不免酸溜溜儿地取笑了他一阵，说他倒是瞒得紧。过了一会儿，她又跟李瓦说，其实她是认识白蓝的，白蓝父亲以前就是百世乡中心小学的校长，她和白蓝还做过同学。难怪韩春丽说白蓝听了秦好的名字就不作声，原来是这样。李瓦不禁惘然，世界这么大，怎么就那么巧，原来，以前他每星期风雨无阻，甚至披星戴月赶去的地方，竟是白蓝生活过的地方。原来，白蓝也跟那个叫"百世乡"的地方有关，她在那里出生、长大，从小女孩长成了一个漂亮姑娘。她在那个操场上踢过毽子，她熟悉那里的每一条走廊，那么，当他和秦好在那里共修秦晋之好的时候，白蓝也会有所感应吧？说不定她的影子就在窗外。如果时光是一列火车，他老是跑错了车厢。他不禁恍惚起来，有时空倒错之感。他后悔这些知道得太晚，不然，站在百世乡中心小学的操场上，他肯定还有别样的感受，仿佛冥冥中他和白蓝之间依然有什么相连在一起。

　　白蓝后来的经历，李瓦还是从韩春丽那里知道的。韩春丽是个神通广大的女人，似乎没有她不知道的事情，同时会即兴把什么都讲出来。她和白蓝还有联系，说白蓝依然在城南小学代课，后来嫁给了五金厂的工人小黄。他们的恋爱经过是这样的：小黄家在学校附近，经常来学校玩，在操场上挺挺双杠，或做个倒立什么的。活动完毕，小黄便跟大家打个招呼，开开玩笑。于是有人认为他是来追白蓝的，因为学校只有白蓝还没对象，便问什么时候吃他和白蓝的喜糖。小黄愣了愣，聪明地说那要问白蓝啊，主动权完全掌握在她手里。他的这种低姿态、略带俏皮和故意放弃了男子汉的某种特权的作风，赢得了白蓝的好感。双杠这种运动器材，也把小黄的修长和健壮全部表现出来了，使她忽略了其他。后来小黄顺手牵羊地向她求爱，她也就顺水推舟地答应了。

韩春丽的唠唠叨叨，使李瓦在快要忘记白蓝的时候，又把她记起来了。他的想象被不断地刺激，以为她生活在水深火热之中。这大概就是男人的弱点了，他在想，如果那时他有经验，他的初恋就不会夭折，白蓝就不会吃苦。可是他忽略了秦好，如果他和白蓝的初恋继续下去，那么他和秦好也只是普通同学。问题是，既然他已经和秦好结婚生子，为什么还会那么想呢？这说明，他和秦好的婚姻生活可能出了些问题。这时，他还不能把爱情和婚姻区别开来，不懂得爱情的浪漫很容易被生活磨掉。如果他和白蓝结了婚，谁能保证他们的婚姻就一定幸福呢？李瓦很快被生活的琐屑折磨得焦头烂额。学校的住房有限，一家几口挤在一个十多平方米的套间里，连煤炉也只能放在房间里，一炒菜便满屋油烟，而且李瓦的书桌距煤炉不到两米。即使是冬天，晚上也不能关窗子，有一次他们差点煤气中毒。一到雨天，房子里便晾满了湿衣服和孩子的尿布。那段时间，他和秦好经常为一件哪怕是极不起眼的小事争吵起来，然后不断把它升级，有时甚至说出彼此伤害很深的话。他对婚姻很失望，夜深人静的时候，他会想起白蓝。他发现自己竟还想着她，想见到她。想到这些，他不禁写了一篇短文，叫"恨与你相逢太早"，冒冒失失投给了市报，没想到很快被发表了出来。事后他吓出一身冷汗，所幸那时大家不怎么知道他的笔名，秦好虽然知道，却没看到报纸，才没捅出什么娄子。后来他仔细推敲了那个标题，觉得还是应该把那个"恨"字去掉更好。

不知白蓝是不是看到了那篇文章。按说市报是摊派订阅，他们学校每个班都订了一份。不过他也没指望白蓝在看到报纸后跟他联系，他一直怀疑他的初恋是单相思。也许白蓝是出于礼貌才那样说，怕伤他自尊心。虽然这样，他仍忍不住去注意与她相关的消息。因为这个原因，他对韩春丽一直没能彻底地疏远起来。不管怎么说，她也是与他那段经历有关的人，甚至可以说是证人，唯一的证人，即使她有时候作的是"伪证"。他几乎一看到韩春丽就会想起白蓝。每次进城，他都有到城南小学去找白蓝的冲动。

其实此前，他和白蓝在县城的街道上有过一次邂逅。那时他和秦好正准备结婚，两人进城去买东西，在商场门口看到一男一女争吵，两个人似乎都在赌气。李瓦忽然发现，那个女的竟是白蓝。不知白蓝是不是看到了他，或目光扫过他脸上的时候，是否反应过来他是谁。他们的目光在彼此的脸上停留了一会儿，很快又转了过去。他不知道该不该上前打声招呼，他们吵得太厉害了。那个男的大概就是小黄吧，他跟她打招呼，会不会让她难堪，或使他们的争吵升级呢？他正在犹豫，结果被秦好扯了一下，继续往前走了。秦好也没认出那就是白蓝，毕竟她们有更多年头没见面了。再说现在白蓝那身装束非常男性化，连李瓦都差点没认出来。她把头发向上盘起，穿一件红色男式尖领衬衫，黄绿色军裤，腰间扎着很宽的军用皮带，脚蹬棕色大头皮鞋，跟以前多愁善感的样子判若两人。李瓦有些惊讶，当年在沙港，他还取笑她是林黛玉，为此她还生他的气不理他。他说："你越生气越像林黛玉。"谁知竟有泪珠从她眼中滚下。或许，白蓝现在成了一个刚强的女人，大概也不是什么坏事吧。他和白蓝好几年没见面，现在见了面，却像个陌生人似的，连招呼都没打。从县城回来后，他怅然若失了好久。

他和白蓝的第二次邂逅，是在车站停车场。那时下乡的短途车基本上是小三轮，车已经驶出站口，大概要等什么人，又停了下来。车上的人只好把目光一齐投向车后。他坐在那里抬起头，忽然看见了白蓝。不错，是她。她低着头，匆匆往车站里面走去。她有一个哥哥在车站工作，每次来车站，他都要暗暗注意是否有一个长得和白蓝相像的男人。他忽然站起来，几乎要叫她，嘴巴已经张成了 O 形。他结结巴巴的，车上的人奇怪地望着他。然而未等他发出声，她从车后一闪而过，已经消失不见了。他渐渐平静下来。司机下来摇了摇车把，车身震动，三轮车开动了，他闻到了一股很浓的柴油味道。

　　回来，他又写了一篇短文，发表在市报上。文章写的就是这次邂逅，用的是第二人称"你"。没想到，几天后他收到了一封信，一看信封上的字迹就知道是谁的，虽然寄信人那里空着。他的心剧烈地跳动起来，就像当初在行李袋里发现了她的回信那样。不过这次她什么也没写，只把那篇短文剪了下来，贴在一张空白信纸上折叠起来寄给了他。仿佛担心作者觉得自己没看到，便替他收藏了一样。又仿佛表示惊讶："是真的吗？"

　　他瞒着秦好，给她回了一封信。她也终于正式地来了信。两人互相交代了自己的生活。她说代课工资一直没有增加，自己可能会辞去这份工作。又说上星期她女儿从楼上摔下来了，头上缝了十几针，还好没什么大问题。李瓦说："你女儿长得肯定像你吧，希望她像你一样漂亮。"他毫不讳言他还爱着她，但她说现在双方都有家庭，要对家庭负责，再说这些就是徒增烦恼。

　　李瓦在"徒增烦恼"四个字上盯了好久。如果这件事能让她烦恼，那么，她应该是爱他，或曾经爱过他的吧？

　　他终于到县城去见了她一次。他骑着自行车，见到她时满脸是汗。他后悔没把自己弄得体面一些。她在办公楼前面接见了他，然后指了指上面的阳台，说女儿就是从那里摔下来的。他给她带去了自己刚发表的一篇小说，一篇关于初恋的小说，他在里面写道——

　　　　我们铭记初恋。那是一个人的启蒙时代。女人，我们的启蒙思想家。

　我们初恋的女人如天使般昙花一现，注定不会与我们结合到永远，但那瞬间的灿烂，却将照亮我们的一生。

李瓦离开小镇去省城，是好几年后的事情了，那时他再也忍受不了沉闷而封闭的乡村学校生活了。本来李瓦是可以调到县里的宣传部门去的，但他没去。他见应用文就头疼。一个偶然的机会，他听说省城一家文化报社招聘记者，就去报了名，没想到很快被录用了。刚开始他不敢把实情告诉学校，因为秦好和孩子还住在学校里，也不知道自己能否顺利通过三个月的试用期。他跑到省城一家熟悉的出版社开了一张证明，大意是请他去改稿之类，校长也就放行了。

那几年，他和白蓝又失去了联系。这时万涓成已托人调到了县城，李瓦自然也不再能从韩春丽那里听到白蓝的消息了，韩春丽也不知道，他和白蓝后来还曾见过面，通过信。只有一次，他去县城一个朋友那里聚会，在路上碰到了她，这个朋友的家与白蓝所在的学校仅一步之遥。这次相见，他们都分外欣喜。白蓝说，离开学校后，她和下了岗的小黄一起办了一家罐头厂。他问她效益怎么样，她说刚刚办，还不知道。他说："想不到你这么能干，还会办厂。"她说："有什么办法呢，总不能在家里饿死。"他们站在那里大概聊了十几分钟的样子，然后匆匆告别。不知怎么的，他后来反而没再去找她。

李瓦曾在一篇小说里设想过他们的相遇。那是一篇充满了怀旧和忧伤意味的小说。他们邂逅，惊喜，他拉着她的手，到了江边，他们像当年一样坐在河堤上，看河水怎么舐上他们的脚尖。后来，夜幕在江面上洒落下来，像渔夫撒开网，他们看到了渔网里的星星。他们很想在一起待一个晚上，可他们又觉得，那样反而破坏了这种美。于是他们互相拍拍脸，看对方走进灯火阑珊处。

李瓦在省城待下来后，把秦好和孩子也接了过来。秦好辞了职，在一所私立中学找了一份教职，孩子在一所教学质量不错的小学借读。刚来省城的时候，秦好很不适应，担心他们的经济收入对付不了生活的开销，又担心自己的工作不稳定。他们家这条船开始停泊在岸边，她一点都不担心，现在忽然被推到水中央，焦虑也随之而来。秦好为此经常失眠，李瓦不得不带她去医院看医生。吃了药，失眠的毛病是治好了，可人一直蔫蔫的，显得憔悴。不久他们又雪上加霜，因为经济效益不好，李瓦所在的文化报社停办了，所有人员一律自谋出路。刚好听说一家社办文学期刊缺个编辑，他就跑到那里去顶了个缺。他安慰秦好："你的档案已被转到了人才交流中心，反正也回不去了，看看那些下岗工人，比我们还惨，再怎么说，凭你手里的粉笔和我手里的电脑，混个温饱还是没什么问题的。"奇怪，一旦打算破罐子破摔，秦好的脸色反而渐渐红润好看起来了。他们感觉离县城越来越远了，就连秦好现在一两个月也难得给娘家打个电话，还是李瓦经常提醒她。但李瓦心里有一个角落，秦好一直不知道。那个角落是关于白蓝的，他一直把白蓝藏在那里。

　　刚来省城的那一年，李瓦又在县城车站碰到了白蓝。大概因为她哥哥在车站上班的缘故，他总能在那里碰到她，以致每次经过那里时，他都下意识地在人群里寻找她的影子。他跟她说他已经离开了小镇。把自己的名片给了她，她也把家里的电话告诉了他。那时手机还没有普及，很多人的腰间挂着的是呼机。她说她正想找他，前不久才听韩春丽说他已到省城去了，"李瓦你知不知道，我爸妈出事了，他们被人杀死了。"李瓦吃了一惊，问她是怎么回事，她说："事情发生在去年快过年的时候，我爸妈退休后在路边开了一家小店，年关生意忙，店里货和现金比较多，被人盯上了，夜里被撬了锁，爸妈发现有人进来，便大声呼叫和搏斗，被对方连刺了好几刀，等有人听到动静打电话报警，两个老人早已倒在血泊中了。爸爸当时就没气了，妈妈被送到医院被抢救过来，但见爸爸不在了，便不吃不喝，我和姐姐、妹妹还有哥嫂围着妈妈哭和劝，妈妈也没理，不久就跟着爸爸去了。凶手很快被锁定，但过年前公安局要创收，要抓嫖娼赌博罚款，没及时抓捕，让他跑掉了。过年后，我们兄弟姐妹又去公安局申请，却被告知要抓人可以，必须要家属出路费。问要多少钱，公安局的人说至少要十万。我们根本拿不出那么多钱，这件事就一直搁着。"说完，白蓝问李瓦能不能帮她写一篇文章，在省里报纸上发一发，说不定会起作用。李瓦二话不说就答应了，他觉得这件事应该不难。他很想把他的悲伤表露出来，但一看白蓝似乎已经从悲伤中走出来了，就把自己的情绪抑制住了。他眼前晃动着多年前白蓝父亲的样子，高个子，西装，领带，端起西凤酒一饮而尽。他什么多余的都没说，只是握住了白蓝的手。

真的，他爱了她这么多年，可他和她的亲近，其实仅限于手的接触。

回到省城，他向相关报社的朋友打听这类稿子该怎么写，如发表的话需要什么手续。他在文化报社经常也收到一些纪实稿，上面加盖了某单位的公章，还有"此稿属实，欢迎选用"之类的批语。好笑的是，有时候稿子前面明明标了是文学作品，可单位的公章仍照盖不误。他把白蓝家的遭遇跟朋友讲了，朋友一个劲地摇头，李瓦以为朋友是同情叹息，没想到朋友却说这样的稿子不好写，即使写了也发表不出来。朋友说："你想想看，这不是简单的事情，牵涉到了公安局，你听的不过是受害人亲属的一面之词，你采访过公安局吗？你别作声，我知道你要说什么，你即使去采访他们，他们肯定也不会说实话。他们会说你说的那个人跑了，或者目前还不能确定是他，如此等等。"李瓦说："可如果他一直躲在外面不回来，那不就永远也确定不了凶手，从而让他永远可以逍遥法外吗？"朋友点了点头，说很有可能。朋友又说："你呀，还是个书呆子，这个案子，明显是有人打通了相应的关节，你不像我们经常下去跑，因此很多事情接触不到，我来给你随便讲几件——×市的一个老人给我们打电话，说他儿子下岗后喝醉了酒在公园睡着了，没想到被城管当作流浪汉死尸拉去火化了。还有一个人，他儿子和女友在谈恋爱时，被人抢劫，还被割去耳朵，他儿子认出作案者是他们县一个领导的公子，报案时，当他儿子说出对方的名字时，公安机关反而问他儿子有没有证人和证据，没有就是诬告。他儿子说这件事是他和女友亲身经历亲眼所见。公安局的人说，你女友不能算证人。居然就一直不肯立案侦查。还有一件事是朋友自己那个县发生的，他们县城建局长的儿子，本来就是一个花花公子，地头蛇，无恶不作，在保护伞下成了县里的一股黑恶势力，和另一支黑恶势力有矛盾，有一次双方在一家酒楼发生斗殴，城建局长的儿子被当场杀死。几天后，市报上居然出来这么一篇报道，说城建局长的儿子是一个优秀青年，这次勇斗恶霸不幸牺牲。

朋友说："你看看，下面是多么乱。"

朋友也是从小县城来的，可现在每次说到县里，总是说下面。

李瓦只好放弃了给白蓝写文章的想法。他打电话把情况告诉了她，白蓝在那边失望地"哦"了一声，说那就算了吧。李瓦说："你别急，迟早有一天，凶手会被抓住的。"白蓝说："我知道，反正爸妈都已经不在了，其实对于这事，我们兄妹几个也已经麻木了。"她的声音听上去真有些木木的。

李瓦很内疚，有一段时间没跟白蓝联系。后来他忽然想起白蓝，便打电话想问问她怎么样，没想到电话里说："对不起，您拨打的号码已停机。"他想了很久，也没想出其他的联系方式。有一次，他碰到了韩春丽，她倒是给了他一个号码，但他不小心把它给丢了。他想不出他还有什么事要找韩春丽，也不好再联系她。她已经和万涓成离了婚，嫁给了县公安局一个副局长，万涓成和她结婚十多年，被折磨得成了个小老头，韩春丽泼辣起来，连他爹娘都敢打。现在李瓦倒是后悔没把韩春丽的号码留下来。他不知道白蓝的家庭地址，她又没固定的单位。过了几天他打过去，还是这样。

又过了一段时间，电话里的语气变了，说："您拨打的号码是空号。"

此后他们有两三年失去了联系，直到那年春节，他再次在车站碰到了她。那时他跟秦好和孩子在等车，他们要先坐中巴到市里，再坐火车到省城，春运期间的拥挤自不必说。不知道其他国家是否也有春运，每一个人都感觉疲劳，但每一个人都投身其中。他和秦好在省城辛辛苦苦奋斗了这么多年，眼看有些积蓄了，可把房子一买，还欠银行十多万。这次回家过年，他无意中把这件事告诉了父亲，没想到父亲接连好几晚没睡好觉。动身前，父亲默不作声地把一个报纸包塞在他大衣口袋里，到了路上才被他发现，打开一看，里面居然都是钱，有一百块的，十块的，五块的，还有一块的。他内疚地把那些钱攥得紧紧的，心想等下次回来，再还给父亲。他已经工作了这么多年，再怎么艰难，也不应该要父亲的钱。车站外排了长长的队，都排到广场上去了。他看还早，便让秦好排队，他去买饮料。走了几步，觉得前面有个熟悉的人影晃了一下，他定睛一看，那不是白蓝吗？他站在那里等她走近，周围人挤人，她当然没注意到他，他故意用前胸把她挡了一下，她抬起头惊喜地叫了起来，喊道："是你啊！"李瓦打量着她，真的，这么多年，她居然没怎么变化，还是那么光洁的额头，飞扬的发丝，清澈而温柔的眼神，简直跟当年在沙港小学教书时一个样。他不由得在心里赞叹起来。白蓝说："你今天出门吗？"

李瓦点点头。她又问："你老婆孩子呢？"他说在那边排队。他问她是不是今天也出门，她回答来送小黄，他到外面去打工。他扫了一眼熙攘的人群，也不知道谁是小黄。由于时间关系，他们没有久谈，他给了她新的名片，她也从旁边的小店里找来纸和笔，把她的手机号码写给了他。她写字时的神情和握笔的姿势还是多年前那专注的样子，眼睛上长长的睫毛眨了一下，又眨了一下。

他买好可乐，找到老婆孩子，秦好问他笑什么，他醒过神来，说："我笑了吗？"

重新联系上白蓝，大概是那次回家过年最大的收获。他的内心有巨大而秘密的喜悦，他把她那张从香烟包装盒上撕下来一块纸写的字条一直保存在办公室抽屉里。

从此他们的联系多了起来。她说小黄在外面没待多久又回来了，他从小娇生惯养吃不得苦，两个人现在都没有正式事做，待在家里吃老本，很烦，想做事。他开玩笑说："有老本吃也不错，当年开罐头厂赚了多少钱啊？"她说那个厂没有开多久，赔进去两万，后来她还到上海去卖过化妆品，也没赚到什么钱，现在又有人邀她去干这一行，她还没拿定主意。过了一段时间，他再打电话给她，她说刚接手了一间店面，准备开一家早餐店。然后她好像真的忙开了，一会儿说在买装修材料，一会儿说去请油漆工，后来电话里就传来了菜市场的嘈杂喧闹。他说："你简直成了一个女强人啊，跟当年在沙港教书时大不一样。"她说："是不是那时我很笨啊？"他说："别忘了，那时你是林妹妹啊。"

　　早餐店大概只开了半年，她又把店面转让出去了。她说做早餐太辛苦了，每天都要半夜里起来，身体吃不消。再说县城里生意很难做，别看一条街看过去都是店铺，可真正能赚钱的没几家，只有出租店面的稳赚不赔，还不用交税。不久小黄在啤酒厂找了份工作，白蓝在家里歇了一段时间后，到县城刚开张的一家叫鑫鑫的酒店当了服务员。"那里工作很轻松的，我只负责前台登记，接接电话，每天还管两顿饭，比自己开店强多了，就是有时候要值夜班。"李瓦说："县城里哪要得了那么多高级酒店，生意好不好？"她说："很好，从开张到现在一直很忙，大家都嚷着要老板发奖金。"李瓦感到奇怪。她说："有什么奇怪的，我们老板人脉广，县里很多单位都在我们酒店吃饭，吃了饭还要唱歌，唱了歌还要开房，一条龙服务，把其他酒店和宾馆都比下去了，以前很多单位的人到了周末就往市里跑，现在也懒得去了，一到周末，我们酒店都住满了人，来晚了房间都没有了。"

　　李瓦说："你们老板肯定有些背景。"

　　她说："我也不清楚，是一个朋友介绍我来的，老板便安排我做这个。"

　　李瓦心想："白蓝真的是显年轻啊，仿佛时光的侵袭对于她的容貌根本不起作用。"

　　他说："白蓝，我想见你。"

　　她说："你什么时候回来？你很久没回来了吧？"

　　他说："你知不知道，见到你，我就仿佛回到了从前，回到了在沙港小学实习的时候。"

她说："那是多遥远的事情啊，你还记得多少。"

他说："我都记得，等见了面，我把我记得的，都一五一十告诉你，好不好？"

她在那边笑了起来，说："好啊好啊。"

没多久，他还真的有了一个回县城的机会。

李瓦有不少师范同学已经在县里担任了机关或部门的领导职务，有组织部、宣传部、纪委的，也有土管局、财政局、税务局、银行的，教育系统的更不用说。那次他回县城取秦好的档案，省城终于有一家单位答应接收她。他跟白蓝说好了，把事情办好就去找她。白蓝说她现在上日班了，又说她已经不在前台，到二楼餐饮部去了。李瓦问是不是比以前累一些，她说虽然累一些，但不用上夜班。

他说："那我们就在江边见面吧，到时候我打你电话。"

回了县城，李瓦在各部门游走，就好像当年在学校各班级之间游走一样，这种感觉挺舒服。由于熟人多，事情办得出奇顺利。同学俞快带他去劳动人事局取档案时，本来要交一笔人才交流费，但因为俞快的关系，也给免掉了，他大大地尝到了熟人好办事的甜头。加之因为有许多同学从似曾相识的面孔里伸出了手，于是他高兴地说："吃饭吃饭，一定要吃饭！"

说到同学，李瓦有些内疚。大概因为找了个同学做老婆，他对同学关系反而有些淡漠，跟秦好做了这么多年夫妻，他一直觉得自己在学校里还没有毕业。当然这是调侃的说法。实际情况是，跟同学往来少，主要还是志趣方面的原因。同学关系看似纯洁，其实到了社会上，大概就只剩下了一个空壳。他曾在县城的公交车上碰到了两个昔日的同学，他们现在一个是单位领导一个是下属，他看到那个做下属的同学在朝那个做领导的同学卖力地笑着，心里很不是滋味。再说他以前在乡下，跟他们来往也不方便。现在听他们这么说，他有些惶惑，唯恐辜负了同学们的好意，于是赶忙说："好，我一定吃饭。"

说完这话，他就把手从对方的手里抽了出来。他不太习惯于见面把手握得太紧，并且半天不肯松开。是的，太紧了。这让他想起读书的时候，有几个人高马大的同学假装跟他握手，把他的手握得咯咯作响，以证明自己的力大无穷。此后一有人想碰他的手，他便条件反射似的分外小心。

相比起来，他和俞快还是更亲近些，便答应在俞快这里吃饭。他说："你先上班去，我随便走走。"

俞快说："等会儿我打你手机。"李瓦说："好的好的。"

来到了大街上，李瓦一下子觉得无处可去。刚才还热热闹闹的，似乎每一间办公室都会伸出一张熟悉热烈的面孔，就像一个意象派诗人说的，湿漉漉的树干上开满了艳丽的花瓣。现在他却孤零零的，像他所从事的职业，文学期刊的编辑。他看了看表，才三点多钟，离吃饭还有很长一段时间。这时白蓝大概正忙，是没时间见他的。再说他也不想这么早就见到她，他想等她下班后再去见她。一路过来，街旁的宾馆的确比以前多多了，有的甚至还像省城里一样有钟点房。宾馆旁边，照例是美容厅和按摩房，仿佛越是小县城，便越有一种跟上形势的急迫感。他想了想，还是去了江边，沿江往下十多里，就是沙港。有一次，他和几个朋友喝了酒，就到江边去唱歌，唱一无所有，唱花房姑娘。听着江水的喧响，他忽然有一种冲动，想沿江到沙港去看看，如果时光是一列火车，那么当年的沙港就是他生命中的一个车厢，他想知道白蓝是否还在那节车厢里。那个雨夜，他和白蓝隔灯而坐，他忽然站了起来，把什么往她面前一扔，然后急遽地走出门去，现在他又有了这种冲动。当年的朋友大多已离开县城，有的去了南方，有的去了北方。这座小城就是这样的，它那边是江北，这边是江南。

他在江边待了好久。

俞快用座机打来电话，说："你在哪里？已经安排好了，六点我们去鑫鑫酒店。"

李瓦心里"咯噔"一下，那里正是白蓝上班的地方。他说："不用那么高档，就在附近随便找个地方吧。"

俞快说："哎，别看你在省里，对县里的情况倒是很了解啊。"

李瓦只好耍嘴皮子："鑫鑫，那么多金字，肯定是金碧辉煌的地方。"

俞快说："其实也没什么，做个副局长，这点权还是有的，老同学嘛，机会难得。"

俞快又说："不光请你，这边还有几个人。"

正说着，李瓦听见他的手机响了起来。

李瓦说："你接电话吧，等会儿见。"

俞快说："你等着我，我去接你。"

不一会儿，果然有一辆黑色轿车在路边停了下来。俞快开窗朝他招手。李瓦对车不内行，不知道它是什么档次。车里还有几个人，俞快分别作了介绍。有纪委的小邹，还有县政府办公室的小田。上了正街，李瓦隔着玻璃欣赏了一会儿县城的夜景，车灯把路上行人的脸照得惨白，在拥挤的地方，神态各异的脸像拥挤的花瓣，擦着玻璃一晃而过。

下了车，李瓦眼前的鑫鑫酒店果然气派，矗立在新城区主干道边，旁边就是有名的新时代广场，离高速公路也不远。已经有另外几个同学等在那里了。李瓦怕碰到白蓝，故意走在最后面。他不想在这种场合碰到她。再说，若被俞快知道了，少不了要被拿来开玩笑。但他又一想，不碰到恐怕也很难，倒不如先跟她打声招呼，免得让她措手不及。于是他赶忙发了个信息给白蓝，说同学请他和另外一些人来鑫鑫吃饭，等会儿见了面点点头就行。

没想到刚一上楼，还真碰到了白蓝。两人的眼里都有惊喜，他还多了一阵激动。白蓝还是那么年轻，这家酒店的服务员都穿着旗袍，但白蓝在她们中间，仍显得与众不同，在他眼里，好像只有她一个人穿了旗袍。他还是第一次看到白蓝穿旗袍，那种稍显粗俗、带有工作服性质的旗袍，穿在白蓝身上，竟然是那样妖媚婉转、熠熠生辉。

服务员把他们领到包厢。几个人脱了外套，喝水、嗑瓜子、聊天。在座位的安排上，李瓦推让了一番。俞快坚持要李瓦坐首席，他不肯。他们正在推让，忽然从门外闯进两个人来。看样子，他俩和其他人都很熟，只有李瓦不认识。俞快便做了介绍："这是省里来的作家李瓦，这是县电视台的王台长和文化局的周股长，你们应该知道李瓦的大名啊。"王台长和周股长面面相觑了一会儿，又似是而非地点了点头。李瓦也笑了笑，现在还有多少人知道作家呢，不过作为县里的宣传和文化部门的人竟然也不知道他，这多少让他感到了一点意外。有人俯在李瓦耳边说，这个王台长人很不错，不赌不嫖，下了班就待在家里看书，对周易八卦颇有研究。

俞快说："市里还有几个人要过来，都是他上次在市里学习时的同学，一个是市土管局的鲍科长，一个是财政局的朱科长，还有一个是××区工商局的孙局长。他们几个经常在一块儿玩。从市里过来不到三十公里，大桥修好了，又是高速公路，跑起来更快。以前因为有江水挡着，有渡船限制着，他们撒谎总会被夫人马上识破，现在他们一个个身轻如燕，来去自由，夫人们鞭长莫及，嚷着要炸桥。"

李瓦想："说不定什么时候河东狮吼，大桥真的会被炸掉。夫人们虽然是妻以夫荣，但能量往往比干部们大得多。"听说有一段时间，县里开展反腐教育还曾把科级或科级以上干部的夫人们组织起来开培训班，让她们监督自己的丈夫，甚至还发动领导干部家的小孩子监督大人，叫"小眼睛盯住大眼睛"。李瓦在酒席上见过几个这样的贵妇人，她们一概带着优越感，昂首挺胸，目不斜视。

大家都有点饿了，可市里那几位还没有来。王台长对俞快说："你打个电话催催，看他们到哪了。"一旁的小邹说："已经催过了。"但俞快还是拿起了电话。"那边说快了，马上就动身。"周股长说："刚才就说动身，怎么现在还没动身。"王台长说："莫不是在钓我们的鱼？"俞快说："不会的。"小邹也说："还早，我们再等等。"周股长说："那几个家伙，肯定是在耍我们呢，这样的事我见得多了，说不定他们正不知道一边干什么，一边往这边打电话消遣我们呢。"小田忽然想起什么来，说："你们两个人怎么知道我们在这？"周股长就笑了起来，"下班后，我和老王正琢磨到什么地方蹭饭吃，就给俞快打了个电话，谁知他倒先说，动身了吗？我们都到了，你们看，这岂不是天大的好事！"大家都笑了起来。

　　但时间一长，肚子又饿，气氛不免又有些冷了。俞快在包厢里来回踱步。他又打了两次电话，那边说真的动身了。看俞快暗暗着急，大家又宽慰起他来，说："这么晚了，他们不会开这么大的玩笑的。"俞快一再向李瓦道歉，李瓦说："没关系没关系。"

　　大家又叫俞快打电话。那边说已经在大桥的收费亭了。大家松了口气，说："那就快了，几分钟就到。"俞快吩咐服务员上菜。周股长说："那几个真神气啊，今天还是星期四呢，他们就开着车到处游荡，要是到了周末，还不快活得要上天，他们在潇洒，却把我们当猴耍。"王台长眨了眨眼说："我估计他们开始是说着玩的，但见我们这么晚还在等，他们就不好意思了，反正从市里到县里，当散步。"小田说："是啊，不然怎么解释他们动身动了三个多小时，还没见个人影。"

　　俞快再打电话，那边换了个人接，说已经过大桥了。

　　王台长说："果真！他们已经不好意思了。"

　　这期间，服务员上了两个大菜：一个红烧胖鱼头，一个清蒸大闸蟹。都说吃什么补什么，那鱼头大概有五六斤，使人对吃过它后的智商充满信心。蟹子看上去金黄一片，是乡下丰收季节的颜色。每年到了这时，县里吃蟹成风，外地人也闻风而至。周股长说："各单位都被应酬弄得烦透了，双休日也不能休息，谁叫蟹子名气这么大呢。"小邹压低声音跟李瓦说："其实县里已经没有养殖蟹子的地方了，以前有两家，早就垮掉了，现在县里的蟹子都是从江下游的外省运来的。"李瓦说："既然如此，何不讲个明白？"小邹说："谁心里都明白，但谁都装作不明白。"

从大桥到这里不过五分钟的路程，可二十分钟又过了，还不见那几个家伙的人影。

俞快依然镇定自若地坐在那里。酒水车的声音终于又在他腰间响了起来。"喂，你们在哪？再往前开一点，不到两百米，好的，我下去接。"

大家的胃都蠕动了一下，李瓦看到俞快如释重负地吁了口气。不一会儿，包厢里热闹起来，那空着的几个座位终于填满了。李瓦和大家一起摩拳擦掌，谁都知道，一场酒席上的恶战即将开始了。

李瓦不记得自己喝了多少酒。记得三瓶白酒见了底，俞快又叫了两瓶，还叫了几箱啤酒。小时候，李瓦没少吃过蟹子，那时田里、塘里到处都是蟹子，它们甚至还成群结队地爬到家里来，不过爬到家里来的蟹子，祖母不让吃。李瓦发现，现在席上这么多人，倒是他显得不会吃蟹了，看他们吃得既快速又讲究，他更觉得自己笨手笨脚了。市里来的鲍科长说："有一次我到上海出差，只带了两只熟蟹，精雕细琢，从上车一直吃到下车。吃蟹像看电视连续剧，没看进去一点味道都没有，看进去了就不想出来。"大家纷纷赞叹鲍科长的妙语和吃蟹子的水平。鲍科长听说李瓦是作家，便说他以前也写过诗，还得过奖。小邹和李瓦的一个同学在谈招商引资的事，说县里每个干部都要完成多少招商引资的任务，没完成便要扣工资和奖金。小邹说："这次，唐书记可是下了狠心，一定要在这上面做出文章来。"唐书记叫唐诗送，李瓦在乡下教书时，在市里的报纸上见过他两次，一次是说他跳下水用身子挡洪水，一次是说他关心文化事业。当时他还不是书记是县长。

酒喝到一半的时候，有人要俞快给他们"找点乐子"。俞快说："现在能有什么乐子呢，要不叫几个人来陪你们喝酒吧。"俞快出去了一会儿，没多久，就带了几个服务员过来。李瓦没想到，最后过来的竟是白蓝。他低着头不敢看她，她也看到了他，似乎有些意外。俞快说："这几个小姐，还不错吧？"一个人说："嗯，不错，不错。"李瓦听到小姐这个词，心里不舒服。有位客人拉着服务员的手，一个个地拉，末了他看到白蓝，眼睛一亮，说："其他的我不要，这个我包了。"他故意用了一个很暧昧的词。大家笑了起来，说他有眼光，可李瓦觉得脸上一阵阵发热。那人拉过白蓝的手，白蓝挣脱了，他不高兴，说："你干吗。"白蓝说："老板叫我们来陪酒，我就陪你们喝酒吧。"那人说："你懂不懂陪酒的规矩啊？"白蓝说："不就是让你们多喝酒吗。"他又说："酒色财气，这四个字是分不开的，秀色可餐，色才是下酒菜嘛。"他仿佛对自己的文采很满意，有些得意地望了旁边的李瓦一眼。白蓝说："我文化低，听不懂你们的话，我只陪你们喝酒。"白蓝说着就把那人的酒杯加满，跟他碰了碰杯，一口见底。李瓦有些吃惊，不知道白蓝会喝度数这么高的白酒，这场面让他想起了多年前白蓝穿着黄军裤扎着牛皮带的样子。白蓝用手背抹了抹嘴角，把杯子放下。那人说："来，我们再喝。"白蓝说："喝就喝。"他们一连喝了三杯。李瓦有些奇怪，这个人已经喝了不少酒，怎么一点反应都没有？其实他没有醉，但不一会儿却故意装出醉的样子，再次抓住了白蓝的手，任白蓝怎么挣扎也摆脱不掉，他的另一只手盘在白蓝腰间，差点儿嘴碰到嘴了。俞快说："看来你是想来一个"点绛唇"啊。"白蓝急了，让他放手，并下意识地用求助的目光望了李瓦一眼。这时李瓦也顾不上那么多了，他用力掰开那人盘在白蓝腰间的手，说："你一个人也不要把好事占尽了，也该给我们一个机会。"白蓝趁机逃脱了。他嬉皮笑脸地说："别以为你是省里来的，就可以欺负人了。"这倒提醒了李瓦，他便索性装一回大，于是也嬉皮笑脸地说："既然如此，你还跟我争什么。"

俞快和市财政局的朱科长赶紧出来转换主题，说："光喝酒也没什么意思，不如叫服务员打开音响，卡拉 OK 一下。"鲍科长说："等一下卡拉 OK，让我跟李作家再喝几杯。"李瓦说："我不能再喝了，已经喝了不少了。"鲍科长说："你刚才英雄救美，可是一点都没犹豫，怎么喝酒就乌龟了？来，我一定要跟你喝，不然我今晚就不高兴了。"李瓦心想："你不高兴碍着谁了？"不过看在俞快的面子上，他只好又敷衍了几句，但看鲍科长那架势，似乎不把他喝倒便不会罢休。这时小邹站起来跟鲍科长喝，小邹充分发挥他的聪明才智，想说服鲍科长，他跟他喝酒不是为了帮李瓦解围，而是为了两人的深厚感情。可鲍科长依然清醒得很，不肯中计。旁边，又有一人和另外一个服务员已经喝了六六顺，李瓦发现，他也没少占那个服务员的便宜。他忽然想到，假如今天不是他在这里，白蓝会不会表现得这么矜持呢？或许她也会跟那个女服务员一样醉眼迷离，和对方打情骂俏吧？白蓝以前是不会喝酒的，说不定她的酒量就是在这种场合练出来的。想到这里，他对自己说他也没醉，他的醉也是装出来的，然后摇摇晃晃地站了起来，端起杯子，用力跟鲍科长碰了一下杯，说："喝就喝，谁怕谁。"

后来，白酒瓶和啤酒瓶都爬到桌上来了，周股长和孙局长趴到了桌子底下。包厢里一片烟气酒气——甚至还有一丝八角葵的味道。李瓦上了一次洗手间，看到其他的包厢里也是闹成一片，卡拉OK的声音混杂着玻璃的碎裂声和女人的尖叫声，有的包厢门没关紧，里面的空气是浓浓的蓝色。他四处走了走，不知道这家酒店到底有多大，吧台那边一些人仍在进进出出。他们不光是来吃饭的，在一个转角处，有一个方形指示灯，上面写着"美容美发按摩"，箭头指向楼上。楼下的灯光也是一片繁荣，据说那是全省最大的县级广场，因为这个广场，他们县被评为了文明县。据说，这个广场光维修费每年就高达五十万。广场周围的璀璨景象，和其他地方的老旧形成了鲜明的对比。刚才小邹说，县里一些有钱的单位还准备在广场

附近建豪华办公大楼和高档住宅小区，这是县里花园城市建设
计划的一部分。

　　李瓦回到包厢时，服务员已经开了音响。鲍科长终于答应
唱歌了，几个服务员在陪客人们跳舞。另一个同学在和白蓝
跳，他仿佛知道李瓦和白蓝的关系，像要尽到同学职责，尽力
保护她似的。李瓦觉得奇怪，怎么酒店里的服务员还要陪客人
跳舞，这在省城是不可能的。鲍科长唱完了一首歌，俞快示意
李瓦叫白蓝跳舞，但李瓦并不想跳舞，更不想和白蓝在这种场
合下跳舞，于是闷闷地坐到一旁的沙发上。他看到白蓝望了他
一眼，白蓝在想什么呢？难怪刚开始白蓝说她下班的时间不固
定。可她以前不是说不上夜班吗？也许确实是不用上夜班，因
为看起来这里根本不用下班。不过，他马上又为自己这个刻薄
的念头而感到内疚。这时他有些忧伤。他的孤独、不合群的秉
性又暴露出来了。鲍科长接连唱了好几首歌，每唱完一首，俞
快和其他人都带头热烈鼓掌。说实话，鲍科长的歌声没什么值
得恭维的，倒是那个孙科长后来唱了一首流行歌曲，很煽情，
把几个服务员都迷住了，白蓝也兴奋地在那里鼓掌。李瓦觉得
白蓝的掌声尤其刺耳，他甚至有点后悔刚才为她解围，想看看
她自己怎么样收场。孙科长唱了一首，仿佛很珍惜他的歌喉，
便不再唱了，把话筒递给了俞快。俞快说："李瓦，你来一
首。"李瓦摆了摆手，说："你先唱，我等一下。"俞快唱的是
《白桦林》。"静静的村庄飘着白的雪，阴霾的天空下鸽子飞
翔"，白蓝站在那里，真的像一只鸽子那样无辜。"有一天战
火烧到了家乡，小伙子拿起枪奔赴边疆"，刚刚那个人又把手

伸向了白蓝的腰，白蓝也把手搭在他的肩上。"天空依然阴霾依然有鸽子在飞翔，谁来证明那些没有墓碑的爱情和生命"，她仿佛完全被他围困和挟持，她的脸向后仰，眼神哀婉，像是要逃避他越来越逼近的口腔气息。他把白蓝带向了包厢的一角，李瓦只能看到他们的背影。有几次，白蓝的手从他的肩上慌乱地扬起，仿佛鱼倏然受惊而跳出水面。

酒性发作了，李瓦蹲到一边呕吐起来。

他被扶到了酒店的客房里。原来，俞快早已为他和市里那三个人安排好了房间。李瓦感到天旋地转，只想找个地方把脑袋埋住。这是他喝醉了酒的常见反应。不知过了多久，他被一阵电话铃声吵醒。"喂？"他拿起话筒。"先生你好，请问要按摩吗？""不要。"他挂了电话。没想到，现在县城也有这种骚扰电话，不是刚扫黄打非了吗？他把脑袋抬起来，找到鞋子，准备到卫生间冲个澡，推了推门，发现里面有人。他吃了一惊，不知道谁在里面。反正不会是白蓝。他扶着墙，心想怎么会这样呢？本来，他是完全没必要在县城里待的，他还要下乡去看父母，他后悔揽了这么一身应酬，以致和白蓝在一起的机会都错过了。这么多年来，他心里一直有个结，那就是实打实地和白蓝爱一回，哪怕只有一回，仿佛不这样，他便不能确定当初白蓝是不是真的爱他。虽然他曾在小说里数次设想过他们的重逢，但在那里都是以唯美而告终，仿佛他们一旦从精神过渡到肉体，那种美便要被破坏了。但实际上，他并不是这么想的，初恋似乎成了他的一桩心病。他不知道他是要去掉这桩心病，还是要让它继续生长下去，就像一个人某个内脏器官上的阴影一样。他万万没想到，今天会这样。在今天这种情况下，即使他没有喝醉，他和白蓝也都没有心情再去单独见面，不然那才真的是无耻了。如果他真的那么无耻，那他真丢白蓝的脸了。而如果她真的那么无耻，他也一定会失望和怀疑她的动机，曾经有一个女人，在别人面前虚构和炫耀自己和他的爱情。刚才那一刹那，他们都看到了对方生活里许多不该看到的东西，至少是不该在此时此地看到的东西。

卫生间的门开了，原来是那个有点秃顶的朱科长。他朝李瓦笑笑，问他好些了吗？李瓦点点头。

李瓦把自己洗得很干净。他的背包已经被俞快他们拎了上来。他有洁癖，不敢用酒店里的洗漱用具，不管酒店的级别多么高。

朱科长似乎正在等他出来。不等里面的水汽排尽，朱科长又去了卫生间。

再次出来，朱科长如释重负。他说："你知不知道，你走后，他们又喝了不少啤酒。"

李瓦唔了一声，并不想搭话。朱科长脸色红润，目光炯炯，这种人他以前见过，一旦说上话便滔滔不绝，不把你折腾得头大不会罢休。

朱科长说："他们喝了又跳，那几个女服务员要走，没走成，被拉住了，后来就出了件好玩的事情。"

他敷衍道："啊，是吗？"

朱科长说："一个男的跑进来，看上去像个下岗工人，一脸晦气，他照着一个跳舞的女的劈脸就是一巴掌，然后把她拉走了。"

李瓦紧张起来，"是谁？"

朱科长说："就是在酒席上，你给她解围的那个啊。"

李瓦吃了一惊。

朱科长说："酒店老板听说后过来给我们赔不是，准备把我们安排到楼上的歌舞厅里，但大家被这么搅了一下，都没了兴致，我才得到解脱。"

正在这时，响起了敲门声。朱科长跑去开了门，突然闯进来两个女的，嘴唇搽得很红，身上穿得很少。她们说："先生要按摩吗？"朱科长回头望了望李瓦，说我们不要。她们说："不要紧的很卫生的。"朱科长说："不要，我说了不要，请你们出去。"那两个女的还不肯走，一个伸出手在朱科长身上拉拉扯扯，一个在向李瓦走过来。李瓦说："你们再不出去，我就要报警了。"她们愣了一愣，说："既然这样，我们就不勉强了，不过我们并不是怕报警，而是出于对客人的尊重，好，拜拜。"

朱科长气呼呼地，说："怎么到处都这样，越是高档的酒店，反而越猖獗。"

李瓦觉得他的样子有些可爱又有些可疑，便故意用开玩笑的语气说道："没想到这个也可以上门服务。"

朱科长说："可她们也不能不分对象，乱服务一气。她们不知道，我跟他们不一样。很多人都不知道这一点。跟他们出来玩可以，但我不跟他们住一起，他们做什么我也不管。李作家你不知道，那两个家伙是老色鬼，每次出来都一同召妓，睡到半夜还要互换，那个孙局长亲口告诉过我，有一回，他几分钟就完事了，可鲍科长足足干了一个钟头，后来孙局长把自己床上的这一个也送了过去，他接着又干了一个钟头，那两个小姐后来跟他难舍难分，要他的电话。你说，真有这么厉害的人吗？他们不会是吹牛吧？我要是有那么厉害……"

朱科长一边说，一边用脚找到了鞋子，又往卫生间跑。

一早醒来，李瓦还有些昏昏沉沉。他跟俞快发了个短信表示感谢，然后去了乡下。朱科长还在睡觉，他没惊动他。

清早，从县城下乡的中巴车空空荡荡的。现在正是鸟从巢里往外飞的时候，只有他急急往回赶。村子里也空空荡荡的，没什么人，青壮年都在外面打工，要到过年才回来，留下的是老人和孩子。父亲说："听说我们这里要通铁路了，前不久有人来测探。"父亲又说："沙港那边又在办厂，制药厂承包给了外地人，玻璃厂变成了钢铁厂，矽砂矿被一个黑社会的人弄到了手，沙子的价格上涨了许多。县里正在大力招商引资，沙港那里以后要办很多厂，成为县里的工业园，将来在外面打工的都可以回来，不用出去了，这些厂要招很多人。"

李瓦想："这倒是好事，可到处都在招商引资，哪里有那么多商可招呢？它又不像道士画符，画了一丢就走人。"

站在村口，望着那道山梁，他又产生了冲动，想跑上那道山梁，看看那边的沙港，仿佛只要他跑上去，沙港就会回到二十年前，他就可以看到沙港小学的那个夜晚，那扇亮着灯光的窗户，看到外面下着大雨，自己把一张字条往白蓝面前一丢，猛然跑了出去。

父亲说："沙港以前的老房子都被拆掉了，一些单位、学校也搬走了。由于现在职工都住在城里或者在村里招工，已经没什么孩子在那里读书了。"他问："学校也已经拆了吗？"父亲说："应该还没有，前几天我到山梁上割草，看到房子还在那里，可能也快了。"父亲又说："虽然还没拆，可它早已空出来了，里面什么也没有，窗子和门框都烂了。"

他想："是不是该去看看？"其实他已经很久没去那里看了。孩子读小学时，他和秦好倒是经常带孩子去，似乎是为了让孩子熟悉一下长江。回来时，孩子还会好奇地踮脚趴在教室窗台上朝里望上一望，就像他当年一样。后来孩子大了，再也不肯跟他去江边了，孩子对他的那些说教不感兴趣。就像他曾经租来他小时候看过的那些电影，想对孩子进行一些教育，但孩子根本不能从里面受到教育，甚至恰恰相反。孩子说："他们怎么可以撒谎？"或者说："瞧，那孩子杀人了！"

也许这时，大人不是在教育孩子，而是在缅怀自己失去的一些东西。

回省城的时候，他用了尽量平淡的语气发了个短信跟白蓝告别。她回短信的语气也很平淡，"李瓦一路顺风。"她没有用逗号。那几个字就像从市里到省城的动车，刚好六节车厢。

此后，他们很长时间没有联系。每次想跟她联系的时候，他总觉得有什么在阻挡着自己。那天晚上，他们离得是那么近，他甚至在她上班的地方待了一晚，他作为客人，她作为服务员。他没想到，他们会以这种方式见面。那是一座时代特色鲜明的酒店，把他的想法抛开不管，她又会怎么想他呢？在她看来，他真的跟那些让她讨厌的人有什么区别吗？

有一天，他的手机响了，是县里的座机号码。他想是谁呢？"喂？"他希望是白蓝。里面是个女声，她说："你猜我是谁？"他有些失望，反正不是白蓝，他也没心思玩这样的猜人游戏，便想敷衍几句挂电话。谁知对方惊叫道："好啊，你连我的声音都听不出来了，我是韩春丽啊！"

啊？李瓦没想到是她。他只好笑着说："谁叫你越变越年轻，声音也跟着变嫩了。"

韩春丽说："去，别哄我开心。"虽然她嘴上这么说，可她心里的高兴李瓦还是听得出来的。这大概就是女人的弱点，明知是一句客套话，可她们也很受用，即使精明泼辣如韩春丽这样的女人。

这个韩春丽，绝不是等闲之辈。跟万涓成结婚后，她就把万涓成父母手里的钱都抓到自己手里，到县城买地皮做了房子，万涓成父亲曾做过乡干部，后来又开了副食品批发部。她先调到了县城，再把万涓成调了过去。看起来她是一个普通教师，可她敢跟教育局的任何一个领导拍肩膀拉手，还能让他们亲自开车送她回家。后来她悄悄跟万涓成离了婚，和那个副局长走在了一起，还不许他讲出去，而万涓成也果然没讲。过了两年多，等副局长也离了婚，她才向外界宣布这件事。跟了公安局副局长当然不愁房子了，她慷慨地把原来的家产和孩子都给了万涓成，还给他物色了一个对象，帮他们领到了新的结婚证。再婚后，她一边教书一边到处承包工程，比如单位造房啊，集贸大市场重建啊，修高速公路啊，街道绿化啊，广场维修啊等等。

她找李瓦是为了评职称的事。这个女人欲望太强，这点小事都不肯落下。她问李瓦，能不能帮她找个地方发表论文。按道理，县里也不要求一定要发表，只要审查委员会通过了就行，而且就她的情况来看，也肯定会通过的。但她昨天忽然想到，她还没发表过文章呢，便想体验一下自己的文字变成铅字是什么感觉。李瓦笑了笑，说："这个容易，我刚好有个朋友，承包了一家杂志，搞了个教研版，就是专门对付评职称的，不过要收费。"韩春丽爽快地说："好啊，要多少都行。"

他说："那你把论文寄过来吧。"

韩春丽说："我哪写得了论文，不过我会尽快找人帮我弄一篇。"

他忽然想起什么，问她："你怎么知道我的手机？"

韩春丽说："你现在是名人啊，名人的电话还不好找吗？"

他说："再瞎说，我就不帮你的忙了。"

韩春丽说："我还没问你呢，白蓝怎么知道你的手机？小心我告诉秦好。"

他说："哦，有一次，我从县里回省城，在车站碰到了她。"

韩春丽说："真是旧情难忘，'恨与你相逢得太早'，看来你们是要'涛声依旧'了，告诉你，她现在当官了，是县招商办的副主任了。"

他说："谁？白蓝？她不是在鑫鑫酒店吗？怎么当得了招

商办副主任？"

韩春丽说："你还不知道啊，她已经离开鑫鑫了，小黄不让她干。小黄是个醋坛子，下了岗，醋性就更大了。白蓝说，有一段时间小黄偷偷在背后跟踪她，怀疑她在外面有人。他们经常为了这事吵架摔东西，有一次把电视机都摔坏了，花盆从楼上扔下来，差点砸着了人。白蓝要离婚，小黄威胁她说如果要离婚，他就把她杀了，跟她同归于尽，白蓝被吓到了。其实小黄哪有那个胆子，我还不知道他，但我跟白蓝不能这么说，对吧？"

他说："白蓝以前上班的酒店，我也知道，那个地方是有点问题，也难怪小黄会怀疑。他想从韩春丽嘴里套出一点什么来。"

果然，韩春丽说："白蓝把她在鑫鑫的事情都跟我讲了，那个姓王的经理一直在打她的主意。先把她安排在服务台，要值夜班，他给她安排了一个房间，这样就有接近她的机会。有一天晚上，白蓝进了房间就睡着了，不知那个姓王的什么时候闯了进来。她大叫，姓王的才吓跑了。姓王的便把她调到了二楼的餐厅，那里不用值夜班，但更麻烦，除了活脏活累，还要陪客人喝酒跳舞。姓王的是在整她，如果不是家里经济实在困难，以她的脾气，早就不干了。有什么办法呢，小黄从小娇生惯养，没吃过苦，家里的大事小情，都是白蓝管着，他那个六十岁的老娘还赶时髦搞起了黄昏恋，跟一个老头住到了一起。一个月前，县里公开招聘招商办的副主任，白蓝跑来问我，我鼓励她去试试看，没想到还真的中了，当然，我也请人在背后帮了忙。要知道，她的对手都是年轻漂亮的女孩子，两三百人报名呢，有的还是大学生。现在，白蓝坐着县里配给她的一辆小车，天天陪客商考察、吃饭、唱卡拉OK，神气得很。"

他说："跟那些客商在一起混，也没有安全可言啊。"

韩春丽说："人是可以变的嘛，鑫鑫的那个王经理，样子太对不住人了，我见他时都差点吐了。但遇到样子好的客商，又有钱，可以完成招商的任务，偶尔出一次格怕什么，你以为就你们男人好色？"

李瓦觉得韩春丽这句话有中伤白蓝的嫌疑，不想再谈这个话题。他敷衍了几句，叫她尽快把论文寄过来。

韩春丽说："你不会吃醋吧？"

他笑了笑，说："我吃哪门子醋？我哪有吃醋的资格啊。"

韩春丽说："白蓝一直保存着你的号码，她一定还喜欢你。"

他说："好啊，有时间你帮我问问。"然后挂断了电话。

别看他刚才装得无动于衷，其实心里还是有些难受，恨不得马上给白蓝打个电话。似乎是为了让自己转移注意力或平静下来，他开始写那篇他早就想写的，关于那次在县城吃螃蟹的文章。螃蟹明明不是县里的特产，可主客双方都装聋作哑。写好后，他把文章从网上传给了南方一家有名的报纸，很快被发表出来了。由于标明了作者的省份，他在文章里又点明了是"家乡的县城"，报纸面市的第二天，他就接到了县里几个同学的电话，旁敲侧击吞吞吐吐，俞快倒是痛快，劈头盖脸骂了他一顿，说他怎么这么糊涂，冒冒失失写出这样的东西。小邹也打电话来，说县委唐书记很生气，叫宣传部的人查一查相关的人和事。

这倒是李瓦始料未及的。他本来是想为县里做一件好事，没想到倒成了坏事。

本来通过上次回去，联系又紧密了些的几个同学，仿佛商量好了似的，一下子又不跟他联系了。

过了一段时间，李瓦还是忍不住给白蓝打了个电话。白蓝当然不知道他写了那篇文章的事。谁都知道，她那个招商办副主任，无非是陪客商喝酒唱歌，让人家高兴。个别领导认为，只要对方高兴，就会掏出钱来。殊不知生意人头脑最精明，最务实，没利可图的事情他们才不干，他们的钱是自己的，没必要那么挥霍。他心想："白蓝做什么招商办副主任呢，简直是在破罐子破摔。"后来他才知道，这样的副主任县里一下子招了七八个，除了微薄的基本工资，其他完全靠提成。

他说："你以为你真的有很大的酒量啊。"

白蓝说："你忘了，我父亲酒量大，有遗传。"

他说："反正我不放心你。"

她笑了笑，说："你不放心又怎么样。"

他哑然。是啊，他不放心又怎么样？

白蓝像安慰他似的，说："我没事的，你放心好了，跟客商们在一起，倒是可以增长许多见识，就是有时候，觉得你离我太远了。"

他说："有空我回去看你。"

白蓝说："不用了，你打我手机。"

他说："不，我要回去。"

一个月后，他再次回县里，给秦好迁户口。本来只要秦好跑一趟就行，但李瓦执意要去，弄得秦好还挺感动的。他没跟任何同学联系，即使联系了恐怕他们也不方便，还是识趣点吧。把事情办好后，他就在老县城宾馆开了一间房。这里曾是县里最高档的宾馆，现在早已老旧，碰上熟人的可能性很小。

他不知道白蓝要多久才能来。他发短信，她也很快回了短信。但他总觉得，她的言词和她的行踪一样飘忽不定，她一会儿在小车上，一会儿在某处废弃或待建的厂房，一会儿在某酒店餐厅。这种感觉一如二十年前。

快六点的时候，白蓝发来短信，叫他先找吃的，她要到晚餐后再来。有一个饭局，还要先回一趟家，今天周末，女儿打电话说家里什么吃的都没有，小黄不见踪影，肯定又到什么地方打牌去了。他只好找了个小食摊，吃了盘炒粉。那时他在乡下，对县城印象最深的就是炒粉。他贴着街沿的墙面走着，县城老街像一条蚯蚓，从东到西只有一条路，机关大多在老城区，还没搬到新城区去。现在，他走在熟悉的县城街道上，却有一种强烈的异乡人的感觉。

回来的路上，李瓦顺便买了份报纸，市报的星期刊，以前他也常在上面发稿。十多年前，这份报纸曾在全市风行一时。当时，为它写稿和读它上面的文章是不甘平庸的青年男女的一种时髦。刚才路过邮亭，李瓦看到它十分亲切，便买了一份。

他泡了杯茶，坐在硬木沙发上翻开报纸，只看到在市场经济的挤压下，它已被改版得面目全非。第一版的深度报道往上缩了不少，下面是一大片广告。第二版和第三版的美文美图也不见了，取而代之的是县局级官员的访谈录和照片。不用说，这类稿子都是有偿服务。这一期刚好做了他们县里的，他又看到了他们县委唐诗送书记的照片。不过这次他不是在抗洪抢险，也不是在抢救文物，而是在某处工地指点江山。他一看，觉得那个地方很像沙港，再看相关文字，果然。领导们都在畅谈即将崛起的沙港工业园，他们在沙港前面加了个"金"字，从此"沙港"就变成了"金沙港"。报纸上说，县里的招商引资已初见成效，除了原先的制药厂和矽砂公司，新建的金沙港工业园将引进许多大型外资和合资企业，如德国投资的化工厂，台商投资的制鞋厂，福建人和上海人投资的服装厂，还有本地的钢铁厂、造纸厂、有色玻璃厂、钢塑厂、砂轮厂，等等。他了解其中的游戏规则，他们规划归规划，能不能实现还是未知数，这些领导都是"蓝图"艺术家，说起来头头是道，可最终究竟能否干成，只有天知道。

　　唐书记最早担任的是县长。当时的县委书记是梁上君。据说梁书记是一个脑筋转弯很快的官员。有一年，省领导来视察，市长陪同，梁书记在后。几个人坐快艇考察水貌，只见江湖相接处江混浊、湖碧绿，界线分明。省领导大概是初次见到这种景观，不禁惊讶地问身旁的市长："为什么这边的水清澈，那边的水混浊？"市长答不出来，急得面红耳赤。其实这个问题，李瓦在读初中时就听老师说过，主要跟水里的泥沙含量有关。这时梁书记赶忙说，这是因为市里治理得法，市里这几年大抓自然环境保护，那边属于邻省，情况就差一些。市长如释重负，省领导含笑点头。其实梁书记这一句话恭维了两个人：看，我们省跟别省就是不一样，这也是省领导的功劳。没多久，换届，市长任市委书记，梁书记拟被调到市里任第一副市长。他临走前，大小干部及百姓群众联名或匿名举报，告梁上君买官卖官、收受贿赂、作风腐败，尤其是本来县里每年还有一笔数额不小的水灾多发县的救灾补助，但到了梁书记那，"越是灾年越丰收"，他还主动拒绝了那笔国家救济，赢得了上级的表扬。基层意见如此大，有些举报信还直接捅到了省里，不久，上面来了调查组。许多人猜想，新上任的唐书记一定会揭发前任的劣迹，但他对调查组的人说："梁书记是一个非常称职的县委书记，他带领大家艰苦创业，自力更生，所举报的那些事情都是打击报复、子虚乌有的——要说缺点，谁没有缺点，据我所知，梁书记睡觉时就特别爱打呼噜。"

唐书记现在已经是他们县的第三届县委书记了。虽然一直没升上去，但也没降下来。

李瓦打量着下面的街道。他记得和朋友们在对面那个小店吃过炒粉，还记得自己在书店旁边的一个店里配过眼镜。那天，一位大领导路过县城，整个县城都沸腾了。他老早就发觉了异样，路上增加了岗哨和交警，来往的车辆都要停下来检查，然后就地停住，人们只能步行进城。那天，领导从渡船上缓缓走下，向人们招手致意。他的手大得像一把伞，人们鸦雀无声。一个人当场晕了过去。

　　据说若干年前，县里的一个领导到北京开会。会间，有大领导挨个儿跟大家握手。县领导引颈睁眼，手心出汗，甚至连回去跟大家讲这么一件三生有幸的事的说辞都想好了。谁知，轮到他的时候，领导忽然累了，不想握了，只是把手象征性地、大面积地摆了摆，而他的手，已经覆水难收地伸出去了。后来，很多人在电视上看到了那只伸出去的手。它扑了空，画蛇添足般在聚焦灯下纤毫毕现，无处躲藏。县领导回到宾馆，像个孩子似的哭了一场。

　　外面响起了敲门声，他以为是白蓝来了，可打开门，却见一个高个子陌生男人站在那里，他吓了一跳，对方把头伸进来打量了一下，说："哦，找错了。"

　　李瓦见那个人的背影鬼鬼祟祟的，怀疑他是小偷。不过他也没带什么贵重东西，不怕偷。他住在二楼，小偷是很容易从窗外爬进来的。

　　白蓝没有发短信，她直接贴着门站在那里，像一条鱼那样，悄无声息地溜进来了。如果不是不远处有服务台，他几乎要把她抱离地面。李瓦拥抱她的时候，她把身子稍稍向后仰着，显得有些矜持，不过李瓦并不在意。算起来，这是他们二十年来的第一次拥抱，他还以为她会拒绝他，毕竟他们以前仅仅拉过手。白蓝打量了一下房间，说："怎么这么暗啊。"李瓦说："暗就暗一点，我喜欢暗。"仿佛在时光的隧道里，他们可以任意驰骋，回到从前。李瓦又说："每次看到你，都好像我们刚刚分别。"

　　她身上散发着淡淡的香水味。或许她不喷香水更好，他试着驱除那些香水味，因此离她更近了些。他再次拥抱了她，似乎想找到更为熟悉的某种东西。他像是在向她倾诉，又像是喃喃自语。这一刻，他向往了二十年。

他们坐在那里，谈了许多过去的事情，也谈了许多现在的事情。他们在用语言重现那些失去的时光，就像那时候在江边用沙堆砌某种建筑物的模型一样。他明白，他没办法不对过去耿耿于怀。这时，他真的不知道他是爱她，还是爱自己，还是爱他们的青春和过去的那段时光。与其说爱，不如说是怀念吧；与其说爱，不如说是追忆或补偿吧。但他真的能验证当初的爱情吗？或许他不过是在刻舟求剑，即使找到了剑，也不一定是当初掉下去的那一把；即使是当初掉下去的那一把，它也已经锈迹斑斑了。也许爱情只是一个借口，因为没得到，所以要追求。她不一定是他生命中的爱，而是遗憾；她不是一个人，而是一件事。现在，他不过是想要弥补他的遗憾。

他拥抱着她。他的嗅觉已经越过了香水，闻到了她身体深处类似于卤水的、日常生活的味道。他的手开始在她的身体上侦察，她的脖子开始松弛，乳房低低地下垂。如果他褪下她的内衣，不用说，可以看到她腹部的妊娠纹，就像一次地震过后留下的印记。而他自己肯定也一样，身上有他自己平时没注意、也根本没办法注意的，岁月不断累积的腐烂气味。

她打了几个呵欠。

他的手迟疑起来。为了打消自己的迟疑，他更紧地拥抱了她，仿佛要用紧贴的身体把那些迟疑赶走。但这时，她重新变得矜持起来，轻轻地，然而有力地推开了他。不过他也没有坚持，似乎像二十年前那样胆怯而腼腆。他想，能保持二十年前的腼腆也很好。

两个人又说了一点什么。其间她接了两次电话，一次还说了很久。他则看到了手机上的两条短信，一条是秦好发来的，问他吃过饭没有，喝没喝多酒。一条是一个外省女编辑来的，说很喜欢他发给她的那篇小说。他回了短信，她的电话也打完了。他给她倒了杯水。

终于，她再次看了看时间，说她要走了。他说："你别走。"她说："不行，明天还要起早去陪客商。"他忽然伤感起来，说："不是说好了，今晚在一起吗？"她说："以后吧。"他说："那要等到什么时候呢。"过了片刻他又说："既然如此，你还是回去吧，你今天也很累。"她说自己真的是很累了。

他说："我明天也赶早回去。"

她点了点头说："我不送你了。"

出门时，她忽然回过头来，眼睛里闪闪发亮。

白蓝那个招商办副主任并没干多久。几个月后，县里就对招商办的人员作了调整。那么多招商办副主任，只留下一个，其他人都辞掉了。当然这也是迟早的事。招商已初见成效，金沙港工业园作为一个名词，频频在媒体出现。县电视台和市里的报纸都开始发布相关招工信息，背着包裹的外地人陆续来了，县城里说普通话的人越来越多。本地房价也开始随之上涨。一帮本地人和一帮外地人打了一架，外地人受到了保护。有一路公交，是从老渡口到金沙港工业园的。的士起步价虽然是省城的差不多两倍，但生意仍然很好。白蓝离开招商办后，在家休息了一段时间。李瓦几次给她打电话，她都病恹恹的。有一次她还真的病了，说自己正在什么地方，快支撑不住了，刚刚给小黄打了电话，叫他来接她。李瓦要她到医院去看看，他很担心，不知她到底是什么病。李瓦以前的一个同事，是个小伙子，调到县城中学后，得了急性白血病，半个月不到就去世了。他现在的两个年轻的同事，分别死于肝病和脑溢血。至于由保健药、化妆品、美容制剂、职业，甚至儿童服装引起的各种疾病，现在报纸和电视新闻里几乎天天都有。他村里就有年轻女孩在外面的鞋厂打工，引发了白血病。他担心白蓝出什么意外，有几次打她的电话，通了，但没人接。

第二天，她终于接了电话。他问是什么问题，要不要紧。她说医生没说什么病，反正说了她也不懂，只让她住院，打吊针。"已经好多了。"她仿佛在安慰他。他说："你别太马虎了，要做一个详细的体检。"她说没事，叫他别担心。

再次打电话过去，她已经出了院。他听到了有人说话和搓麻将的声音。他说："你在干吗，打牌吗？"她说没事做，在家里闲得无聊。他说："刚出院，注意身体。"她说知道。她又说："寄点你的书给我看看，好久没看书了。"他说："好啊，我下午就去寄。"她说："我已经找了份事，在金沙港工业园，做一家冶炼厂的文员。"那家冶炼厂，基本上是她招商过来的，她跟那个老板很熟。

几天后，她发来短信，说收到了他的书，正在看。她说："这些年，你一直在进步，可我还是原地踏步，不，甚至完全是在退步了。"他说："怎么能这样说呢，不过是社会分工的不同，不可能每个人都做一样的事。"她说："这段时间，她顺便抓了一下女儿的学习，女儿学习成绩一直不好，不肯用功，还不听话。"他说："你一边打麻将一边要女儿听话，这本身就不公平。"看到这句话，她笑了起来。他说："让女儿多看课外书，培养一点兴趣，现在，教育起到的唯一作用，就是使孩子厌学了。"她不同意他的观点。或者说，她不同意他对教育的抱怨。她认为女儿不会读书，是因为女儿懒和笨。

　　白蓝问他在社保局里有没有熟人，想给小黄办个低保。她说："小黄没有正式工作，大概也吃得上低保吧，你知不知道，现在县里吃低保的有好多关系户，他们身强力壮，有班上有事做，可每月还能领一份低保。"李瓦说："熟人倒是有，只是现在没什么来往了。"他又说："你以前在招商办的时候，多少跟他们打过交道吧，怎么没把事情办了？"她说："你还真把那个什么副主任当成个官啊，无非是个糖衣炮弹，你以为人家真把你当人看啊，陪人家喝酒可以，找人家办事没门。"

　　他打电话问俞快能不能帮这个忙，俞快说："你别提了，这次换届，原来的社保局领导拍拍屁股一走了之，你知道留下多大的窟窿吗？由于滥办低保手续，社保局现在每月有八十多万元的口子没法子堵上，到了发钱的日子不知道到哪里去找钱。"

　　白蓝说："难怪那段时间办低保成风，好像吃低保是一种光荣。"

　　工业园的建设速度很快，在短短半年的时间内，有五六家工厂相继上马。看来，外资或合资的力量还是巨大的。以前，县里建一个油脂化工厂，架子搭了好几年，结果还是没有建成。报纸上说，工业园像个卫星城一样，或者说它是县里在金沙港这个蚌壳里培育的一颗珍珠。过年时，李瓦回了一趟家。父亲说："村里有的人已经不准备出去打工了，就在工业园里做事。"这的确是一件好事。对于农村人来说，总不可能在外面打一辈子工，让亲人永远留守。那天下午，李瓦独自去了沙港。他一定要去看看，这个念头很强烈。

这次回来，他依然回避了同学和朋友。甚至连俞快也没有联系。自从他在南方那家报纸上发表了那篇关于吃螃蟹的文章，他们跟他说话似乎都很小心。过年前，俞快还带老婆宁小乔去过一次省城，李瓦向他打听县里的情况，俞快说的都是形势一片大好。宁小乔本来是去看病的，但俞快一直不说，只说自己开会，顺便把宁小乔带出来玩。看病的事是宁小乔私下里跟秦好说的。

那段时间，他在县城的网站上找到的都是关于工业园的消息，并且文章大多出自老同学俞快之手。李瓦真的很希望家乡富裕起来。但是他也担心，这些工厂会对自然环境带来很大的破坏。据他所知，那些厂子大多是在外面找不到落脚的地方，才在他们县里投资的，因为它们会严重地污染环境。现在有很多商人就是这样，他们利用地方急于致富的心理，有意淡化了工厂可能引发的环境问题，进而洞开了招商之门。关于这一点，俞快倒是说得斩钉截铁，说县里对这点很重视，早已启动了相关方案，拟把金沙港工业园打造成全省第一个绿色生态工业园。现在提到环保，谁都会说绿色生态之类，李瓦不相信工业园真的像他们吹得那么神乎其神，想趁过年时回去看看。过年前，俞快还打电话来问他在哪里过年，他说春运期间懒得挤车。

他曾问过白蓝，她也这么说。

他像当年一样，爬上了那道山梁，远远地望见了那些烟囱和白色的屋顶。他的心怦怦跳起来，他没想到他的心还会这么厉害地跳。仅仅一山之隔，它已经在他眼前，却又仿佛只在梦里。就像一个人与青春的距离，说远，已经几十年，说近，它却一直如影随形。沙港已经成了名副其实的金沙港。高大的厂房像多米诺骨牌一样洋气地矗立在那里，无数根烟囱傲慢地指向天空。当年的沙港已经完全不见了踪影，仿佛被它吃到肚子里去了。沙港小学的旧址上，现在是一家冶炼厂，不知道是不是白蓝将去的那一家。听父亲说，当地有好几家冶炼厂，村里的人到山上放牛，不一会儿鼻孔里全是黑的，屋子里灰尘也比以前多多了，刚擦了桌子，马上又有一层灰。另外，窗子上的钢筋也比以前烂得快，过年前，江水下游的一个大堰里死了不少鱼，不知道它们是不是跟这些有关，据说在打官司。工业园的确已经有了一定的规模，想一下子穿越它，并不是一件容易的事，而且很多地方都有栅栏，有门卫，他根本进不去。当年的沙港被分割成了好多块，一大块一大块的。他从院墙外绕到江边，冬天的江水很浅。沙滩上似乎已经没有沙了，只有淤泥。柳树没有了，那些金黄的沙堆和运沙的机帆船也没有了。一只小鸟从江北飞过来，要飞好久好久，才能找到歇脚的地方。江边筑起了一道坚固的堤坝，李瓦登上堤坝，沿着它往下游走。堤坝像一道城墙，或许在许多人看来，它就是一座城。它倨傲地雄踞在那里，对周围的一切满不在乎或不屑一顾。据说这些厂都不会放假，机器一旦开动便不能停止，不然消耗更大。厂区点缀着不少绿色植物，不过他早就听说，其实那些都是塑料制品。烟囱的顶部已经被它们自己染黑，不用仔细看也会发现空气中的浮尘，还有淡淡的刺鼻气味。江水退去，露出堤坝下的塑料垃圾，和几个巨大的排污管口。涨水季节它们肯定是藏在水里的，现在像痔疮一样暴露出来。在内外夹击下，管道排污的痕迹发蓝发黑。

这个春节，他过得没劲。除了必要的应酬，他哪儿也没去。他仿佛在家里都看到了飘浮在空气中的尘粒，闻到了刺鼻的怪味。可是他能改变什么呢？难道再给南方那家报纸写文章吗？那样，恐怕骂他的不仅是当地干部，那些在工厂上班的人都会骂他，连白蓝都会骂他，全县的人都会骂他。其实，大多数时候媒体的曝光是无能为力的。他上次写的那篇文章不过是使县里相关部门对写文章的人更加警惕，而蟹子照样从外省运来，市里各级官员还是前呼后拥地来县里吃螃蟹。

他跟父亲说："村子里恐怕已经不适合住了，电视里报道过，有的地方被污染后寸草不生，有的地方蔬菜水果变硬变苦了，不能吃了。"父亲说："是啊，你看村里大家门前的橘子树，橘子都掉在地上烂了，没人吃了。"父亲身体不太好，喉咙里有痰，咳嗽起来，像是在跟谁剧烈搏斗，往往咳出一口痰，要出一大身汗。他对父亲说："你还是跟我到城里去住吧。"父亲说："不去，我不习惯。"一想起他的房子花了那么多钱，父亲对省城就害怕起来。

过年后，白蓝果然到冶炼厂上班去了。那是一家重金属冶炼厂。她说事并不重，工资也还是可以的。唯一不习惯的是，要经常戴口罩。他说你不是坐办公室吗，怎么也要戴口罩？她说："都是厂里发的，不用自己买。"

又过了一段时间，白蓝说："工业园旁边最近开了许多洗脚店，最大的一家叫金沙港按摩，你知道老板是谁吗？"李瓦说："我怎么知道。"她说是韩春丽。

白蓝说："韩春丽现在有钱有势，从县里重要领导到一般干部，她没一个不熟得要命。她利用后夫的关系，除了一边教书一边承包各种工程，还插手了许多事情，县里最大的酒楼有她的股份，工业园一家化工厂有她的投资，现在又开了这家按摩店。反正有了保护伞，什么都好说。韩春丽跟万涓成离婚后，又一手帮他操办婚事，听说万涓成对他的第二次婚姻很满意，可韩春丽又想拆散他们，看来她要把万涓成牢牢抓在手里。但那个女人怎么也不肯跟万涓成离婚，后来，她莫名其妙地遭到一伙不明来路的人的袭击，不但得了精神病，下身也瘫痪了。现在，万涓成每天的必备功课，是放学后回家给老婆擦洗被大小便污染了的身子，到水池里洗又臊又臭的衣服。"

不久，白蓝离开了冶炼厂的办公室，成了流水线上的工人。她说可能是她年纪大了，胜任不了文员的工作了，她打字老打不快，记忆力越来越不差，一件事刚刚还记得，转眼就忘了，因此主动要求离开了厂务办公室。李瓦听了这些话很难过，在他的印象里，白蓝分明还是那个十八九岁的女孩子。他不知道她到底经历了什么事，就像当初他不知道她是否真的爱过他一样。后来他偶然从报纸上看到，一个地方因旁边有一家金属冶炼厂，附近居民体内的铅含量大大超标，铅中毒的症状之一便是记忆力明显减退。他要她去做个相关体检，不知她是否去了。

自那次见面后，李瓦已很久没和白蓝谈感情方面的事了。他为自己感情里曾有的那些不纯洁的成分而羞愧，他庆幸自己没和白蓝发生那样的关系，那不会使他们的生活轻松反而更加沉重。现在，他只想和她保持一种既普通，又有些特别的朋友关系，他不觉得这有什么矫情的地方。他关心她，给她寄去一些书刊，叮嘱她去做一些必要的体检，为此他还大量查阅了和环保相关的知识，把它们打印出来寄给她。

他已经没理由爱她，正如他没理由不爱她。

攀 缘

　　封还珠原是梁渠成的学生。那时，刚从地区师专毕业的梁渠成被分到向荣镇中学教书，从初一到初三，封还珠都在他班上。说实话，封还珠并不是一个成绩突出的学生，她给他的印象是中等的，因此他也就有意无意把她安排在教室的中排——不，他甚至没有安排，好像她一直就是在那儿的。她被湮没在众多喧哗的脸孔当中，他从来没怎么注意过她。她头一回给他留下了印象，是因为期中考试的作文。因为要教学评比，考生的班级和姓名都封住了，改卷也是流水作业。作文题刚好由他改，他不禁把它念了出来："这一天，秋高气爽，春光明媚，我看到了窗外的皑皑白雪。"几个同事都笑了起来。作为语文教师，梁渠成是不可能让这样的作文得高分的。改完试卷，大家统分，排名。梁渠成教的班全年级第一。他把自己班里的试卷一一过目，发现那张宝贝试卷的主人正是自己班里的封还珠。这样，他就想起了封还珠的样子：不高不矮的个子，不胖不瘦的身材，不圆不长的脸蛋，不大不小的眼睛；学习成绩一般，不文静也不活泼；上课时偶尔跟同学说话，但老师转过身来她就不说了，并且马上装得一本正经。她爸爸是镇供销社的职工，现在专门负责生资门市部，梁渠成还跟他爹一起在那里买过种子和农药。应该说，她也属于班里重点照顾的对象，但不知怎么回事，他却一直没在意她。当时插到他班里来的镇干部或其他职能部门的子女不少，他们希望梁渠成在各方面予以关照。可梁渠成刚从师专毕业不久，为人处世受书本的影响较大。如果有人拿礼物来要求他关照某位学生，他会很难受。如果家长不拿礼物他还会考虑，可一旦不得不收下礼物，他反而不想那么快地关照对方了。他不想人家在背后说："看，还是送东西管用。"这会让他受到某种侮辱，那些干部或职工的子女，也因为环境优越或自以为家长给老师送了礼物，而处处表现得神气活现、高人一等。梁渠成看不惯这样的家伙。不过封还珠似乎并不这样，当然她爸爸封仲祥也从未拜访过老师。关于封还珠，他能想起来的只有这些。

可事情就是这样，因为那篇让人发笑的作文，梁渠成反而注意起她来了。

梁渠成家里穷，读书时吃的咸菜加起来恐怕有几百斤，不是腌萝卜就是辣椒酱。以致他的衣服、被褥、书本，甚至教室的抽屉都有一股咸菜味。都说穷人的孩子早当家，梁渠成是早熟的。他读书没要大人操半点心，哪怕是最不会讲课的老师讲课，他也听得入神。他的字在同学中间也是最好的，就是老师，字写得比他好的也不多，很多老师只要一看他的字，就喜欢上了他。班里的女同学，更是喜欢得不得了，她们故意向他请教问题，他就把答案写在她们的草稿纸上，她们会把草稿纸保存很久，不过有的女同学希望他写在她的书上，他坚决不肯。他早熟但不早恋，个别女同学暗送过来的秋波，有时候也会让他心乱，这时他就拿出一个笔记本来，上面是关于求知和人生理想的格言，它们会很快让他平静下来。

　　他只是在报考志愿的时候吃了亏，本来，按他的成绩至少要报省里的大学，可他只报了地区师专。班主任找他谈话，希望来个突破，冲冲重点冲冲名校，可他一针见血地向老师指出，他们学校有史以来每年高考录取本科的人数从未超过三个。班主任很惭愧，梁渠成说的是事实。这所偏远的完全中学只有一个高中毕业班。虽然他强烈地感觉到，这一届学生的气象非前几届所能比，但考试的事情谁说得清楚呢？所以也就不再勉强。其实考上师专也不错，他们的校长就是师专毕业的，县委书记也是，教育局长也是。作为老师，他的奖金是按考上的人头点，而不是看学生考上了什么样的学校——当然，北大清华也是从不敢奢望的。因此即使日后梁渠成后悔，也不可能怪他，反正他该说的都说了，这样一想他反而有些高兴。而梁渠成还有一个自以为聪明，其实以后他会骂自己很笨的想法，是如果考上了外面的大学，那家里还要多花好多路费。这真是聪明一世糊涂一时，或者说自以为精明十分。日后他发现，自己这样的"一时糊涂"或"自作精明"还很多。人穷志短，或者说，虽然道理懂得不少，但穷往往会让人在行动上缩手缩脚。

　　还在很早的时候他就注意到一个事实，那就是穷与富并不是绝对的，都有一个循环往复的过程，并且仍然在循环下去。许多家庭父辈手上富裕，但很快出了败家子。也有许多家庭开始很穷，但经过吃苦和努力，很快就富了起来。而富起来之后，又是败家子出来的时候了。这几乎是真理，颠扑不破。他为自己找到了一条真理而高兴。有一段时间，他到处找这样的"真理"。每找到一条，就咧嘴笑一下。其实他家原来并不穷，不然他家不会有那么多线装老书，他也不会在每次填履历表的时候给家庭成分那一栏填上"富农"。那些书好像都是由黄表纸装订成的，而黄表纸是烧给死人用的，所以他每次看到那些书，都有一种不吉利的感觉，手忍不住要哆嗦一下。但他爹对他的教育，正是从这些黄表纸开始的。他爹写得一手好毛笔字，打得一手好算盘，曾做过大队里的会计，曾经也神气过一阵，后来被从大队里赶了回来。他拿算盘和毛笔是好手，拿犁掌耙却不行，每天的工分只能跟妇女比。加上他做会计时过的是好生活，现在习惯不了，于是很快成了一个做事偷工减料、好清闲的男人，村里人投射过来的目光由仰视变成了蔑视。在这种蔑视的目光里，他开始严格地教梁渠成读老书和练毛笔字。他固执地相信，知识迟早还是有用的。除了儿子，他已经没有别的武器了。他想："如果他的儿子打败了别人的儿子，那不跟他打败了别人一样吗？"而他也很快发现，梁渠成是读书的好料，为自己终于找到了一粒好种子而吁了口气，虽然大儿子渠安读书不行，二儿子渠志也一般。

　　在他的督促下，梁渠成的毛笔字很快就有模有样了，好像蛋清里有了蛋黄，人体胚胎长出了骨头。把他往学校里一送，就像国家把火箭送上天，然后就可以有条不紊地按预定的轨道运行了。那一年，广播里刚好播送了这条振奋人心的消息。他当然不知道梁渠成每次填履历表时的感受，那时梁渠成最怕填这些表格了。听说这些纸片会放进一个叫档案袋的东西里，以后一直如影随形地跟着他，他的一切秘密都被它掌握着，把它一打开来，就好像当着许多人的面脱衣服。家庭成分那一栏他总是最后填，并且填的时候用左手遮着，填完把表折起来。但他马上又觉得似乎不妥，担心把表格损坏了，忙把它放进抽屉里。他偷偷看到，别人填的都是"贫农"或"贫下中农"，心里想他要是也能那样填多好。有一次，他真的大起胆子填上了"贫农"，就像考试作弊一样，结果醒来发现是在梦里。他有些失落，又有些庆幸，不然真不知如何是好。老师说这样的表格是不能填错的，别说填错，就是涂改了也要作废，作废了就没有了。别看他写作业的字那么好，可他填在表上的字一点都不好，像是别人写的。

　　来学校上班后不久，一个叫齐冬梅的高中女同学来找他。她提来了一篮鸡蛋，还有一双她亲手用彩线描就的棉布鞋垫。她说在学校读书时自己就一直暗暗喜欢他，当然她读书不如他，没有考上大学，即使复读了一年还是没有考上，但这一点也不能阻止她爱他，相反，她要更大胆地来追求他。如果他们结婚，会过上很好的生活，他也会有更好的发展。她的一个舅舅在城里做包工头，就是县长家里也经常去的，他很支持她，希望她能嫁一个大学生。做老师虽然社会地位低一点，但一点也不要紧。她说这是舅舅说的，她当然不在乎这些。她说："你还记得吗，那时你坐在我前面，总是回过头来向我借圆规，我当时就想，你为什么不向其他人偏偏向我借圆规呢？这说明你也是喜欢我的，对吗？"

他有些疑惑。他是向她借过圆规的，但也肯定向别人借过。凭什么她说他只向她借圆规呢？他喜欢她吗？是有一点点好感的。他知道，男同学对许多女同学都是有一点点喜欢的。其实，如果她不来找他，他偶尔是会想起她来的，想起她圆圆的脸，头发上的栀子花，和衣服上风油精的味道。他还记得，风油精可以使三角尺变软。可是现在，他忽然不喜欢她了，她身上的香气好像荡然无存。于是他冷淡地说："齐冬梅同学，谢谢你来看我，可我刚刚毕业，还没到谈恋爱的时候，请转告你舅舅，让他为你找更合适的人选吧。"

齐冬梅急出了好看的眼泪，她说："你心思深，我不会说话，你别怪我，可我是真心实意喜欢你的。"

他说："感情的事不能勉强。"

他一定要她把东西拎回去。她泪眼婆娑地说："这鸡蛋是给你补身体的，有一次，我在镇街上看到你，你还是那么瘦，我就一直想给你送鸡蛋。鞋垫呢，鞋垫你也不要吗？你不要我的鞋垫吗？难道你不想看看它合不合脚？"

梁渠成关上房门。他莫名地有一丝隐隐的快意。

其实梁渠成这时还没有从自己失恋的阴影里走出来。那基本上可以算做他的初恋，对方是他在地区师专的同学范旭娟。那时师专的学习氛围很浓厚，各种社团和课外兴趣小组也很活跃，比如中文系有文学社，数学系有奥星探索小组。范旭娟虽是个女孩子，但擅长抽象和逻辑思维。本来梁渠成和范旭娟是不会到一块去的，因为他们一个喜欢文学一个喜欢数学，可他们都是学生会的干部，这就给交往提供了方便。当时学习成绩对于学生恋爱的影响还是很大的，一般是成绩好的和成绩好的谈恋爱，成绩差的和成绩差的谈恋爱。梁渠成是学生会宣传部的成员，范旭娟是学习部副部长，宣传和学习又是分不开的，一来二去，他们就都对对方有了好感。现在记不清是谁迈开了第一步，他们一起打饭、散步，到学校旁边的小山冈上去读书，他们的饭票和菜票也都放在一起。在恰当的时候，他们试着拥抱、接吻和互相抚摸。他们的学习成绩并没有因恋爱而落后，反而比以前更好了。他们笑着商量道，以后到中学教书了，就教同一个班，一个教语文一个教数学，鼓励学生谈恋爱，促进差生进步，优生更上一层楼。为了毕业统考，范旭娟在广播室旁边搞到一间空余的房子，打扫打扫就搬到了里面，作为自习和午休的地方。一天中午，她用一张纸条把梁渠成召来，把门关上，然后把他的衣服一件件脱掉。那一天他穿的是白色的确良褂、长裤，里面是灰背心、皱巴巴的大裤衩。他还没准备好，不然他不会穿这样的短裤。当时流行的是三角裤头，他经常见到男同学穿着刚买的三角裤头在楼上走来走去，好像生怕别人不知道。他也很想买，可没有钱。他没想到这个日子会这么快到来，却不禁往后缩了缩身子，为他的内裤而脸红了。可她并不在乎这些，用力地把他拉到跟前来，这让他感觉到了她手上的骨节。这时窗外操场上空无一人，到处是太阳灼热的反光。她也很快像一幅人体画一样站在了他面前，但那条让他羞耻的内裤，一直在他眼前飘荡，挡住了她的身体，挡住了他所有的青春冲动。

毕业后，他们没能分到同一所学校。分配前，他曾向教育局人事股丁股长要求过，但事后想来，如果他不要求，或许还有可能分在一起，而一旦要求，就一定不能分在一起了。这不合逻辑但同样也是真理。当时他还不懂得社会上的许多事，以为社会也像课堂上那么简单，要发言只要举手就行了。在社会上，仅仅举手是远远不够的。他们的学校相距三四十公里，还要转两次车，有时候甚至根本坐不到车。因为车太少了。有一次，他请假去看她，进门发现一个陌生男人，那个人问他找谁。这时范旭娟从外面进来，大大方方地告诉他，她已跟乡财政所的小樊确定了恋爱关系。小樊也赶紧说："原来你就是梁渠成，小范把你们的事都告诉了我，说实话，我并不在意，过去了就让它过去吧。下学期，我会想办法把我和小范都调到城里去，她说你很会读书，那好，我们就交个朋友。"

他摸了摸自己的手，想起那次感觉到的范旭娟手上的骨节。

这就是梁渠成的初恋。初恋对人的影响是很大的，他用了很长一段时间来摆脱它对自己的不良影响。他抄过那么多格言名句，不会轻易自暴自弃，并且逆反心理促使他甚至要比过去活得更好。失恋后的梁渠成写过一首长诗，后来他又不断地誊写和修改。渐渐地，他已把失恋的痛苦化作了优雅的、剪裁得体的艺术品。

　　范旭娟无形中给梁渠成提供了上进心和择偶的标准。当时很多同学病急乱投医，找农村姑娘或临时工做了老婆，但这些都不在他的考虑范围内。所以当齐冬梅提着一篮鸡蛋出现的时候，他感到了深深的厌恶。他把她的到来看作是命运对他的讥讽。

　　但他很快又遭到了命运的捉弄。他的中学同学沈长东和中心小学的女教师许皖霞谈恋爱，中学离小学不远，沈长东在乡政府工作，有一次，他们在大街上碰到，此后沈长东有时会到他这里来坐坐。借沈长东的关系，梁渠成很快认识了许皖霞在乡卫生院做护士的妹妹许朝霞，他被许朝霞的妩媚而泼辣的神态迷住了。许家在镇街上很有名，开了一家饭店，所以许朝霞总是穿着当时小镇上最时髦的衣服，烫着当时最时髦的发型，搽着最靓丽的口红。为了接触许朝霞，他几次装作牙疼去医院找她，她也很快就明白了他的心思。许朝霞在医院里待不住，没事喜欢到街上闲逛，这天许朝霞就说："你陪我去逛街吧。"他想推辞，又不好推辞，不然要被她瞧不起了，只好答应。于是许朝霞不由分说拉起他的手，在镇街上来回走了两圈。街上的行人和开店做生意的人，都用一种奇怪的目光打量着他们。看上去，他仿佛是她手下乖乖的俘虏。梁渠成大汗淋漓，心里想："你饶了我吧。"他想从她的控制下挣脱出来，但反而被她控制得更紧了。这时幸亏没放学，不然大量拥到街上来的学生看到这一幕，他只有找条地缝钻进去了。

　　事情并没有结束。当天晚上，几个脸上长着粉刺的家伙来学校找他。他们用砖头敲开他的门，说："你就是梁渠成吧？"不等他应声，对方就一砖头拍下去，说："你也不撒泡尿照照自己，敢跟我抢女朋友。"

他的眼和脸又青又肿了好几天，左眼睑下还贴了一块纱布，这样子简直没法上课，只好请假。学校想出面干涉，但此事并非因教学而起，再说那几个人都是镇街上的混混儿，没人奈何得了他们，只好息事宁人，后来不了了之。倒是许皖霞听说后，和沈长东来探望了一回。都是当老师的，此事又因自己的妹妹而起，许皖霞很是歉然，一个劲地说梁老师对不起。

梁渠成昏昏沉沉睡了过去。醒来的时候，听到有人在哭。他想是谁在哭呢？他是个容易忧伤的人，刚才模模糊糊做了许多梦。他梦见他爹死了，梦见他回了家，可是家里什么人也没有，他大声叫着两个哥哥的名字。他想看看屋顶有没有炊烟，如果有，那说明家里还是有人的。为了看到炊烟，他往后退了几步。他抬起头，一步步后退着，这样他离家又越来越远了，他既伤心又好像如释重负。他梦见他还在师专读书，每天黄昏都站在教学楼的走廊里朝远处观望，景色昏暗而惆怅。有时候，哪怕就是午睡，他也能听到流水和落花的声音，时光像羽毛飘落的声音。他枕边有一套褐色封面的、三卷本的《红楼梦》，他细细地回想着里面的情节，不禁想"是不是又到红楼梦里去了？"于是他睁开眼，果然像贾宝玉那样望见了一张哭肿了的、桃子似的脸。他想："难道我在梦里，真的成了贾宝玉吗？做贾宝玉的感觉很好啊。"于是他眯着眼，任林黛玉在那里哭着，好像软绵绵的音乐。

　　他忽然坐了起来，结果看见他的学生封还珠像一只受惊的鸟那样有些惊慌失措。她说："梁老师，你已经有两天没给我们上课了，我来看看你，你还没吃饭吧？我给你带了吃的。"说着，她打开随身带来的饭盒，里面有夹心饼干、奶糖和一块蛋糕。封还珠笑了笑，说："是我从家里偷来的，我给你倒杯开水吧。"封还珠又说："班里的同学都说了，不同意谈恋爱不要紧，不要打人嘛，仗着家里有钱有势，就欺负人了。"她忽然傻乎乎地说："梁老师，不是我骗你，只要你愿意，班里有好多女生都愿意嫁给你！"这句话梁渠成吓了一跳。封还珠还说："你不知道，我们都在背后议论你，说像你这样有才华的老师真是少，有时候，我们女生还为你互相赌气好几天不理呢。"梁渠成说："你们才多大，跟学生谈恋爱，我不犯错误才怪。"可封还珠说："难道我们就好小吗？我们快要读初三了，读了初三就初中毕业了，毕业了就不是师生关系了，不是师生关系就不会犯错误了。"

　　"秋高气爽，春光明媚，我看到了窗外的皑皑白雪。"梁渠成在房间里来回走动着。他想："如果真如句中所写，不也很美吗？世界上如果真有这样的地方，不也很好吗？"一向语法很好的他，现在忽然失去了语法。刚才，封还珠的脸离他很近，他在那张粉肿的脸上盯了很久，忽然吻了她一下。封还珠有点颤动，他又吻了她一下。于是她也不甘示弱，反过来咬了他的脸。可他的脸浮肿乌青的，不过这时他就偏要带着这浮肿乌青去吻她。她像一只蜜蜂一样，在他的脸上嘴上一顿猛蜇，然后有些慌乱和激动地飞了出去。

他查了下抽屉里的花名册，封还珠已经虚岁十七了。不知什么原因，她书读得这么晚。班上年龄最大的是一个男生，已经十八了。

梁渠成有些恍惚。他不能判断刚才的事情是已经发生的还是他的想象，也不能判断刚才面前到底是谁的脸，是封还珠的，还是许朝霞的，甚至是范旭娟的？或者说，他在封还珠的脸上同时碰到了许朝霞和范旭娟的脸。自从期中考试闹出了那个"阳春白雪"的笑话，他几乎每次走进教室首先看到的都是封还珠。她的座位靠近左边的走廊，上课的时候，他一边向学生提问一边就绕到那里去了，他总是绕到左边而很少绕到右边去。有一天他忽然发现了这个问题，他想这是什么鬼原因？经过分析，他得出的结论是，那边有封还珠坐在那里。按道理说，老师最容易记住的往往是成绩好或纪律差的学生，可封还珠不是成绩好的学生，但无疑是身体最突出的学生，别看封还珠在课堂上不声不响，可她的身体在全班女生里是最有动静的。她的发髻梳理得很整齐，眼睛闪闪发亮，脸上动不动就有红晕。

重新站在讲台上的时候，梁渠成看到下面的眼睛齐刷刷盯住他的脸，仿佛想在他脸上读到一篇情节性强的记叙文，然后是夹叙夹议，最后首尾呼应或画龙点睛。他笑了笑，对学生说："这几天，本人因为一些私事耽误了给大家上课，抱歉！对于大家都已知道的事情，我不再啰唆了——下面言归正传，开始上课。"他的从容让一些想看他窘相的学生没有得逞，甚至对他有些崇拜起来。他掠了一眼封还珠，看到她一直低着头嗨嗨地笑。在以后的许多年里，一提起此事，封还珠还是这样嗨嗨地笑着。

　　就这样，梁渠成和他的学生封还珠有了一种跟别的学生不一样的关系。刚开始，梁渠成是有些害怕，弄不好，他就要因此丢掉工作。还有比这更叫人害怕的事情吗？他怎么对得住家里的爹娘，和两个因家贫尚未成家的哥哥呢？要知道了这事，他爹大概要气得吐血而死。他希望他爹能体谅他的苦心，他不愿像别的同学那样，随便找一个乡下姑娘结婚。封还珠是吃商品粮的，她爸爸是供销社的职工，她的几个姐姐和姐夫也都在政府或其他事业单位，封还珠迟早是要顶替她爸爸得到正式工作的。如果不是考虑到这一层，他不会冒这个险。班上吃商品粮的女生当然不止封还珠一个，但她们学习成绩都比较好，他怎敢轻举妄动、误人子弟呢？实际上，倒是封还珠那个"阳春白雪"的笑话让他无意中发现了她的"缺口"，让他觉得有机可乘。封还珠反正是考不上什么好学校的，反正有稳定的工作在等着她，因此她才是最适合他的。太厉害的，比如许朝霞，他是对付不了的。

　　封还珠经常于午睡时或晚自习后在梁渠成房间里出没。她像一条鱼一样，从门缝里溜进来，过一会儿，又从门缝里溜出去。不知是否有人注意到，这个女生的眼睛越来越闪闪发亮。在课堂上，她总会盯得他不好意思，仿佛她能看到他的衣服里面。因为她，很多课文的中心思想他有点讲不出口。开始一段时间，他只和她保持极有限的单独接触。他从不让她待的时间过长，在他多次催促后，她才肯背起书包。有天晚上，她居然把他的手表拨慢了一格，等他明白过来，学校的铁门已经锁上了。他在房间里转来转去，说："你看你，这是好开玩笑的？要是有同事来找我，看到你怎么办？要是你爸发现你晚上没回去，到学校来找人怎么办？"看他急得满头大汗的样子，她扑哧笑了起来，说："我已经跟爸打了招呼，今夜在宿舍里跟同学过夜。"他说："那好，我送你过去。"她说："真的？你送我过去？"他明白自己情急之下，多说了一句话，于是纠正道："你自己去，我这里有手电。"她撇了撇嘴，说："我才不去。"这时有一阵脚步声从教师宿舍那头传过来，梁渠成说："还是我赶快出去吧，这样别人就不会到我房间里来了。"封还珠说："说不定人家正要找你呢。那怎么办？"封还珠示意他别作声，她踮起脚，轻轻把灯摁灭了。

脚步果然在梁渠成门前停住。先是"笃笃笃"，接着梁渠成听到他的同事郑初林叫道："梁渠成，梁渠成！"吓得他大气不敢出。郑初林说："这就奇怪了，刚才好像还亮着灯呢，怎么这么早就睡觉了？"郑初林敲了一会儿门，就嘀咕着回去了。走廊里的灯光从门上方投射进来，封还珠在暗中笑了一下，把身子像猫一样弓了起来。梁渠成说："你快走啊。"封还珠说："我不。"

学校的灯熄了，这一晚，封还珠就待在梁渠成房间没走。感觉没过多久，食堂里传来了蒸汽的声音，有人在操场上打篮球和跑步。起床的铃声骤然响起，学生起床和下楼的声音混杂在一起。梁渠成是班主任，他要起床，可他实在是太困了。

梁渠成一夜似睡非睡，做了许多梦。到处都是声音，它们像暴雨一样，劈头劈脸地袭来。他把自己的耳朵用力捂住，不顾一切地奔跑。声音在他身后连成洪水，一片汪洋。有几次，他的脚后跟已经被人踩住了，他大叫起来。他爹说："你这个不争气的东西。"他想辩白，可爹根本不理。爹有哮喘病，一生气就像个风箱。而且还是个破风箱。他的同事郑初林站在那里，拍手拍脚大笑。封还珠她爸也来了，用一根粗棍子指着他的鼻子。他仔细一看，那根棍子原来就是他的手指。还有一大帮人站在那里，有男有女。他不认识他们。有人说他们都是供销社的。他们都看着他的手。他低头一看，发现自己手里提着一只袋子，一看就是偷来的。他吃了一惊，不知道它什么时候到了他的手上。他想把它甩脱，可它紧紧地咬住他不放。这时他才明白，它也是他们的一部分，它是来帮他们抓住他的手的。"可恶！实在是可恶！"他又叫了起来。

封还珠说："你刚才喊什么？做梦了吗？"他睁开眼，看到了一张女人的妩媚的脸。她离他那么近，他感到了她脸上的茸毛和唇齿间散发的热气。他看着她，又看看自己的手，在那里发愣。封还珠问："你怎么啦？你梦见了什么？"他说："我梦见很多人追我。"说完，他又把自己的手翻来覆去看着。她说："你手上有什么？"他任她把自己的手拿去。不知已是几更，地上的寒气像刀子一样往上刺。她说她刚才也做了一个梦，梦见上课铃响了，是他的课，可她走进教室却没有看到他。大家拿目光齐刷刷盯着她，她这才发现自己也站在讲台上。几个跟她要好的女同学都不理她了，赌气似的把身子一扭，眼睛看着别处。"我才不管她们呢，让她们生气好了。"

她眨了眨眼睛。

他们再也没睡着，说了好久的话之后，才听到邻近村子里的鸡叫。他们的嘴唇发干发焦，于是起来喝了一回水，觉得嘴唇还有点发肿。原来，亲嘴可以亲得嘴巴疼。尽管克制，他的手还是伸到她的衣服里去了。他一下子想起了范旭娟的身体。他在她的身体上仔细地寻找。他想范旭娟的身体是不是也这样，那次他甚至都不敢仔细地看她。他有些悲哀地想，自己为什么老是想起她呢？如果她知道他这时想起她，大概会得意地笑起来。仿佛为了表示他的憎恨，也仿佛为了表示他的爱，他推开了她的身体，又把她拉近。当初范旭娟和他那么好，可几乎是一星期的时间，她居然就不理他了，跟别人确定恋爱关系了。那么爱情真的存在吗？封还珠以后会不会也这样？他对她真的是爱情吗？

这天晚上，他们紧紧拥抱，但没有发生其他的事情。他一会儿不知道自己抱着的是朋友还是敌人，一会儿又觉得他的疑惑是毫无道理的。毕竟她是那么单纯，对他近乎崇拜。想到这些，他就把这个晚上看得很美。作为中文系的毕业生，自然有对于美的嗜好，他觉得自己从没这样地身临其境过。他抱着她，就像一片荷叶抱着一滴晶莹的水珠。他们就这样相安无事地待到天亮。

以后有几次，他们依然是这样，隔着衣服。有时候，他们的身体在衣服下激烈地冲撞，这时他们便要平定叛乱。封还珠叹息着说："老师，跟你在一起真好。"封还珠忽然叫了他一声老师，把他吓了一跳。封还珠又扑哧笑起来。之后，仿佛恶作剧似的，封还珠就时不时地叫他一声老师，这每次都让他受惊，以为有严重的事情发生。

　　这样大概过了一个多月。这一天，封还珠说她爸到县城办事，晚上在她姐姐家过夜不回来。她的一个姐姐在县邮政局上班，姐夫则是一家银行下属的储蓄所副所长。她说她一个人害怕，要他晚上到她家去陪她。他说："我不去。"她说："是不敢吧。"他被她激着了，便说："去就去，谁怕谁。"近来，他觉得她有些凌驾于他之上了，动不动就要将他的军。下了晚自习，他们隔着一段距离往外走。到她家要从供销社旁边的耳门进去，他本来是贴着街边的墙面走的，担心碰到熟人，但经过供销社大门的时候，他往外斜了斜，有意离它远一些。他总觉得，那个地方似乎有一管黑洞洞的枪口在对着他。供销社的锁真大，即使是耳门的锁，也比他平时看到的锁要大好几倍。进去后是一条水泥路，两边栽着冬青。一棵不知道是什么品种的树，很大的一团，在墙角张牙舞爪，沙沙响着。楼道口还有一道铁门，它比外面那扇门更厚重和结实。梁渠成虽然在镇上教了一两年书，也经常到供销社来买东西，但对后院里的情形，是从来也不了解的。他问封还珠："你爸真的不会回来吗？"封还珠却用力地朝他招手，说："你快点啊。"铁门"咔嗒"一声在身后关上，她拉亮了楼道灯，从下到上顿时白亮一片，让他无处可藏。

　　由于紧张和忐忑不安，这天晚上，他一点美好的感觉也没有。他想他应该表现得激动，可当他努力想表现他的激动的时候，眼睛和嘴却都干巴巴的。为了掩饰他的窘迫，他从背后抱起她，这样她就看不到他的表情了。他的初恋不是这样的，他和范旭娟不是这样的。和范旭娟在一起的时候，他眼前只有她的脸、她的眼睛、她的眉毛和鼻子。可现在，他抱着封还珠却想起了其他。他看着她的脸，眼睛里却没有她的脸。他看着她的眼睛，眼里却没有她的眼睛。难道他不爱她？不，他爱她。甚至超过了对范旭娟的爱。真的，随着时间的推移，他已经对范旭娟没有爱也没有恨了。那么是什么在阻止他的投入？他不知道。让那些窗户窥视吧，他不怕。别看它们平时用鼻子看人，可它们不知道，他已经神不知鬼不觉地进入了它们的领地。

他是这么想的。

当封还珠把她和她的老师梁渠成的关系告诉她爸封仲祥的时候，她已经初中毕业了。讲完，她看到封仲祥的脸抖动了一下。封仲祥冷冷地问：“多久了？”封还珠说：“已经有一年多了。”封仲祥说：“你是不是以为，现在你已经毕业了，我就不会找他的麻烦了？告诉你，我一样可以告他！”封还珠哭了起来，说：“爸，你别这样，梁渠成很好的，他是中学里最好的老师。”封仲祥说：“不管他怎么好，也不过是个乡下老师，我不希望你嫁个老师。”封还珠说：“可我愿意！”封仲祥说：“你才多大？我倒要去问问中学的谭校长，看他是怎么管教老师的。”一番对话下来，封还珠又哭了起来。

升学考试，封还珠总分只有三百多分，连职业高中的录取分数线都没上。不过这又有什么要紧呢，她根本不想读高中，只想赶快嫁给梁渠成。

　　在家里，封还珠最小。哥哥封清华早已成家，是县城郊区的一家卫生院的院长。三个姐姐都已经出嫁，大姐封清丽在县供销社上班，大姐夫是郊区乡政府的干部；二姐封葆丽嫁到了县城里，姐夫是一家储蓄所的副所长，两年前，二姐从乡下调到了县邮政局；三姐封雯丽从商业学校一毕业就分到了县商业局，很快和同学结了婚，她那个同学分在市里，所以以后是很可能要调到市里去的。封还珠没有妈妈，她妈在她很小的时候就去世了，她对于妈妈的印象只有墙上相框里的那张合影照片。爸爸说那被抱着的小孩就是她，而抱着她的就是妈妈了。照片好像受了潮，上面的人物有些模糊。小时候，为了把妈妈看清楚，她找来一柄放大镜，站在凳子上，踮起脚，把放大镜贴在妈妈脸上，结果妈妈的脸突然变大了，吓了她一跳。大家都说他们家的孩子一个比一个厉害，可到封还珠这里还是被卡住了。这时封还珠听她爸说："你看看你大哥，看看你的几个姐姐，他们都没有给我丢脸，你快点跟那个姓梁的分手！对了，那个姓梁的，是不是以前跟许家老二谈恋爱，被人家揍了一顿的？"

　　封还珠说："他们根本没有谈，是许朝霞结交的那些不三不四的人。许朝霞是什么样的人你又不是不知道。"

　　封仲祥说："照我看来，能看上许朝霞的男人，也不是什么好东西。"

　　爸爸的话让封还珠心里一动。是啊，许朝霞那样的女人，当初梁渠成居然也看上了，她不禁有些生气。许朝霞现在是镇上有名的浪荡女人，同时跟好几个男人睡觉，家里人根本管不了她。可就是这样的人，居然曾经抢占过梁渠成的心！

封还珠不敢把她跟梁渠成实质性的关系告诉她爸。她只是说："爸，我已经没有升学的机会了，和梁渠成分手又有什么好处呢？你就是要我复读我也读不下去呀，我的成绩一直摆在那里，你又不是不晓得。"

封仲祥说："叫那个姓梁的来见我！叫他今天晚上就来见我！"

封还珠不敢违抗，不知道她爸打的是什么主意，只好去告诉梁渠成，看他怎么办。她说："反正我拿定主意要跟你，爸爸不同意我就跳到河里去。"说完她很激动，好像随时准备为某种理想献身似的昂起了头。

梁渠成不让封还珠胡说。他点起一支烟缓缓吸了起来。抽烟的动作让封还珠觉得他在慎重地思考，她也就不作声了。但她看到他的手有点抖，烟灰落在地上。正在封还珠忐忑不安的时候，梁渠成忽然说："去，肯定要去，丈人召见女婿，怎么能不去呢？"

封还珠怯生生地说："我爸不会打你吧？如果他动手，你就赶快跑。"

梁渠成说："不会的，把我得罪了，有他什么好？他又笑着说，他欺负我，难道就不怕以后我欺负他女儿？"

封还珠嗔道："你敢。"

封还珠身子一扭一扭跑远了，好像梨树开满了花。

晚上，梁渠成拎了一些礼物来到供销社大院。封还珠早就等在门口。梁渠成进门，叫了封仲祥一声"爸爸"。他们这里的方言在读音上是把"伯伯"叫作"爸爸"的，所以也没什么不自然，可老头子没理。封还珠挺了挺胸，正要说什么，梁渠成拿出一串钥匙给她，对她说："还珠，让我和爸爸好好谈谈，你到学校看书去。"

封还珠有些不解，但还是不放心地走了。走到门口，朝梁渠成做了个手势，还是那个意思："如果我爸打你，你就跑啊。"

梁渠成笑了笑。

老头子咳嗽一声，好像呼了口气。梁渠成好像闻到了生资门市部一股幽深的农药和化肥的味道。他转过身来，说："爸爸你也看到了，我和还珠是很好的，我们都很认真，不是当作好玩的。"

老头子终于说了话。"你多大？还珠多大？"

梁渠成说："我今年二十四，还珠十八。"

老头子说："你的生活已经固定了，还珠的生活还没有成形，她还要读书，我还想她考大学，她才十八岁，难道她就这样跟了你？你不觉得你这个当老师的很自私？"

梁渠成说："我的生活并没固定，说实话，谁甘心做一辈子乡下老师呢？但任何事情的发展都有个过程。我从初二开始教还珠，请恕我说话直冒犯你，还珠是你的女儿，你自己心里有数，她真的能考上大学吗？这几年，你真正关心过她的学习了吗？你为什么这么做？也许你觉得读书并不是最适合她的路。你是我尊敬的长辈，还珠跟我讲过你的事，把这么多孩子拉扯大，吃了很多苦，而且他们都很有出息，就凭这一点，我也应该敬重你。你希望还珠像哥哥姐姐们一样，但你也知道，读书她是读不出来的，不然我也不会答应她，跟她谈恋爱，影响她的学习。说这些，我并没有看轻她的意思，只能说我对她很了解，只有了解了，才知道以后怎么好好爱护她。再说，正像你认为的那样，读书并不是唯一的出路，我向你保证，我不会让她吃苦。"

老头子瞪着眼，听梁渠成讲完。有时他的呼吸更急促了，像被梁渠成窥破了心思，有时又露出放松的神情。毋庸置疑，梁渠成的话都说到了点子上。他似乎对这个抢了他女儿的家伙有些欣赏起来。假如说他们是对手，把女儿交给这样的对手他还是放心的。看上去，现在是他有些底气不足了，像占了人家的便宜。他当然了解自己女儿的底细。怎么说呢，似乎他开始生的几个孩子都是优良品种，而到了还珠这儿已经是强弩之末了，光小学就比别的孩子多读了两年。这孩子除了性格和善温顺，其他就没什么突出的了。女儿的这种性格，是很容易受委屈和吃苦的，不看她往好的方面发展，做父亲的怎么放心呢？他也向人打听过梁渠成的情况，知道他有才，为人也不错，但他对于中学老师这个职业终究不太满意，他希望梁渠成还有其他方面的上进心。梁渠成刚才那番话，简直就是对着他的心思交的一份答卷，让他很满意。但他还是故意板着脸问："听说你家里情况并不太好，那你怎么保证还珠以后不吃苦？"

梁渠成说："家里的情况，我也早已跟还珠说了。我家里穷，我的两个哥哥至今还没成家，我爹身体也不太好。从我目前的情况来看，首先要赚钱来改变家里的面貌。可一个老师收入又不高，在没有更好的路子之前，我想先在学校门口开个小店。学校现在有一家店，是教务处夏主任开的，没有竞争，学生都不愿到他那儿买东西，所以我开店也不算得罪他。"

老头子说："他一个教务主任算什么，不用怕他。"

老头子又说："怎么别的老师没有想到这一点呢？"

梁渠成说："他们没有这个条件，年纪大的家里有责任田，年纪轻的还没有成家，即使成了家老婆也不怎么认得字，像夏主任老婆就读过高中呢。"

梁渠成心想："别看老头子语气好像软了，其实里面还很硬。教务主任不算什么，那他一个普通老师不是更不算什么了吗？"所以他有意强调夏主任老婆读了高中，意思是你女儿才初中毕业，跟夏主任老婆做一样的事，也不会亏了她。

老头子当然不知道梁渠成是如此敏感和疑心重的人。"开店虽然也算得上一条出路，但没什么大发展，我看，还是要想别的办法。"

梁渠成说："我懂你的意思，但没有钱，一切都免谈，我看准了开店能赚钱。我家里底子薄，只能一步一步来，等赚到了钱，就什么都不怕了。遗憾的是那时没人指点我，我爹只要我把书读好，有个铁饭碗就行，他把这个看得比天还大，不然我也不至于只报考了师专。"

老头子可能没领会梁渠成的一语多义。他点了点头说："要不，你干脆争取到政界上去发展，或者在学校搞行政也行，还珠的几个姐夫有的在乡政府，有的在县城，她三姐夫还在市里，你也不能混太差了。"

　　这话激起了梁渠成的一点点逆反心理。还珠的几个姐夫，牵的都是父母的衣角，又不是他们自己的本事。但他表现得很谦虚，说："像我这种性格的人，是不适合到政界去发展的，我也不想当什么校长主任，况且你刚才不是也说主任没什么了不起吗，其实我很喜欢教书，什么人也不用求，只要把书教好就行了。"

　　老头子哦了一声，说："原来你还是要教一辈子书的。"

　　梁渠成也不甘示弱，但舌头在嘴里转了个弯，说："像我这种没门路的人，改行是很难的，但我也不可能一辈子待在乡下。"

　　梁渠成是真喜欢教书的。他喜欢自在，不愿去求人，也不喜欢别人求他。教书的工作很单纯，忙的时候就备课上课，没事的时候可以看看《红楼梦》，读读唐诗宋词，或和同事打点小牌。他喜欢有点意境的东西，有时候一个好句子会让他想入非非半天。在乡下待一辈子有什么不好呢，在师专读书时，除了唐诗宋词和《红楼梦》，他最喜欢的就是陶渊明和谢灵运了。可是，他怎么忽然说出了不可能一辈子待在乡下的话来了呢？

　　老头子把气氛缓和了一下，说："如果真要调到城里，我们也会帮忙的。"

　　但梁渠成说："我觉得现在调到城里去条件不成熟，在那里没有钱根本站不住脚，我还是想先在乡下赚点钱。"他不希望老头子以为他想图什么。不过他觉得自己刚才的话里"我"字太多，所以接着又说了几句没有"我"的话。"按道理，只要书教得好，调到城里去还是不难的，县中学每年都要在乡下招老师。"

虽然这样，气氛还是紧张起来了。老头子说："那就更好，以后用不着我们操心了。"老头子又用了一个"我们"，梁渠成依然听得刺耳。在他看来，那个"我们"无疑包括封还珠的几个姐姐和姐夫。

梁渠成说："你放心，我和还珠绝对不要你们操心。"这话听上去像是让老头子宽心，其实有些不为所动或满不在乎的意思。就像水面的牛角，随时都会从下面蹿出一头粗壮的水牛来。可话一出口，梁渠成又有些后悔，其实他是不该这么或明或暗顶撞老头子的，但今天不知怎么搞的，他控制不住自己的情绪。本来，他刚才在路上对这次谈话已经作了精心设计，可就像有时候公开课上，虽然他每次都事先写好了教案，可总会不知从哪儿冒出几个调皮的学生，完全打乱他的思路。

老头子看了看梁渠成，半天没说话。

又过了一会儿，老头子换了一个话题，"小梁，在单位上和校长关系还好吧？"

梁渠成说："谈不上好，也谈不上不好。"

老头子说："在学校开店，总要经过校长批准吧？"

梁渠成说："校长不可能不同意。"

老头子说："假如他不同意呢？"

梁渠成说："我虽然没巴结他，但也没得罪过他，他干吗不同意？"其实梁渠成平时还是很注意和校长保持良好关系的，现在却故意这样说。

老头子说："做人不能骄傲自满，你还年轻，领导用你你才是人才，不用你谁知道你是人才呢。"

梁渠成说："我只认准一条，不管在哪里，事总要人做。把事做好就行了。"

本来他们是谈私事的，但都不知不觉跑了题。

老头子终于有些恼怒了，他可能在想："我可是一番好意，即使你不做我女婿，我跟你说这话也不错，何况你还是想做我女婿的呢？这个家伙真是块鹅卵石，又圆又硬，咬不烂还不能扔。这个鹅卵石是女儿当宝贝捡回来的，把它扔了，女儿不知道要怎样哭闹。"梁渠成后来才知道，还有一个让老头子急转弯的原因是，现在社会形势发生了变化，他以前想让女儿顶职的想法恐怕行不通了。可是他没有急着把这个不祥的消息告诉还珠，眼前这个家伙，说不定就是冲着这一点来的，老头子吃的盐比他们吃的米多。过早告诉他们，岂不是搬起石头砸自己的脚——至少是把女儿的脚砸了？这就好像一个卖水果的，发现水果要过保质期，便要及时把它销出去，大约销给这个既精明又大胆、既深思熟虑又意气用事的家伙，他还是满意的，他倒要看看谁笑到最后。怀着这种心理，老头子笑了起来。

梁渠成身子前倾还想说什么，老头子大度地挥了挥手。

没发生什么摩擦，谈话就这样有些平静地结束了。他们自己也颇感意外。最后，老头子说："你们都不是小孩子了，以后的事不用我说，你们自己好好把握吧。"

听梁渠成讲完二人的谈话，封还珠说："我爸真是发了善心啊，记得前两年三姐夫要娶我三姐的时候，爸很严肃地跟他谈了好几个钟头。"

　　梁渠成说："是吗？"他一边答应着封还珠，一边也在迟疑。刚才老头子虽在嘴巴上放过了他，可眼睛并未放过他。想从老头子眼睛里平坦地走过去，恐怕没那么容易。别看老头子眼皮耷拉的，可里面好像藏了暗器。他一直没明白，刚才谈话结束时老头子怎么忽然笑了起来。那笑容太突兀了，让人惊讶和心里没底。哪怕你捡到了一根金条，可一看到这样的笑，也会让人不由自主地怀疑金条是假的。

　　梁渠成和封还珠开始设计未来。正在兴头上，老头子跑来告诉他们，说上面来了文件，封还珠不能顶职。梁渠成脑子"嗡"的一声，好像刚迈出去的一只脚踩空了。在他心里，封还珠立即贬了值。可老头子仿佛乐于看到女儿贬值似的，又那样笑了一下。梁渠成马上意识到，自己上当了。但事已至此，他又能怎么样呢？他应该装出一副无所谓的样子。不然，老头子还真的以为他是冲着什么去的。他要打消老头子的这个想法，转而他又安慰自己："至少封还珠还有个城镇户口吧，这样，将来他们的孩子一生下来就不是农村人了，如果他爹知道，该有多么高兴。"

　　在这期间，梁渠成的爹去世了。他爹这辈子就像一支开了叉的毛笔，想把字写好，却总写不好。作为村里文化程度最高的农民，爹活得却是最窝囊的。他们家过了多少年还是土坯房，三个早已成年的儿子挤在一张床上。爹坚决不要他的钱，"你那点钱根本解决不了家里的问题，还是留给自己吧，就好像一只木筏只能坐一个人过河，那你就一个人过河去，如果把它拆散每个人分一块，那谁也过不了河。"但他娘却常常打发他的两个哥哥来要钱，爹至死都不知道。爹临死的时候，垂着眼帘挨个扫过几个泪眼模糊的儿子的脸，然后就定在那里。他用了很大力气也没能把爹的眼合上。娘说："去跟你爹说几句话吧，他也许就把眼睛合上了。"于是他俯下身子，在爹耳边说了几句什么，再轻轻一抿，爹果然就闭了眼。在请人给爹入殓和送爹上山的时候，村里人拿腔拿调，摆着架子。甚至故意刁难他们已经为爹选好的墓地。他摘下眼镜一个个地说好话，把口袋里的钱也都掏了出来。

他跟爹说的话是："我一定要找个吃商品粮的老婆，这样，你的后代就世世代代吃商品粮了！"

过了一段时间，梁渠成和封还珠正式订婚了。听说封还珠是吃商品粮的，而且娘家人都有好工作，村里沸沸扬扬了起来。有人说女方真没眼力，看上了这样的人家。另一个说不就是个教书的嘛，我儿子做手艺也比他赚钱多。甚至还有人怀疑，封还珠是不是脑子或其他什么地方有问题，从头到脚仔细打量着她。梁渠成事先给封还珠打过预防针，说村里人嘴毒，怕她受委屈。封还珠说："我才不在乎，你家虽然穷，可在我看来你是最富有的。"梁渠成很有些感动，不过他还是笑了笑说："你别高兴得太早，到时候你就知道他们的厉害了。"果然，屋里正喝着订婚酒，忽然闯进一个人来，是上村头的艳龙。梁渠成吃了一惊，忙上去敬烟。他知道，这家伙从不做好事，以前在采石场做事，处不好关系，被赶了回来。在村子里，天天琢磨怎么挑拨这家和那家吵架，或无端拆散别人的姻缘。这次听说梁渠成找了个吃商品粮的女孩子，他在屋里走来走去，最后实在忍不住了，便直奔梁渠成家而来。这时他瞧都不瞧梁渠成，径直走过去，对封还珠说：“姑娘，我看你长得漂漂亮亮，却好像没长眼睛啊，这样的破屋，这样的穷家，不知你看上了哪里？”说罢扬长而去。两个哥哥气得发抖，要去打人，被梁渠成拦住了。封还珠没受过这样的羞辱，泪水在眼眶里转，一时不知如何是好。

梁渠成当着满屋宾客的面，大声对封还珠说：“还珠，我们是自由恋爱的，别理他！”

封还珠也恢复了常态，说：“那是谁啊，真无聊！”

散席后，梁渠成和封还珠返回学校。梁渠成说：“还珠，我家的样子和村里人你都看到了，你要想清楚，现在后悔还来得及啊！”

封还珠说：“我是要嫁给你，又不是嫁给你家的房子和你村子。”

梁渠成说：“我两个哥哥都没有成家，还有一个老娘，都要我操心，这个负担不轻。”

封还珠说：“那怕什么，我们有福同享，有难同当，人不怕穷，怕没志气。”

梁渠成鼻子一酸，他想以后不管怎么样，都要对封还珠好。为了掩饰他的酸楚，他故意笑着说：“你是珍珠，俗话说，‘珠到渠成’。”

不久，他们的小店开张了。不过过程肯定不会那么顺利，障碍主要是教务处夏主任。虽然梁渠成在和谭校长谈好后还找过他，但他心里就是不舒服。梁渠成给谭校长意思了一下，也给夏主任意思了一下。看夏主任脸上还是老大的不乐意，梁渠成就把话挑明了，"夏主任你也知道，你做生意主要在学校这一块，我们不妨来个君子协定，我不做学校一分钱的生意，招待人的烟酒，一律还是从你这儿买，但学生的脚长在他们自己身上，他们愿到哪里买，就到哪里买，不是由我们说了算的，平时也有不少学生不到你店里买东西，而到校外店里去买了，你又有什么办法呢？再说我开这店，手续都是齐全的，校委会也是讨论通过了的，虽然说同行是冤家，但那是老观念了，我不想我们为这事闹矛盾。"听了这话，夏主任的脸色这才缓和下来。他那个自以为聪明的老婆居然提出建议，要梁渠成把那个协议写下来，不过梁渠成没接她的茬。

刚从夏主任屋里出来，就听到夏主任在骂老婆。

用不着和夏主任斗智斗勇，他们店里的生意，就是比那边好。梁渠成比以前忙多了，读《红楼梦》的时间就很少了，坐在店里总读不进去。慢慢地，夏主任老婆刘玲真和封还珠之间的话也多了起来，经常过来坐。有时候梁渠成就笑她是不是过来刺探商业情报，刘玲就说是啊是啊，把你们的商业情报刺探去，看我能不能用得上。

有一次，梁渠成和封还珠发现，避孕套破了。就是这一次，封还珠怀了孕，她的肚子很快鼓了起来，脸上有了妩媚的雀斑。马上要做父母了，梁渠成开始为他们的结婚典礼做准备。看着梁渠成那副热情洋溢的劲头，封还珠坐在店里嘟哝道："老实说，我怀疑那次你是故意把避孕套弄破的。"

梁渠成说："是啊是啊。"

封还珠用手按着肚子，大声地问："你希望生儿子还是女儿？"好像她手里掌握着什么能决定生儿子还是生女儿的法宝。

梁渠成说："还是生儿子吧，生女儿都像你这样，吃里爬外的，就没什么生头了。"

封还珠有些生气了，"我怎么吃里爬外了？"

梁渠成笑着说："又不是我说的，是你爸说的。"

封还珠说："好啊，看我不撕烂你的嘴！"说着，封还珠就笨重地从店里追了出来。但她故意装出一副满不在乎的样子，看上去举重若轻。

虽然梁渠成一再说服自己，可他每次到封还珠家里去，他还是很不自在。

自从和封还珠有了那种关系后，直到老头子打发封还珠来叫他去谈话前，他没再到供销社大院里去过。而且以后每次去，也都待在一两个固定的地方。客厅里没有人，他就在封还珠原来的闺房里；客厅里有人，他就在那里陪人家坐。他显得有点拘谨，拘谨得人家一看就知道，他是一个中学老师。如果封还珠家里有什么应酬，他要么去得很早，躲在封还珠房里看书，等别人来得差不多了，才从里面走出来；要么总是最后一个到。这样，他就不用花许多时间和人应酬了。但不管怎样，他还是跟他们格格不入。这是一种不用他去注意，就会坚硬、尖锐地突兀在那里的感觉，即便冬天穿着厚衣服，它也照样刺得穿。

梁渠成的脸沉了下来。每次敲门进还珠家的时候，他都不免把脸沉下来，这样他就会显得神色很凝重。好像他是一个小偷，现在带着别人丢失的东西走进了失主家中。每次走进供销社大院，他就是这种感觉。他赃物在手，想撇开都没办法甩脱，等着别人人赃俱获。就像他曾经做过的那个梦，赃物紧紧咬住了他的手。他和封还珠家的交锋，首先体现在他和封还珠的几个姐夫之间。事实上，作为连襟，他和他们本应是同为一体的，可不知怎么，现在他和他们居然分成了两个完全不同的阵营。他们脸上总是那种居高临下的神气，在那里喝茶打牌时经常对他爱理不理的，顶多"嗯"或"唔"两声，也从来不问他打不打牌。后来他们似乎觉得这样有些失礼，便邀他也来摸两把。他不肯，二姐夫张国良一定要他上。他们拉他的时候总是用很大力，把他的手和胳膊都弄痛了。等他上来，他们就提高筹码，他很快就输了个一干二净，然后他们就笑了起来。大姐夫闵文忠原是乡里的拖拉机手，有的是力气，七混八混混成了副乡长。并且他还总为他拖拉机手的身份而自豪，因为他听说，现在的市长以前也是一个司机。闵文忠身材高大，手掌也很大，梁渠成每看到他都免不了有些恐惧，看到他伸出手来更是会不由自主地向后缩。一次，他把梁渠成带去的一本杂志当抹布擦了桌子。三姐夫戚家杰和闵文忠恰恰相反，他出奇地瘦，苍白瘦小的脸，苍白瘦小的手。梁渠成怀疑，这样的手放在暗处会发出荧光来。与这边的冷淡奚落或者冷漠对峙决然相反的是，封还珠和她的几个姐姐有说有笑，闹成一团。这种强烈的反差让梁渠成想起了《红楼梦》，一边是贾宝玉在锣鼓喧天红烛高照中迎娶薛宝钗，一边是林黛玉在凄清的潇湘馆焚诗死去。梁渠成草草吃了饭，就拽着封还珠提前告辞，仿佛要把她和那里完全撕扯开来。

　　封还珠毕竟年轻，粗心，她不太懂得梁渠成的窘迫。回到学校，她还意犹未尽地跟梁渠成说着姐姐们的开心事。她说二姐单位上有个男的，是个什么部门主任，一直在暗暗追大姐，要她做情人，送了她一条金项链，这事被大姐夫闵文忠知道了，吃了一回醋。三姐说她家里从来不吃剩菜，哪怕是鸡，一顿没吃完也要倒掉。大姐说她家里鸡蛋多得吃不了，都是土鸡蛋，人家送的，发现坏了就不要，一丢就是几十个。听了这些，再想起刚才的经历，梁渠成冷冷地说："谁叫你没找个好丈夫呢。"封还珠自然听出了弦外之音，也不高兴了，然后就免不了你一句我一句地口角起来。反正他们每次到老头子那里去，回来就要闹些不愉快。

　　在梁渠成和几个姐夫之间莫名其妙的交锋中，老头子始终没有出面。每逢聚餐，他都是和蔼可亲的老头儿，头发向后梳着，脸上堆着笑容，系着围裙在那里忙来忙去，谁来帮忙他都不要，脸上和手上的老年斑像一群围着他飞来飞去的蜜蜂。从他脸上也根本看不出他对梁渠成有什么歧视或不满，甚至恰恰相反，他对梁渠成很关心。他边收拾桌子边对梁渠成说："你坐啊，别站着。"端菜盘过来，他会说："你稍微让一让，小心油泼到了身上。"如果他一直待在封还珠房里，他就过来把门带上，说："外面吵，你要看书就把门关上。"房子里空空荡荡的，四处充斥着一股老年人特有的气息，还有生资门市部特有的幽深气息，梁渠成觉得正是这种无所不在的气息在背后或上方监视着他。老头子的确没有出面，其实谁都没有出面。出面的是那股看不见摸不着、却又实实在在充斥着的某种气流。那气流像他做过的一个梦：他打开一条围巾，惊讶地发现那围巾里密密麻麻全是眼睛。他又梦见在封还珠的房间里，他把裱在墙上的白纸揭开，结果发现里面有一柄放大镜。他就被那放大镜罩着，光线开始发热发焦。

跑出门外，梁渠成才算长吁了一口气。

那是梁渠成最感失败的一段时期。其间，几个在地区师专的同学组织了一次大规模的聚会，他们一个是县建设银行信贷科科长刘世会，一个是县税务局副局长邓小林，还有担任县团委副书记的邹雪波。邹雪波的老丈人就是前任县长，父亲曾担任县政府招待所所长，当个团委副书记自然没什么奇怪的。有一次，这几个人在一起喝了酒，就趁着酒兴提议搞一次同学聚会。梁渠成粗略统计了一下，发现原先在学校里成绩好的、斯文的、内向的大多混得不好，而经常在学校制造事端的那些家伙，现在都混得有模有样了。这究竟是怎么一回事呢？难道学校和社会有着这样大的反差？他接到了聚会通知，但没有去。后来他在县里碰到了一个同学，对方问他为什么没参加聚会，他说："没什么意思。"然后又说："有什么意思呢？"

过了一段时间，梁渠成觉得和封还珠娘家的人这样僵持下去不行，还是要设法改变和他们的关系。他左思右想，老头子他拿捏不住，二姐夫张国良虽然什么都挂在脸上，但大炮一样的性格，还是比较好打交道的，只是用他镇不住其他两位。梁渠成决定，从封还珠哥哥封清华那里入手，之后的一段时间，他和大舅子封清华的来往渐渐密切起来。去县城批发市场进货，他会抽空先到郊区卫生院看望封清华。他们很快发现彼此很谈得来，梁渠成不免自责以前和封清华来往太少。封清华很少回镇上，即使回去也是匆匆忙忙的，难得打个照面。听还珠说，他曾经在婚姻问题上和老头子意见有分歧。老头子帮他相中了一个在银行上班的女孩子，封清华不肯，老头子就对他现在的儿媳妇看不顺眼。封还珠的嫂嫂崔妍现在是县人民医院的护士长，在她细心的盘问下，她终于也知道了当年丈夫和公公之间的那桩"公案"。她想："好啊，既然你不中意我这个儿媳妇，我也就没必要把你这个公公看得太重。"所以，他们一家和老头子间的关系一直是淡淡的。这弄得梁渠成的三个连襟很为难，日子久了，不禁分出了一些亲疏。但总的来说，他们还是偏向老头子的多，因为几个女人也都是偏向老头子。再说封清华就算再有本事，也就是一个郊区卫生院的院长，管不到无论是乡下还是城里的事。封还珠脑子简单，没有留心过这样的事，现在梁渠成和封清华接触多了，也便知道了很多。虽然原本想借大舅子的力量来改善关系的愿望在很大程度上落了空，但也毕竟联系到了封家的另一支力量，声势比原先多少也壮大了一些。封清华一回镇上，他就过去陪。坐在封家的客厅里，他不再觉得那么被动和势单力孤了。因为这个妹夫，封清华在镇上待的时间也比原来长了些，而且和老头子的关系似乎还得到了一些改善。封清华一家有时候还留下来过夜，或者跟其他几个妹夫一起到梁渠成这里来打牌。老头子和其他几个人总是叫梁渠成这里"学校"，一说就是"还珠到学校里去了"，或"到学校里去吃饭吗"。而封清华不叫学校，他说的是"到我小妹家里去"，或"到我小妹夫家里去"。梁渠成听了这些话，心里总是很感动。在此后的几年里，梁渠成和封家就一直维持着这种局面：梁渠成和大舅子封清华一边，三位连襟和老丈人一边。两路人马互相客客气气，看不出有什么隔阂，但似乎又有个什么东西，好像永远也不会融化。

其间，封清华问过梁渠成，愿不愿让还珠到他的医院里来做护士，虽然是临时工，但收入还是可以的。梁渠成想了想，还是谢绝了。封清华有点奇怪，问他为什么，梁渠成说："她马上要生了，孩子这么小，哪走得开啊。"封清华说："也是，那就过几年再说吧。"

没多久，封还珠在医院里剖腹产，生下了一个男孩。孩子特别的瘦弱，在梁渠成的意想中，他应该一生下来就虎头虎脑的，没想到这么小，不禁有些失望。他暗暗想道："不知这个小家伙日后是否承载得起我投注在他身上的希望。我会好好地培养孩子，要把自己没有实现的理想全部移栽到他身上。"没过多久，他到派出所给孩子上了户口。这家伙，生来就不是农村人了，不像他，虽然早已不吃农业粮了，可在别人眼里，他还是乡下人，或许永远是乡下人。他给孩子取名子佳。梁子佳，意思是他们梁家的孩子都是不错的。虽指的是孩子，但谁又能否认那里没有暗含着他的自褒呢。梁子佳，他轻轻念着这个名字，觉得音韵铿锵。接着他又大声叫了一下这个名字，顿时神清气爽。叫一个人的名字就是要这样有首有尾，他从不省略这名字中的成分，不像有的人叫的是昵称，或名字中的最后一个字的叠音。儿子还在襁褓中，他喊："梁子佳！"儿子已经会跑会跳了，搂着一只小皮球跑来，胖乎乎的脸脏兮兮的，两只手也一样。他还是喊："梁子佳！"

梁渠成心想："难道我真的就在这小镇上教一辈子书吗？"说实话，他觉得自己是不会在小镇上待一辈子的，他似乎在隐约等待着某个时机的到来，在那个时机到来之前他不会轻举妄动。在他若有若无等待着那个机会来临的时候，他以为正是教育孩子的好时机，这也预示着，儿子要经受他严格的督导和训练了。他教儿子背诵唐诗、练毛笔字，训练孩子造句和想象的能力。他对儿子严厉而苛刻的，为此还满街找了一根他觉得适合的戒尺。封还珠心疼孩子，但从来也拗不过他。

大哥渠安终于找了一个寡妇成了家。有人介绍二哥渠志到别人家入赘，二哥不肯。他说："赘，累赘，多余，我不去。"二哥也读过一些古书的，所以固执。他也不要梁渠成托封清华给他找在郊区卫生院里当勤杂工的活，一心跟着邻村的一个建筑包工头到外面做事去了，生怕增加梁渠成的负担。家里的大事小情，梁渠成都支持不少，封还珠也没有意见。为此，梁渠成很感激她。他们在学校开的那个小店收入不错，短短几年时间，已赚下了几万块钱，当时他每月的工资只有两三百块钱。坐在时而嘈杂时而安静的小店里，梁渠成从《红楼梦》上抬头望去，操场上空荡荡的，只有几片碎玻璃在跳跃着一些反光。他不禁在想："隐约等待的那个机会什么时候降临呢？"

机会是梁渠成无意中发现的，刚开始他并没意识到那是机会。镇上一直没有自来水，封还珠像往常一样把脸盆抵在腰上，提了塑料桶去井边洗衣服。儿子梁子佳已经上了幼儿园，虽然镇上的幼儿园一点也不像幼儿园。梁渠成翻着每个班都有订阅的市报，刚翻了几下，就看到了他们县委和县政府机关公开招考的启事。标题很醒目，不过他随便瞄了一眼就翻过去了。按照习惯，他总是先翻到副刊读上面的散文。散文是一种让人觉得生活比较美好的文体，其间有些体贴和怀旧的气息。每次读了市报副刊，他就有一种想写散文的念头，只是一直停留在冲动阶段，并没有真的拿起笔来。是的，对于很多事，他的冲动还是有的，却不愿去做了。这天，他盯着副刊上画的那个篱笆门，还有那个由一位很有名的作家题写的刊名，思考了良久之后，他又翻回了那则启事。

启事登在报纸二版的左侧。很大一块。虽然他一向对报上的广告不信任，但这次他决定去拭一试。

梁渠成从某个阴暗潮湿的角落，重新找回了他考试的本事。真的，很久没考试了，那本事都已经上锈了，他找了块抹布把它擦了又擦，直擦到它放出亮光。他是很会考试的。那时候一听说考试，他会很兴奋，像得到了集体加餐的通知——学校食堂养了几头猪，放寒暑假前会杀掉分肉给老师们，学生们也会沾点光加个餐，大吃一顿。招考的名额只有十几个，却有三四百人报考，而且百分之九十以上是乡下中小学的老师。由此可见，人们改变命运的心理是多么迫切。在一些填空、选择和简述题之后是一道作文题，要求一事一议，梁渠成觉得这题出的简直正中自己下怀，在地区师专读书的时候，他的作文可是多次得过奖的。成绩出来了，他作文得分最高，总分排名第三。据说，负责这次招考的常务副县长是很重视作文分的，因为他们以后的工作跟作文有千丝万缕的联系。梁渠成报考的是县委组织部。几天后，他被找去谈话，问他愿不愿意调整志愿，说宣传部门对他的文采更有迫切需要。梁渠成也不知哪儿来的勇气，说如果要录用他，就请直接把他录用到组织部。说完，梁渠成又有些后悔，担心因此真的不能被录用。去县委谈话后，很久没有消息传来，他想果然不出所料。刚考完试的那段时间，学校大小领导都对他很尊敬，但看到这么久没有消息，态度就有了变化。一次去县批发市场，他顺便去找邹雪波打听情况，谁知邹雪波一见他就说正要找他。邹雪波把他带到常务副县长宋兆林的办公室，宋县长说："梁渠成，你的事定下来了，不过不是在组织部，还是宣传部——也没什么不好嘛，都是为革命干工作，先把它干好，以后还可以调整嘛，你回去把工作尽快熟悉一下，县委已经下了文。"

不久，梁渠成就真的去县委大院上班了。

梁渠成把学校的店面盘给了别人。这时他才主动找大舅子封清华，问他那里还能不能安排人。学护士是来不及了，封清华把妹妹安排在了门诊部收费。梁子佳插班到了县中心幼儿园，过了半年在县城上小学了。有一次，梁渠成在小学门口碰到了范旭娟。教育局和县城中心小学在同一栋大楼，那次范旭娟刚好到人事股拿一份什么资料。范旭娟眼睛一亮，说："梁渠成，是你啊！"梁渠成愣了一下，也看到了范旭娟。他站在那里，忽然莫名其妙地想起他看过的那幅人体画。那时候他其实并未看懂，现在他肯定能看懂了。范旭娟红了红脸，用手碰了他一下，说："听说你调到了县委了，梁渠成，你可真有本事啊！"梁渠成说："没什么，不过是为了孩子读书方便点，乡下的小学很糟糕。"范旭娟说："孩子读几年级？儿子？还是女儿？"梁渠成说："才进学校的门，儿子。你呢？"范旭娟说："我女儿快升初中了。"梁渠成笑了笑说："真快，这么多年一晃过去了。"说到这里，他不禁又想起了《红楼梦》。范旭娟歪头看了他一眼，忽然说："劳动人事局你熟不熟？我马上要评职称了，到时候你帮我打个招呼啊。"梁渠成说："难道你不知道，邹雪波已经是劳动人事局的局长了。"范旭娟欢快地惊叫了一声："啊，真的？"接着她又把语气缓和下来，充满感情地说："还是同学多好办事啊。"

在他们站着说话的时候，梁渠成看见教育局人事股的丁股长从大门进去了。梁渠成朝丁股长的背影努了努嘴，范旭娟也看到了这个当初决定了他们命运的人。丁股长好像手头有事，没注意到他们。现在他和丁股长已经很熟了，丁股长每次碰到他都"小梁小梁"的，叫得很欢。当了这么多年的人事股长，丁股长一直没升上去。他老丈人原来是一位副县长，但副县长在女婿刚当上股长的时候得了急病死掉了，于是他这个股长一直没下也没上。虽然是个小小的股长，但由于是管人事的，油水自然不错，组织上要调他去其他部门，他死活不走，哪怕是当工会主席或副局长。他和梁渠成现在几乎无话不谈，说他儿子读大学花了十多万，说他怕老婆，在家里什么家务活都干。有一次，梁渠成带一个同学去家里找他，看到丁股长系着围裙，一个两三岁的小女孩抱着他的腿。丁股长说是最近抱养的。后来二人再谈起此事，梁渠成笑着说："恐怕还有血缘关系吧，而且不是一般的血缘关系啊。"丁股长看了看左右，说："小梁小梁，别那么大声，跟你说实话，我和我老婆一直想要个女儿，那年我就给她请了一年假，这件事，我只告诉你一个人啊，千万莫跟别人讲。"

梁渠成知道丁股长有个特点，哪怕那件事全城的人都知道了，他还是认真地说："我只告诉你一个人，千万莫跟别人讲。"

县城就这么大，此后梁渠成和范旭娟碰面的机会竟多了起来。地区师专的往事，在梁渠成的记忆里已恍若隔世，就像一本书已经翻烂了，便把它用牛皮纸包好，放在书柜的最里面了，不拿出来翻开，是不知道那到底是什么书的。而范旭娟每次见了他还有些红脸，让他打量她的目光不免放肆了些。他想："她为什么脸红呢？"他已经忘记她和他分手的时候是不是脸红了，好像是没有的。可事隔这么多年，她怎么反而脸红了呢？

和其他同学碰面的机会也多了，现在，梁渠成经常在大院或一些会议上碰到刘世会和邹雪波等几个人。一次会后，吃了饭，邹雪波躺在沙发上和他闲聊，邹雪波说："我们那一届还是不错的，县委里总少不了我们的人，我刚出来，你又去了。"梁渠成说："我算什么，不过是个跑腿的。"邹雪波说："你别小看了宣传部，按惯例宣传部长是常委，再说你看我们县长书记，谁不是宣传部的出身，有个说法不是说，县委里升得快，县政府里富得快嘛。"梁渠成说："我哪是当官的料啊，到县城里来不过是想换个环境，对孩子读书有好处，在下面待的时候也确实太长了。"邹雪波笑了笑，说："县委里都是官，到时候也由不得你。"

　　宣传部的甄部长是个憨厚的人，对从乡下来的人特别好，梁渠成有才，说话办事各方面也很得体，他很快就看中了他，到什么地方去都喜欢带他一起。都说地方上当干部免不了要找门路和靠山，可梁渠成不知道甄部长是怎么做到部长的，怎么看他也不像是一个走后门拉关系的人。因为甄部长的存在，梁渠成甚至改变了一些以前对官场乃至对社会的看法。邹雪波说的不假，县委里都是官，除了甄部长，宣传部还有七个人，其中有三个副部长，另外三个人，梁渠成是办公室主任，闻致是报道组组长，张少英负责文联。张少英也是这次考进来的，以前是小学教师，在地区日报上发表过诗歌。邹雪波说的另一句话也对，虽然梁渠成一向对职务或级别没什么兴趣，但有一天他在填一张统计表的时候，发现只有他们几个新来的没有级别，大院里的其他人至少都是副科。在县委这样一个地方，如果别人都有什么而自己什么都没有，这种存在方式显然是不适宜的。张少英说："在县委里，没有级别就好像船没有桅杆，风筝没有骨头，是根本撑不起来的。"这件事，还得感谢甄部长。还没等梁渠成他们提要求，一次下乡的路上，甄部长在车里回过头来说："小梁，你的副科级我已经报上去了，应该没什么问题，很快会批下来。"就这样，梁渠成迷迷糊糊便成了副科级干部，并且在任命正式下来之前，甄部长又及时发展他成了预备党员。

他感到很被动。可甄部长是好心，这样的好心难道他能拒绝吗？

副科级是个什么概念，现在他搞清楚了。丁文江干了那么多年股长，还是个股级干部，也就是说比他还小一级。乡里的书记和教育局长平级，他的大姐夫闵文忠和二姐夫张国良跟他同一个级别。张少英说，县委大院里是培养"苗子"的地方，如果他们出去就职，至少也是某个局的副局长，乡里的副书记，县中的校长。当然，他们一般是不会轻易出去的，往往要熬到正科才出去，这样就能当一把手，所以也有很多人一辈子都停留在副科级。张少英不禁感慨："梁渠成呀，我们要好好干，争取别当一辈子副科。"

又过了一段时间，体制发生了一些对梁渠成他们有益的变化，他通过考试，成了公务员。只有通过考试才能成的事，他还是很乐意去干的，因为用不着求人。这时，他已在县委家属区集资做了房子，他的左右邻居楼上楼下，要么是某个部门的主任，要么是某个局的局长，要么是乡里的书记。封还珠和儿子的户口，也早已迁到县城来了。大哥梁渠安因为有了这么一个弟弟在县委大院上班，也开始经常有模有样地进城了。梁渠成把二哥渠志介绍给一家建筑材料批发部当伙计，他曾给那个老板写过一个报道，还在地区报纸发表了，等于做了个软性的广告，老板便一直央求梁渠成，务必给他一个表示感谢的机会。村里管事的人有时候也会主动到县委大院里来找梁渠成，把村子里最近发生的一些事告诉他，像是向他汇报，有时候还要请他拿拿主意。他们说："你现在身份不一样了，你的话就是县领导的话。"虽然梁渠成一再推却和解释，他们仍把头摇得像拨浪鼓，根本不听或不信。村里想买城镇户口的，要来找他；想承包建筑工地的，要来找他；想进厂做临时工的，要来找他。哪怕是生了病来住院，也要向他打听有没有熟人。至于打官司起诉离婚之类的事情，那就更要来找他了。所以梁渠成虽然很少回去，但村子里的事情，他知道得比谁都清楚。以前回家灰溜溜儿的，像是有条尾巴他必须把它夹起来，时刻提醒自己不要表现出和村里人不一样的东西，现在他还想和村里人表现得一样，但村里人坚决不答应。他们说："你是县里的人了，怎么能跟我们一样呢？"因此他既怕回家又想回家。村里人轮流来聊天，他没有片刻的休息，有的人甚至要磨蹭到半夜才回。虽然他听说艳龙在村子里扬言，不就是在县里跑个腿当个通信员嘛，有什么了不起的，认为宣传部里的人都是送信的，可话音未落，就有人抢着来他这里报告了。但后来，艳龙还是找了个理由，用夜色遮着脸到他家里来坐了一回。梁渠成每次回来，母亲、哥哥和嫂嫂的脸上都要放光，家里都亮堂了好多。从乡下回来，他瘫软在沙发里不愿动身，洗脸都是封还珠给他拧的毛巾。他累啊，浑身没有力气，但并不充实，总觉得还缺点什么。那段时间，他坐在那里若有所失，又若有所待。

　　首先是大姐夫闵文忠来了。闵文忠在乡里管文教，而县里文教这一块由宣传部管，在这方面，有关条文规定得并不明确，留下了大片中间地带，文教系统又有相对的独立性，自然不希望被管得太紧，所以地方对文教系统的管理完全取决于宣传部的管理能力。有的县里宣传部对文教系统完全无能为力，而在这方面甄部长很有一手，硬是把文教系统牢牢管起来了。他经常带着梁渠成到下面的学校去巡视，检查和考核的结果自然也影响到主管乡长的政绩。没有人愿当一辈子乡长，他们的下一个目标一定是书记，书记的下一个目标又往往是某个局的局长。闵文忠当了好多年副乡长，自从知道梁渠成去了宣传部，他就一直在琢磨着怎么打破以前的僵局。说实话，他在以前家里的别扭和对峙中，或多或少起了一个推波助澜的作用。可他没想到梁渠成一下子跳到县委里去了，并且也是副科级，虽然他们级别一样，可梁渠成所处的位置不一样。他们的关系是因为他们的妻子而存在和建立的，那么僵局也只好由她们来打破了。于是有一天，他和封还珠的大姐封清丽忽然出现在了梁渠成家的客厅里。

　　起初，他们都有些不自然，脸上的肌肉都躲在某种表情后面，把它往前面推。女人们相对自然一些，戏台和人物都是现成的，封清丽马上和小妹封还珠有说有笑地从冠冕堂皇的上班之类的话题，扯到了贴皮入肉的家庭琐事。女人们好像在前线，男人们探头探脑躲在后面，等前线安宁了，男人们才会爬出战壕，和对方握手言欢。闵文忠不愧是老手，他当然不会低能到对梁渠成点头哈腰，说叫梁渠成日后对他多加关照之类的话。他和梁渠成坐在沙发上，膝盖挨着膝盖，推心置腹地跟他谈单位上的事，既像是促膝谈心，又像是下级向上级汇报。梁渠成的膝盖起先还躲闪着，对闵文忠的亲近很不适应，但闵文忠的膝盖颇有不怕挫折的勇气和见缝就钻的技巧，渐渐地，他也就把膝盖扔在那里，由着闵文忠贴上来了。

　　自此之后，闵文忠隔三差五的就到梁渠成这里来坐坐。他带着个长方形可提可夹的黑色公文包，包里还有一只不锈钢保温茶杯。这种包和茶杯，其他的乡干部也有，基本上都一个模样。有一次梁渠成跟着甄部长到另一个地区参观学习，发现那里的乡干部每个人也有一个这样的包和茶杯。它们仿佛让你不管走到哪儿，都能一眼看出谁是乡干部。除了茶杯和手机，闵文忠的包里还有一包软中华，一包地方名牌烟，分别应用于不同场合。现在他们彼此自然多了，闵文忠进门就扔一包软中华给梁渠成，说是刚才饭桌上发的，他这儿还有。渐渐地，梁渠成也就不推辞了，因为不能推辞。一推辞就显得生分了。既然到了此处，他也不想让闵文忠觉得生分。这个闵文忠有一种本事，哪怕你开始并不愿意，但不知不觉地，你就身不由己地愿意了。

　　随着闵文忠的出现，二姐夫张国良和三姐夫戚家杰到梁渠成这儿来走动的频率也高了。张国良还是那么大大咧咧，让人担心他管理的那个储蓄所迟早会爆出惊天大案来。前不久，另一家银行储蓄所一员工私吞几百万，作案时间竟长达十年之久。戚家杰的手还是那么白皙和冰冷，他话不多，但条理清晰，但往往会说中要害。由于戴着细边金属框的眼镜，戚家杰看上去显得比较文气，并且和周遭的一切事物保持着一定距离。梁渠成还是喜欢这个三姐夫的，觉得他在某方面和自己有些相似，只是人家在市里，和县里的人好像总隔着点什么，梁渠成也就不刻意去追求那种融洽和亲近。现在，往往是闵文忠或张国良来，就把另外两个人叫来，一起吃饭、聊天、打牌。他们顾及他的经济收入，就说不过是为了好玩，别打那么大了。戚家杰从市里过来也不远，二十分钟就到了。如果是周末，几个人就轮流做东，一直吃到星期一早上，再各自上班去。梁渠成没有想到，有一天他们的来往会如此密切。

　　老头子还在镇上生活。面对四个女婿一同上门的大好局面，老头子似乎无动于衷。这使得梁渠成那种做贼心虚的感觉仍挥之不去，但他对老头子的故作矜持也置之不理。老头子一直不肯上梁家的门，因此梁家的贫穷在他的想象中只能越来越甚。而村里也因为老头子始终没有出现，而对这门亲事曾经持怀疑态度，好像梁渠成是一个骗子，封还珠是被他骗到手的。甚至像艳龙这样的人曾经到过公安部门，去打听老师跟学生结婚是否违法，里面有没有诱骗或强奸的成分，希望公安机关介入此事进行调查。那时，老头子也不肯来学校。虽然从供销社到学校不过五百米远，但在漫长的几年里，无论梁渠成怎么按礼节延请，封还珠怎么恳求，他就是不肯来。每一次请求失败，封还珠都会和梁渠成吵上一架，或憋一口气在肚子里。梁渠成调到县委并集资买了房子后，曾和封还珠打过一个赌。封还珠说："现在爸爸总该到我们家来看看了吧，不管怎么样，我们争到了气，不比姐姐他们差。"梁渠成笑了笑，说："不会来的，你爸爸不会来的。"封还珠不信，他们就打赌，赌什么呢，谁输了就做一星期饭洗一星期衣服。封还珠怀着必胜的信心去请老头子。考虑到以前的情况，封还珠还转了个弯，好给老头子一个下来的台阶。她说县剧团重新上马了，这几天要演戏。老头子喜欢看戏，有事没事都要放个小收音机听听，有时还跟着"咿呀"几句。但老头子不为所动。还珠又说："我跟大姐二姐常念叨你，这次到县里干脆多住几天，我们姊妹几个家里你轮流住，哪怕不回镇上都行。"封还珠想得很周到，又给了老头一个台阶。她啰啰唆唆说了一大堆，一抬头，发现老头子什么时候已经走了，到楼下看人打牌去了。梁渠成说："怎么样，我说的没错吧。"封还珠气得把手里的东西一摔。其实梁渠成心里暗自高兴。如果老头子无所顾忌地来了，才真的让他失望，那说明老头子确实不在乎他，对他完全可以熟视无睹长驱直入。现在老头子不肯来，说明老头子还是在乎他的，他不敢蔑视自己，他是不好意思才不肯来。为了让封还珠高兴，梁渠成答应虽然他赢了，可他仍要做一星期饭洗一星期衣服。封还珠果然破涕为笑。

　　然而事情远没有结束，后来老头子干脆连其他几个女婿那里也不去了。

　　这使得梁渠成好像忽然有了几个同伙。

　　既然老头子不敢长驱直入，那他就在老头子眼皮底下经常出现吧。他想："老头子越不欢迎他，他越要去。"现在往往是他打前锋。他站在供销社宿舍楼下大声喊着老头子，一直把他喊出来为止。他在客厅里走来走去，大声地跟老头子说话，在某件事上打破砂锅问到底，或逼老头子表态。有时老头子脸涨得通红，气喘吁吁，仿佛被人追赶；有时候又像被人捉住了短，显得很窘迫。当然，这些都表现得很微妙，而且表面上看起来充满了热烈和友好的气氛。老头子几次想缩回厨房，又被几个女儿好心地推了出来。她们说："爸，你去喝茶聊天。"封还珠为家里出现了从未有过的热烈气氛而高兴，想到过去的伤心处还红了眼圈。

　　这样的局面维持了一段时间。他和老头子在语言或想象中你追我赶，还要装作若无其事不被人发现。有时候他会忽然停下来，打量着另一个似乎还没有停下的自己，为自己追赶的形象感到好笑。他想，有这个必要吗？或许他是想努力赶上老头子，对他说："我不是贼，我已经不是贼了，即使是贼现在也已经为老头子增光了。"可老头子看到他追来，就下意识地挪动了脚步，而且越跑越快。他们似乎在绕着一个什么地方转圈飞奔，后来就都不知道是谁赶谁了。直到有一天，他忽然发现老头子已经停了下来，像一段枯干的历史似的，又发出了那种居高临下和意味深长的微笑。

　　梁渠成一惊，心想："老头子在笑什么呢？"

　　梁渠成快快地回到县城，一连几天都在想。

　　和儿子胡乱吃了些东西当晚饭，梁渠成便和儿子出来散步。封还珠今天值晚班，要到九点以后才回来。以前在小镇上，梁渠成老想着让孩子到城里来读书，城里教学正规一些，副课也比较重视，这样的话孩子将来可以把历史地理和生物之类的课程也学好。现在小学生的书包比大学生的还重，不过他还是留心报纸上对教育的看法，希望儿子全面发展，似乎要把自己那时的失误全部弥补回来。他对儿子的管教是严厉的，不敢有丝毫放松。他不允许儿子的作业本上出现任何错误。儿子做作业的时候，他就拿本书坐在旁边看，以便儿子遇到难题时问他。儿子骨碌碌转了转眼睛，说："爸爸，这道题好难啊。"他说："你先想想。"儿子抓耳挠腮了一阵，说："想不出来。"其实有他这个解题机在旁边，儿子哪愿去想。加之还有很多作业，已经不早了，节约时间要紧，他也顾不了许多，就去教儿子解题。儿子心不在焉，一会儿咬笔头，一会儿抠指甲。他讲了几遍，儿子还似懂非懂。他气极了，给了儿子一"栗子"，只见儿子把小嘴鼓了起来，再碰到了难题，就用脚踢桌子。他好气又好笑。等儿子做完，他还要从头至尾仔细检查一遍。这样，儿子每次作业都是满分。但是，儿子的考试并不理想，老师对此很奇怪。每天睡觉前，他还要儿子背一首唐诗，甚至开始教儿子读《红楼梦》。在师专读书的时候，他读过一篇当代女作家的文章，说她八岁时已把《红楼梦》读了三遍，此后很长一段时间里，他把自己没有成为作家的原因归结为小时候没有读《红楼梦》。儿子过去还有强烈的求知欲，不管是报纸还是书，他都要伸出小手去抓一把，可随着年龄的增加，他反而对读书不感兴趣了。梁渠成给儿子买的唐诗少儿读本，被他揉成了卷心菜，就是没背几首。儿子已经九岁，读小学三年级了，他教儿子读《红楼梦》，可读着读着，儿子就睡着了。

这天，他带儿子散步时，碰到了村里的冬林。冬林是个砖匠，这几年搞装修。他跟梁渠成说，他已在城里买了房子，把老婆和两个孩子的户口都迁过来了，下半年就可以把孩子送到中心小学读书了。也就是说，冬林一家人也已经是城里人了。不知怎么的，梁渠成竟听得有些刺耳。此后他一直闷闷不乐。只读过几年小学的冬林现在也是城里人了，现在政策放宽了，在城里买了房子就可以转城里户口了。既然如此，他梁渠成奋斗了这么多年的意义又在哪里呢？当初如果他不跟封还珠，哪怕是和一个大字不识的乡下姑娘结婚，现在不同样可以到城里来吗？凭他那些年开店赚的钱，买商品粮和在城里买房子都是买得起的。他不禁有些失落，好像一个小偷千方百计潜入一户人家，进去后才发现里面是空的，什么也没有。

梁渠成此时忽然联想起老头子那天的笑，他有些明白了。说穿了，他还是没跳出老头子的手掌心。看来只有老头子一人稳操胜券，笑到了最后。

淹 没

那一年，西西跟在爹后面挖地。他挖一下，爹已经挖了好几下，或者说，爹挖一下，他要挖好几下。这样，他和爹也就越落越远了。他的手心里全是水泡，它们明明让他难受，可他还要小心地保护它们，怕把它们弄破。等水泡变干变硬，就成茧了，成了茧，就不痛了。有一段时间，他天天看着手掌，希望它们长出又硬又厚的茧来，有如幻想手里长出黄金一般。当掌心里长满了茧的时候，自己大概就会像蚕变成蛾子那样生出翅膀，可以轻盈地飞起来了。在他看来，爹不像是挖地，而像是整个人在握着农具的手的带动下翩翩飞舞，不断向前。他羡慕极了，渴望长大的冲动又像胚芽破土那样咬了他一下。在他看来，那时候的神奇事还很多，比如塘边的蝌蚪变成了青蛙，鱼从这口塘跳到那口塘，鸡被扔进水塘会下沉而鸭子就不会，哪怕是刚从蛋壳里爬出来、眼睛还没完全睁开的小鸭子。如此说来，它们划水的本事早就潜伏在蛋壳里了？那么如果把鸭蛋放在水上，它会不会也忽然划动起来？就这样，他经常坐在水塘边、农田里，静静地等待周遭的事物发生奇妙的变化。他还在想很多奇怪的问题，如果站在村前的山顶上是不是离天空就更近些？彩虹在雨后现身前藏在哪里？它在雨后又躲到哪里去了？他就这样有些好奇地望着他的手，期待着它能变出什么戏法来。但是，往往还没等水泡变成茧子，他就忍不住把它们撕破了。他想看看里面到底是什么。这个念头折磨着他，那些水泡也因此让他感到难受。从那时起，他就是这样矛盾重重，又想入非非。他的手里终于长满了像模像样的茧，是多年后的事情。

忽然，他听到了锄头和硬物在土里相碰时的清脆声响。他的手麻了一下。他惊慌地抬起头，飞快地看了爹一眼，不敢停下，继续保持着挥锄的动作。爹发现他的锄头碰到了石头，是要骂他的。锄头才是爹的心肝宝贝，真要搞坏了，他会龇牙咧嘴地蹲下来抚摸锄头受伤的刀口。爹果然听到了那声硬响，回过头来顿了顿，没发现什么疑点，才放下锄头，往手心里吐了一口唾沫。爹的唾沫又浓又臭，可爹常把它吐到手里，好像是吐了一棵灵芝。因为每次这样之后，爹挖地的速度明显加快了不少。西西也学着爹的样子往手心里吐了一口，然后翻开刚挖开的土，想把硌了他锄头的那块石头捡出来扔掉。但他捡起来的不是石头，而是一块瓷片。他知道，瓷是用土烧成的，它比土可硬多了，也好看，裂开之后是那么尖锐，比刀还锋利。这也是他小时候感到惊奇的事情之一，他不禁想："灶台里的土怎么就烧不出瓷来呢？"他喜欢看烧得通红的灶膛，像熔化的铁，像霞光里的玉，可一歇火，它马上就恢复了原形。看来灶土是没有记忆的，而瓷土有。村前曾有几座瓷窑，据说烧出来的瓷运到了很远的地方，后来它们被拆了，和大窑并到了一块。但窑附近留下了许多瓷片，下雨天，他特别爱走窑旁边的路，那里的泥不粘脚。这时他忽然想到，瓷片虽然来源于土，可它再也回不到土里去了。或者说，即使回去，它也是土里的异物了。当然，"异物"这个词，是他后来才有的概念。

现在，酉西走在从县城回家的路上。天很黑，风像鞭子一样把衣服抽得噼啪作响，使得衣服也成了它的帮凶。他那么孤单，一切都被湮没在黑暗里。为了抵御内心的恐惧，他把那本书抱在怀里奔跑起来。途中，他感觉出了书贴着皮肤的硬度和温度，仿佛不是他带着书，而是书带着他在奔跑。或者说，他们同时在奔跑，书是他的同伴。书越有硬度他越感到安宁，他渐渐放慢了脚步。今天是星期六，放学后他没有直接回家，而是去了书店。整整一星期，他都在和内心的焦渴做斗争，但他终于还是拗不过它，或者说，他故意没有拗过它。他把那张藏得发烫的、仿佛随时都会燃烧起来的两块钱的纸币拿出来买了书，一本他渴慕已久的诗集。书里的那些句子像一炉火，他一翻开，火焰就舔到了他脸上。他做梦都想把那炉火放到书包里或压在枕头底下，那样他的梦里就会亮堂堂的。诗歌就有这样神奇的魔力，它会让他眼前一亮，越过教室、寝室里的疥疮、臭虫和咸菜。就像一次他从一个家庭条件好的同学那试了一下当时流行的茶色眼镜，一戴上它，眼前的世界就大为不同，寒冷顿时变得温暖，炎热顿时变得清凉。但是，买了书他就没有路费回家了。从县城到家里有三四十里路，这还不包括那些杂草丛生的小路。可是相对于诗歌来说，这点路又算得了什么？一走出书店，他就豪迈地迈开了脚。每走一段路，他便忍不住从怀里摸出那本诗集，既贪婪又吝啬地读上几节。夜色很快笼罩了下来，铅字像金属一样发出了光芒，有如某种幻想中的飞行器。但它们很快就潜伏到夜色中去了，或者说，它们的翅翼被夜色合上了。他不得不把诗歌的炉口封上，匆匆赶路。就像学校里师母们烧蜂窝煤的炉子，不用的时候把通风口封住，只留一个小孔，要用的时候掀开封盖，火苗就蹿了上来。他很想让家里也烧上这样的炉子，那样母亲就不用一边往灶里塞柴草，一边被呛得咳嗽不止，然后去揉眼睛了。虽然老师早在课堂上讲过，写作文要保持人物称呼的一致性，如果前面把父亲称作爹的话，那么后面一定要把母亲称作娘，也就是说，爹和娘是对应的，父亲和母亲是对应的，爸爸和妈妈是对应的，第三种称呼一般只有城里同学会这么用。可他总是在作文里把爹和母亲搭配在一块，以致老师看到了他写"母亲"，就会用红笔打个问号。因此在西西看来，老师批改他作文的过程，就是一个老师拿红笔追赶、驱逐他母亲的过程。后来，老师不打问号了，而是直接在"母亲"上画一个红圈，让这两个字有了某种"挂牌游街"的味道。每当看到老师的这些批改，他就想着下一次一定不用"母亲"了，可实际上，下一次他还是不知不觉用了这个词。他一定要用这个词，不然就找不到作文的感觉。那种庄严、美丽和傲岸，只有"母亲"才配得上，这个词让日常生活充满了光辉。在他看来，它只属于诗歌而不属于平庸的日常生活。和许多同学相反，他最渴望的就是老师布置作文。老师一布置作文，母亲就会带着庄严、美丽和傲岸出现在他的作文里。这个母亲，是他虚构的母亲。他可以虚构。他喜欢这样的虚构。

他是突然爱上诗歌的，如同神迹一般，之前没一点预兆。本来，他上课上得好好的，认真地盯着黑板。但突然，他的眼睛里变得空无一物，然后他忽然拿起笔，旁若无人地在笔记本上沙沙地写了起来。他用句子围起一道栅栏，那是完全属于他一个人的世界。从此，他就脱胎换骨，像换了一个人似的。他郁郁寡欢，对课后的游戏和嬉闹无动于衷。有人拽他的手，觉得他的手木木的，像是在梦游，不过不是晚上，而是白天。传说梦游的人不能被叫醒，不然会有严重后果，所以大家故意拿肩膀去撞他，好看到那严重的后果。他跌倒了，撞他的人赶快躲到了别人身后，紧张地察看他的反应，但他爬起来，拍了拍身上的灰，又若无其事地往前走了。他经常是那副盲人过马路的样子，因此显得有些不合群，觉得周围人简直是莫名其妙。他不知道他们在笑什么，他也不会去关心这一点。他喜欢观察和思考那些不为人注意的事物，比如鸟是怎么睡觉的，炊烟为什么那么忧伤，夜空里为什么没有夜莺，四月为什么那么残忍。他常常在黄昏时一个人站在学校前面的山岗上望着远方，望着夜空，望着那轮无与伦比的月亮，感觉它像是一轮巨大的孤独。最初他就是这么形容月亮的。他过早地体验到了孤独，像月亮那样金黄的孤独，弥漫了天际的孤独。在那一刻，他仿佛一分为二。真正的自己脱离了自己升到了天空，地上的自己则像是另一个自己的投影。诗歌是一面镜子，没有镜子他怎么能看到自己呢？是他在看着镜子里的自己，还是镜子里的自己在看着他？镜子里真的是空无一物吗？在人入侵镜子之前，它里面到底是什么？每个人从镜子里看到的东西肯定不一样，因为人跟人不一样。种种稀奇古怪的念头使他苦恼，但又让他尝到了无穷的乐趣。

　　诗歌让他的身体突然变轻了，他像一片羽毛飘飞在从县城回乡下的路上，既漫不经心又随遇而安。他开始了一段时期的发烧和喃喃自语，他的目光忽略了黑板和粉笔的吱吱声，越过了窗外的树梢。他已经有了诗歌，其他都不重要——还有什么比诗歌更重要呢？许多人读了许多书，都没有发现诗歌，或者说发现了却视而不见，而他已经轻而易举地拥有并进入了诗歌，还有什么比这更值得他骄傲的呢？在那个月黑风高的夜晚，他怀抱着一本诗集，有如强盗怀抱着利刃。对他来说，漫长的路途不过是对一首长诗的解读，那些诗句像长长的、带着铁蒺藜的鞭子，路边丛生的黑影不过是激情所催生的必要修辞。那是一条充满了危险的路。他并不知道，这样走下去，自己迟早也会成为一个诗人。后来他奔跑了起来，因为他被自己的恐惧和诱惑追赶着，它们的阴影像黑色的碎布片一样飘满了天空。当他翻过一些山梁和溪沟，终于望见村里的灯火时，像是忽然抵达了诗歌温暖而金碧辉煌的中心。但这时他反而踟蹰不前，感到了如同读完了一首诗般的怅然若失。

　　在高中二年级的时候，西西有了他的第一次恋爱，或者可以说是单相思。有一天晚上，他在邻村看电影，看着看着，忽然觉得什么地方不对劲，身体的什么地方有一种异样的感觉。露天电影往往就是这样，屏幕挂在某户人家的山墙上，下面有几排凳子，没拿凳子的，就站在后面看。再后面，是草堆或树木的宽阔地带。他忽然反应过来，是一个女孩子的胸部抵在了他后背上。他回过头，在夜空和银幕的闪烁中看到了一双幽亮的眼睛。他不认识她，但他注意到了她的眼神和微张的嘴唇。那时人群并不密集，人们都稀疏地站立着，也就是说，她是故意这样贴着他的。

他忽然心头一热，有了一种说不清楚的滋味。不知是激动还是紧张，他一动不动，生怕让她受到惊吓。或者说担心她像一只夜鸟一样，飞走了便一去不回。其实他很喜欢这异样而绵长的感觉。

他不知道她是谁，不知道她年龄多大，读没读书——那时候读书的女孩子很少。很可能她有一双粗糙的手，与她的年龄毫不相称。这使他有了一种忧伤，但她也无疑给了他另一种启蒙。

小时候，他常跟村里一个叫银玲的姐姐玩。银玲大他四五岁，总是带她挑水，洗菜，做饭，喂猪，当然也去打猪草，摘那种茎部可以吃的植物"酸眯眼"。有一次，天空忽然下了大雨，他们把竹篮顶在头上，湿淋淋地跑回了家。她要他回家换衣服，他不肯，他不想这么早就离开她回家。大概是怕他受凉，也怕大人们责怪，她便叫他把衣服脱下来，烧了火让他烘，然后她自己就躲到房里去了。他说："银玲姐你做什么，为什么要关着门？"她说我换衣服。"换衣服干吗要把门关起来？"他一边有些不高兴地嘟哝着，一边偷偷扒着门缝往里看。当然，他什么也没看到。

现在，他似乎忽然看到了。

那时候，他曾经卖弄地在村子里新来的女人面前跑来跑去，以期引起她们的注意。那大多是村子里刚嫁过来的媳妇，她们红润而鲜艳的脸庞大多像鲜花般盛开在阴暗的门洞里，他就自作多情地在门外穿梭。他希望他跑动时扇起的长风会撩起她们的眼神，有时他还故作夸张地喊叫，像在追赶着某个同伴，其实是完全表演给屋子里某位新人看的，他希望她们转过头或站起身追出来。这件事现在想来多么可笑，当时他却浑然不觉。她们当然不会理解他，顶多把他当作一个调皮的孩子，然后奖他一颗糖果。不过他拒绝接受，甚至还有些恨那些糖果。它们明白无误地表明，在她们眼里，他不过是一个小孩子。

村里有个叫秋桃的女同学，七八岁了，满口的牙齿雪白整齐，仿佛轻轻一咬牙，力气就从她手里出来。一次好多小孩子一起玩撞拐游戏，他跟她撞到了一起，结果晚上他好久没睡着。鬼使神差的，他把红墨水偷偷涂在了腿根的"小蜻蜓"上，没想到那只蜻蜓被惊醒，好像张开了翅膀。他小心地保存着上面的红墨水，这是他从一个叫大贵的同学那里要来的。在学校里，红墨水只有老师有，大贵是从他爹那里偷来的，他爹是大队的会计。起初大贵不肯给，他就蹲下来，让大贵从他头顶跨过去。大贵抬起腿，故意跨得很慢，并且一边抬腿一边说：

"西西，这一下你的个子越发不肯长了。我们那儿的人认为，哪怕是从别人的裤子下钻过去，也会影响长高的。村里的金苟就是那时候失足跌进了粪坑，才长成了那副板鸭模样的。"大贵一边说着，一边终于从他头顶上跨过去了。如果爹知道他的头顶被人跨了，一定会揍他的，因此他回家时显得很内疚，可偏偏好像大贵故意要让他爹知道，在门外嚷道："我从西西头上跨过去了。"这时他就赶快低下头来，恨不得钻到桌子底下去。他怕大贵，又离不开大贵，大贵有红墨水，还有其他许多他没有的东西。他们老是欺负他个子矮，经常把手随便放在他头上，尤其是每当他新理了发的时候。为什么他们的手放在别的地方他不难受，而一放到头上他就十分地难受呢？后来一起玩的时候，他总要提防他们的手，不然它们会像乌鸦一样飞上他的头顶，并撒下几粒白色的鸟粪。在他看来，他们的身体隐藏了，只有手夸张地凸显出来，成为他们的象征。他的发型也让他苦恼。那时，剃头是他最害怕的事情之一，爹总是要剃头师傅给他剃那种难看的锅铲头，如果是热天，那种发型很容易在太阳的暴晒下生疖子。那种发型如半熟的桃子，对比鲜明地加深了他头顶的难看程度。爹说："你还嫌头发短，疖子都长出来了，不透气怎么好得了？"后来他才知道，这种发型才是长疖子的罪魁祸首。所以剃头师傅一到村子里来，他就会跑出去四处躲藏，不过终究还是会被爹捉住，乖乖地坐在那里听剃刀在头顶刮得生响。当剃头师傅刮净最后一刀，院墙外的哄笑声便像一群麻雀一样轰然飞起。之后的那段时间里，他的脑袋像个灯泡似的闪闪发亮，让他无处躲藏。事实就是这样，那时他的头发总是在爹的授意下被剃得太短，而衣服又被裁缝师傅在母亲的指挥下做得又大又长。

而和女孩子在一起，就不必担心她们的手了。即使她们的手落在他身上，也往往有着某种温柔的目的，比如他的衣领上有一片草叶，或者扣子系错了，她们会轻轻地为他掂去，或伸手作了纠正。她们没有暴力，只有荡漾。

有一天，他从县城中学回去，惊讶地发现她们已经老了。她们才二十多岁，可她们的头发已经失去了光泽，脸上爬满了雀斑，脖子上还围着一圈汗垢。她们的样子就像是被谁反剪了双手，一边挣扎着一边被推着往前走。尤其是她们的手，简直比松树皮还要苍老，他简直不相信这是她们的手。他不禁怀疑，是不是有人在冒充她们。而且银玲姐的左手已经有两根手指不翼而飞，少了指头的手显得那么丑陋，这让他很难过。这些女孩有的嫁得很远，有的嫁在了本村，银玲就是嫁在了本村里的。偶尔在路上碰到了，他大声地喊银玲姐姐，可她只是淡淡地点了点头，甚至还有些客气起来。于是他悲哀地意识到，他不可能再回到她们中去了。那个让他有了最初的悸动的秋桃，很快也步了她们的后尘，她为她哥换来了一个嫂嫂。由于有了这样的牺牲，她娘每说起她总十分心疼，有时还会擦擦眼角，莫名其妙地掉下几滴泪水。

西西暗暗喜欢上了班里一个叫梁虹玉的女生。他不太清楚自己是先喜欢诗歌再喜欢上梁虹玉的，还是先喜欢梁虹玉再喜欢上诗歌的。也许对于他来说，梁虹玉和诗歌密不可分。虽然学校一再强调高中生不许谈恋爱，可还是有许多同学在偷偷地谈，仿佛这样做，是为了使学校的规定不至于无的放矢。但没有任何人知道他心中的秘密，梁虹玉也不知道。这个秘密像一团火，让他在冬天都不觉得冷。

梁虹玉是那种神态高傲的女孩。她走路的样子是天鹅的样子。在这里，西西显露出了他矛盾的一面。按道理，他不应该喜欢梁虹玉这样的女孩子。这并不是说梁虹玉家庭条件优越，虽然她爸爸是信用社的职工，妈妈是医院的护士。

那时梁虹玉经常含着口香糖，把泡泡吹得又圆又大。她仰起脸，最后"噗"的一声，一朵桃花变成了梨花。梁虹玉是中途从别的学校转来的，他们一家原来在县城里。听说她爸爸犯了生活作风错误，因为搞外遇被人捉住了，被撤掉了主任的职务，作为一个普通职工调到这里来了。不久，梁虹玉的妈妈也跟着调过来了，仿佛要把丈夫看紧似的。西西见过梁虹玉的妈妈，很瘦的一个女人，脸和身上的衣服一样白，蓝色的静脉血管爬到了皮肤上面，像是蜿蜒着许多打吊针的塑料管子。梁虹玉明显不像她妈妈而像她爸爸，她打扮得很妖艳，许多人因此断定，她以后肯定也是要出问题的。她一转过来，立刻就把全校男生的目光吸引住了，这让不少女生向她吐出了钢针。不过梁虹玉一点也不在乎个别同学在背后对她爸爸的议论，在学校她的笑声永远是最尖最大的。她跟男生打乒乓球，掰手腕，递纸条，然后把纸条折成各种飞鸟的形状，让它们在教室里飞来飞去。做完作业她就和男生对答案，碰到了难题也是向男生请教。她似乎天生就喜欢跟男生在一起玩，和班里的女生反而彼此很少说话。有的时候她的头发摩挲到了男生的脸，那男生的脸腾地就红了。

酉西暗暗告诫自己，这样的女孩子他是万万不能喜欢的，已经有那么多人喜欢了，他干吗还去喜欢呢？他也知道，他们一边跟她做游戏，一边却在背后说她的种种不是，然后快活地哄笑起来。这样的人他怎么能喜欢呢？为了做到这一点，他也在心里排列出了她的不少缺点，比如轻浮，爱打扮，没脑子，华而不实，等等。他内向好静，还有些自卑，他和她是完全不一样的人。何况，她似乎还从未正眼瞧过他呢，他个子没其他男生高，除了语文还好，其他功课都一般。可很快，他发现自己已不可遏制地喜欢上了她。他一直在暗暗观察她的一举一动，当她的头发在别人的脸上摩挲的时候，当听到别人在背后说她坏话的时候，他都会莫名地痛苦起来。看到她时，他感到安宁，没看到她时，他烦躁不安，她使他进入了某种梦呓状态，让他顾影自怜而又旁若无人。他知道，他的这种情感是无望的，莫名其妙的，毫无理性的，他对她的喜欢不可能到达她本人。其实，即使到达了又怎么样？她大概也会双肩耸动、放肆地大笑起来，和她收到那些具有挑逗性质的纸条时一样。她会把它撕碎，然后放在嘴边一吹，可谁知这反而使她收到的纸条越来越多了。他甚至暗暗希望梁虹玉像有的女生那样，在收到纸条时像蛇咬了手一样惊叫起来，然后捂着被蛇咬伤的手去向班主任汇报。他想也许只有这样他才有向她献殷勤的机会，他就是要让他写的字或句子像蛇一样，把她猛咬一口。

可是，所有的这些，他都不会告诉她。也就是说，她永远都不会知道他喜欢她。他真的是一只地下的癞蛤蟆，癞蛤蟆当然吃不到天鹅的肉，即使天鹅被人从天上打落下来，也轮不到他。

从校门往西走不到三百米，就是县城的新华书店。有一天，书店的柜台忽然撤走了，买书的人可以进去自己挑选。这太好了，往常如果叫售货员拿上几次，她们就不耐烦了。还有的书脊字很小，他根本看不清楚。现在哪怕不买，他也可以进去看看。他先翻了几本故事，觉得没什么意思，他不喜欢故事。然后他看到了那整整两排诗集，有中国的也有外国的。他随便抽出其中一本，谁知立刻被吸引住了。一排排诗句像一簇簇利箭射向他，正射到他心里。

　　　　东升的太阳还没有吸干朝露，棚外的牛群还没有
　　躲进荫凉。黄昏的星刚刚升起，玫瑰花开得灿烂；往
　　常啊，这种时候，我们出来相见。啊，春天，春天，
　　爱情的季节，你的出现对我是多么沉重。冰霜和阳光：
　　美妙的白天！妩媚的朋友，你却在安眠。一本诗集，
　　放在少女鲜花盛开的坟上。

这样的句子有一种神奇的穿透力，他一下子被它们穿透了。它们从背后射来，把他的心给带了出来，他跟着他的心向前飞奔。他忽然想到，为什么不写诗歌呢？别人的诗歌可以射中他，他也可以用诗歌射中别人。

就是这时，他爱上了诗歌。他暗暗对自己说，他要写诗！

他要写那些一簇簇像利箭一样的句子。诗歌使他的爱情有了倾诉的对象，也成了他存放爱情的地方。他根本不用对别人说，只要对诗歌说就可以了。诗歌让他自由驰骋、信马由缰，诗歌让他懂得了许多事物的意义，他觉得周围的世界无限地美好起来。在诗歌里，他讴歌着他的单相思，讴歌着他那一厢情愿的爱情，讴歌着大树和小草，黄昏和月亮。他把他的焦灼和痛苦，在纸上锻打成了工整而优美的句子，他喜欢这种工整和优美。诗歌让他不卑不亢，他完全可以借助于诗歌战胜他的自卑，让他的内心变得坚实和强大。

就这样，他的初恋没有落到土壤里发芽，而直接被他制成了标本。

课间休息时，他也不出去活动，坐在那里练字。他越来越喜欢写字，或者说书写的感觉，喜欢那种驾驭自如又力透纸背的感觉。他同时练几种字体，还把自己写的几种不同的字体摆在那里，想着究竟哪一种更适合自己，或者说哪一种字体离自己的内心更近，更适合他用来写诗。毫无疑问，这样的字体只有一种，他必须找到它。高中快毕业的时候，与他有关的一件事轰动了全班乃至全校。他收到了一封陌生人的来信。当时，和外面有信件往来的学生很少，而且他当着许多同学的面把信拆开，大家惊讶地发现里面是一首诗。应大家请求，他当众把那首诗朗诵了一遍。大家听出来那是一首讴歌异性的爱情诗。此时，他的喉结已经有了明显的棱角，他的声音里也有了一些陌生的成分，那不仅仅是生理上的变化。他为此而兴奋。

作为西西的同班同学，我也有幸听到了他的朗诵。后来，他还把他内心的许多秘密都告诉了我。

因为严重偏科和诗歌带来的心不在焉，西西的高考发挥得很差，怕是连录取专科学校都差了一截。不过他吹了声口哨，怀着甚至有些愉快的心情回家了。他想现在好了，不用跟那些让他难受的数理化还有"英格里希"打交道了。读大学又怎么样呢？读了大学就会写诗吗？既然他已经写诗了，又何必去读什么大学呢？他就是怀着这些想法傲然地落榜回家的。现在，他可以放心地读诗写诗了。他不怕种田，小时候的茧，还有一两个依然留在他手掌上，像沉睡的蚕茧。他拍拍巴掌，它们又会苏醒过来。水里的鱼、地里的粮食和瓜果蔬菜，会让他活得很好。他是这么想的。这一年，他十九岁。

紧接着是农村里抢收抢种的季节。他白天下田，晚上依然坚持写诗。窗外是一轮清凉的月亮，南风穿窗而过，十分惬意，他的肩膀火辣辣地疼，脚像铁铅铸就的一般。此时他的诗里虽然流露出疲劳和力气不支，但对田园生活的美好抒情仍随手可拾。他的诗性和灵性就像窗外的树叶，映射着绿色的柔光，风一吹沙沙作响。

然而就是这段时间，他对母亲却产生了异样的感觉。他高考回家后，父母根本没问他考得怎么样。第二天，爹和妹妹下地去锄草，西西喝了两碗稀饭，像往常一样到房间里去看书。不一会儿，他听见母亲说门角落还有一把锄头。见他没有反应，母亲又念叨了一遍。这一下，他听懂了，只好扛起锄头下地。其实他知道，他是可以不下地的，那时候还没到农忙，没多少活干。

到了晚上，他又像往常一样，准备到房间去读书。之后他听到母亲在那边房间说："怎么还要读书呢，不是说已经读完了吗，明早还要起来干活呢，对了，下午小葛又来收电费了。"

有一段时间他挺伤心，感觉自己完全被母亲抛弃了。他想重新离母亲近一点，可他发现，只要他还坚持自己那可怜的读书的习惯，这种靠近就几乎是不可能的。

高考成绩出来了。不出所料，他落榜了。好在父母并未有什么失落，似乎他们从来就没指望过他考上大学。母亲甚至还有些如释重负，庆幸家里多了一个劳动力。

可是，他的生活该怎么继续呢？当初那种田园牧歌式的浪漫生活的幻想就这样很快地破产了，他没想到，幻想在现实中如薄瓷一样脆弱易碎。

他开始抗拒那个让他感到陌生的母亲。当时他并未意识到，诗人和母亲的关系，在人类精神史上一直是一个母题，也是一个悖论。

也就是在这段时间里，于姬进入了他的视线。由于村里的高中毕业生很少，虽然西西没有考上大学，但在村里人看来，已经是高级知识分子了。村里的小学正缺老师，为了不使他学到的知识浪费，村小的负责人向上面申请了一下，西西就像他读过的一篇小说里的主人公高加林一样，去当代课教师了。当代课教师虽然工资低得可怜，但对西西来说，倒不失为一件好事，不管怎么说，那可以逃避家里的农业劳动和母亲没完没了的唠叨，让他有更多的时间读书和写诗。

　　于姬来小学找他是一个残阳如血的黄昏。这使得他们的初次见面有一种既辉煌又悲壮的意味。跟酉西的情况有点相似，不知是因为诗歌还是因为别的原因，于姬初中毕业后连高中也没考上。来找酉西的时候，她已经如痴如醉地爱上了诗歌，或者说爱上了文学。她说她也不愿再上学了，就想这么待在家里写诗，反正她家里劳力多，她是不用做什么农事的。这时已经放了学，她和他坐在那里。桌上堆满了教科书、作业本还有粉笔盒，她只好把她写的诗在大腿上展开。那天她穿着一条花格子连衣裙，诗稿就展开在两腿之间，往下是裸露的肌肤。这让他感到有些眩晕，忙把眼睛跳开了。他的脸红了，说话也结结巴巴的，不免语无伦次。其实他们的村子相隔不远，但因为不属于同一个行政村，彼此就没见过。酉西曾感到奇怪，哪怕两个村子挨得紧紧的，但因为不属于同一个行政村，人们的心里就总有点儿隔膜，难以熟络起来。而要是同属一个行政村，彼此哪怕离得再远也感觉很熟。这样来看行政真是一个奇怪的东西。在大腿的映衬下，酉西觉得于姬的诗特别美好，白里透红的，很纯情。夕阳从窗格子里照射过来，把他们笼罩在一种很诗意的氛围中，后来，他们的目光不禁从诗稿上抬起来，像探寻着什么似的望着对方的眼睛。在对视中，由行政带来的隔膜渐渐消融，已至完全消失了。酉西也从抽屉里拿出自己的诗稿给于姬看，于姬才看了几节就惊呼起来，说想不到他的诗已经写得这么好了。她的惊呼有如白鹭从田间飞起，天空中充满了明亮的翅膀忽闪的声音。于姬急切地问道："它们都发表了吗？我听说你发表过诗歌呢！"西西有些不好意思，从抽屉底层拿出一份《诗歌报》，他的两首诗赫然刊登在上面。白鹭再次轰然飞起，甚至有两片漂亮的羽毛掉在他脸上。于姬激动得不知如何是好，忽然抱住他，不由分说在他脸上吻了一下。

于姬望着他，眼里闪着泪花，手也在颤抖着。"西西你真伟大，你这么年轻就发表诗歌了，而且是在《诗歌报》上！我这辈子，哪怕是在《诗歌报》上发表一首诗就死了，那我也愿意，而你居然一下子发了两首！"说着，她又吻了他一下。她的吻很纯洁，因为她吻的不是他，而是《诗歌报》或者说是诗歌。那时在喜欢诗歌的青年人当中，《诗歌报》简直是他们的《圣经》，他们做梦都想在上面发表作品。她的大胆让西西惊讶，甚至有些害怕，他想把于姬推开或离她远一些，但他的手用不了力，或者说他根本不想用力。他有些含混其辞地说："别这样，别。"可于姬仍然充满激情地说道："西西，你知不知道，你已经是诗人了！在我眼里，你是最了不起的人！"他有些为难地说："你松一松，我都喘不过气来了。"于姬只好把手松开，可她依然有些兴奋不已，根本没注意到或者说不在乎他的窘迫。西西偷偷看了她一眼，她的脸像他在县城见过的最好看的红苹果。她接着说道："最近我读了一个女诗人的诗，叫作《你不来与我同居》，你知不知道，我读了有多么激动！什么是诗歌，诗歌就是想说什么就说什么，把自己最想说的话毫无保留地说出来！我就是要做这样的诗人，不但在诗里，在诗外也应该这样！不然还要写诗干什么呢？小说家和戏剧家等等都是卑鄙的、虚伪的、胆怯的，他们要说什么都遮遮掩掩。这个世界上，只有诗人是最真实的，敢说敢做，敢做敢当！"于姬一口气说了许多，她被自己感动得热泪盈眶。她问："你喜欢我吗西西？"西西有些惊慌失措，不知怎么回答。她又问："你喜欢女人吗？"西西点了点头。她再问："你想不想抱住她们？"西西又点了点头。她说："那你就抱住我吧，我是一个女人，而且还是一个漂亮的女人，难道不是吗？我也想男人，在学校读书时就想，想被自己喜欢的男人抱住，但我不知道他的样子，现在我知道了，那个男人就是你！"

他们就这样稀里糊涂昏头昏脑地谈起了恋爱。几乎每天放学的时候，于姬都要到学校来找他。她每天都在写诗，爱情诗，咏物诗，哲理诗。她每次都会把她写的诗带给他看，不过说实话，除了她写的爱情诗里那股迷狂的激情让他着迷，他一点儿也不喜欢她写的其他诗歌，那些咏物诗和哲理诗跟她本人比起来，简直判若两人。于是他说："你在这些诗里还没有说真话，或者你要说的别人都已经说过了。"

她说："哦，是真的吗？不过你一说我就明白了，真的，真的是这样，可为什么会这样呢？"

他说："大概写这样的诗不是你的强项。"

她说："好，那我就不写这样的诗了。"她紧接着看了他一眼，"我就专门写爱情诗好了。"

他盯着她的嘴唇。毋庸置疑，他喜欢听她说话，听她朗诵，吸气，激动和叹息。他还偷偷打量过她的胸部和臀部，它们像是一首抑扬顿挫、余音袅袅的好诗。

那是他们难忘的一段时光。他们天天沉浸在诗歌里，时常忘了人间烟火。因为诗歌，他们的生活没有了规律，很少按时回家和吃饭。他们似乎想在这偏僻的、被繁重的体力劳动压弯了背脊的乡下建造一座金碧辉煌、不沾尘埃的诗歌宫殿。置身其中的他们被光亮蒙住了眼睛，又像蚂蚁爬上了一片树叶，以为它就是整个世界。

那一天，于姬到姐姐家去了。姐姐坐月子，她要去照顾几天。放学后，望着空荡荡的学校，西西若有所失。同事们都走了。学校一共十个老师，除了学校负责人，那位公办老师，其他都是民办或代课的。一放学，他们都回家种责任田去了，公办老师也不例外。其实从表面看，谁也看不出公办老师和民办老师有什么区别。西西家里责任田也不少，现在他的脚管是酱红色的，他的手臂也是酱红色的。他总觉得自己身上的衣服皱巴巴的，想把他拉伸一点。有一天太热，他忍不住像其他老师那样脱了衣服，有个老师忽然叫道："的确良（凉）！"他没明白，可其他老师纷纷笑了起来。原来，他们说的是他身体上平时被衣服遮住，没让太阳晒到的那部分，仿佛"拓"上去的一件的确良短袖。

西西以前没想到，自己的皮肤竟也可以这么白皙，这么一尘不染。他一时有些触动，有些自怜。他忽然想到，现在他之所以可以偷懒，放学后还躲在学校里读诗写诗，是因为他还没有结婚成家。如果他和于姬结婚，那将来农活和家务由谁干呢？由他们中的任何一个人做，那么他或她就写不成诗了。而如果两个人都去做，也许两个人就都写不成诗了。这个刀刃般锋利的问题，忽然劈头盖脸地横在了他的眼前。

他害怕起来。如果要他以后和于姬为了农事吵架或忙得焦头烂额，那么他现在就要阻止他们朝那个方向发展。

家里做媒的人不断。村里人对文化看重更多的，是文化可以帮他们自己算账，这样在买卖东西时不会吃亏，他们并不敢指望自己的孩子读书会考上大学。他们经常说："酉酉眼睛很亮啊。"意思是说他读了很多书。眼睛亮是我们那里对有知识的人的形容。以前好几次有人来做媒，都被酉酉毫不客气地拒绝了。但这次他忽然提出，要去见见对方。

媒人说："今天带你去看的这个女孩子，我保证你不吃亏。她爹是大包头，在县城都买了房子。这样的人家嫁女儿，嫁妆怕是也有好几万，你一结婚，就成了万元户了。"

酉酉说："既然如此，她家里应该媒人踏破了门槛，还能等得到现在？"

媒人说："人家女孩子眼界高，你以为随便什么人都能娶到？人家说了，她要嫁的人，穷一点不要紧，但文化不能低了，起码也要读过高中。"

酉酉笑了，说："那我肯定合适了。"

相亲是夜晚在女方家进行的。由于是晚上，即使不成也不要紧，反正没人看到。女孩叫吴锦丽，就着灯光，酉酉看到她身材苗条、个子高挑、瓜子脸，头发黑中带点淡黄，大大的眼睛，薄薄的嘴唇。酉酉对她的第一印象还可以，觉得她并不讨厌。他特别注意到，她的嘴唇跟于姬完全不同。他不希望对方长着和于姬一样丰满妖娆的嘴唇，不然他会产生联想。既然已经打算和于姬分手了，经常想起她又有什么意思呢？听说薄嘴唇的人说话伶俐，他曾经很讨厌自己的嘴唇，嫌它太厚，让自己成了一个木讷的、不善言辞的人。或许正因为这一点，他才更要去热爱诗歌，似乎是为了用书面语来弥补口语的不足。略觉遗憾的是，她的臀部窄小了些，但这又有什么要紧呢。回到家里，他看也没看坐在那里等他回来的两个大人，说："可以订婚了。"

他看到，母亲简直喜出望外。

西西的定亲礼办得快极了，他像木偶一样，由着父母操办。他想既然结婚是谁也逃不掉的，那就快点，快点结了婚，他就可以一心写东西了。于姬是种不了田的，他也种不了，那么就让他将娶的那个女人来做他们做不了或不愿去做的事情吧。何况，结婚还可以得到一笔丰厚的嫁妆。既然打算世俗一点，那就世俗到底吧，只要能写诗，别的他不管了。西西的父母像是两个抄生字的小学生，急于把作业做完似的，一会儿从上往下抄，一会儿从右往左抄。只剩下中间一点点时，他们才吁了口气，认为这件事已经是脸盆里的鱼，跑不掉了。由于不属于一个行政村，于姬几天后才听说了这件事。当她赶到西西村子里时，已经是晚上了，定亲的酒席早散了。她找到村子里的一个小男孩，让他把西西叫出来。西西一看有个小孩在院门外朝他招手，就知道是怎么回事了，仿佛他一直在等待着这个时刻的到来。

他朝村后的树林里走去。他知道谁在那里等他。他刚走到那截他们坐过的树墩边，便猛然被从什么地方冲出来的她撞倒在地。他觉得后脑勺儿碰着了硬物，可能还流了血。她扑到他身上，揪住他的衣领还有别的什么，结结实实拿拳头还有肩膀、脑袋，把他猛揍和撞击了一番。他一点也没反抗。她的泪水在夜色里闪闪发亮，像流动的树脂。她说："你为什么背着我订了婚？为什么？难道你不爱我了吗？难道还有别人比我更爱你吗？"他打定了主意不作声，任由她一遍遍地追问。她哭道："酉西，你一定要好好想想，现在还来得及。"她骑在他身上，脱掉他的外套，似乎想看看他的心脏，看看它究竟装了什么想法。但忽然，她的手改变了方向，伸到了他的身子下面，把他的裤子也脱下来了。她说："酉西，我要占有你，看你还跟别人订婚！"说完，她急切地寻找着他和自己身体的入口。后来的一切恍若梦境，他们不知道自己的身体到底发生了什么事情，只是眼睁睁看着它们驶入视线的盲区，却看不到自己。

和吴锦丽结婚后，一天深夜酉西忽然想起了于姬，可当他不顾一切朝那里奔跑时，才发现她早已不见了。她嫁给了乡里的一个税务员，公爹当过村支书，据说家里很有钱。不久，他们在县城北门口买了房子，那里是商业区，他们在楼下开了一家批发部。

再见到于姬，是在吴锦丽一个亲戚家的婚宴上，事先他们并不知道对方会来。按我们那里的风俗，吴锦丽是出嫁之女，没必要再和娘家的亲戚攀扯，但吴锦丽说那个亲戚不一般，便拉了酉西去送礼。酒宴因一位县里的重要亲戚还未到场而迟迟不能开席，等这位让大家翘首以待、议论纷纷的神秘嘉宾终于出现的时候，酉西才吃惊地发现，那打扮得雍容华贵的来客就是于姬。于姬也一眼看到了人群中的酉酉。她穿着圆领低胸的黑色短衫，胸脯高耸，脖子上戴着一条粗壮的金项链，看上去已经是一个精明强干的女人了。不过她的嘴唇依然丰满、微微上翘，和以前一样。酉酉甚至有些不怀好意地打量了一眼她的腹部，心不由自主地猛跳了起来。他们说了几句话。他担心她也像别的朋友那样见了面就问他还在写诗吗，仿佛一定要让他无地自容。还好，她没有问。就这样，他们戏剧性地成了对方的亲戚。那天，他竟然不合时宜地喝醉了。

他知道，回到家里，吴锦丽又要跟他吵架。

酉酉婚后有一段时间比较清闲，没课时往往要睡到很晚才起来。家里是老式的砖木结构的房子，他睡眼惺忪地坐在那里打量着板墙上他小时候画的画，比如一个长了胡子的人物头像，或者一条巨大的毛虫。想起从前的时光，酉酉不禁有恍若隔世之感。

订婚半个月后，他就把吴锦丽的衣服给脱了。开始她还比较被动，有些不愿意，但脱完了上一半，下面就比较快了。她自己把裤子脱掉，往被窝里一钻，然后用被子蒙住头，好像后面发生的事情跟她无关。这是第一次。但越往后，她反而越矜持了，好像在他面前吃了很大亏。她把身体绷得紧紧的，他要费许多工夫才能把她打开。他开始有些奇怪，到了后来他才明白，她是要用这样的方式，来表达她在他乃至他的整个家庭面前的优越感，好像她嫁给他是七仙女下凡。其实就是七仙女，也从来没像她这样傲慢过。如果他要求跟她做爱，她要么拿腔拿调的，趿着拖鞋故意扭着水蛇腰走来走去，要么就干脆四仰八叉在那里，从眼缝里睨着他，一副赏赐他的样子。待他把事情做完，她就迅速起身，吩咐他去端水来让她洗净。如果他不去，她就说他脏，然后从他的脏，说到他家的穷。再说到他们结婚时，村子里的人说他家一夜发了财。然后说沙发是我家里的，你不许坐；彩电是我家的，你不许看；写字台是我家的，你不许用。反正吵了架，他不转弯她是不可能转弯的。如果他不及时转弯，她就要回娘家，增加他转弯的难度。所幸的是，她父母知道自己女儿的斤两，不是不讲理的人，因此他每次去转弯的时候，都会听到丈母娘在数落她。当然，丈母娘说话很有技巧，她会把话说得从表面上看是在数点自己女儿的不是，可受了她女儿气的人听了也会觉得不舒服，也会觉得内疚。虽然他们的婚姻从一开始就呈现出瓦解的迹象，但因为种种原因，又维持下来了。

他很快就体会到了她胡搅蛮缠的本事。有一次，吴锦丽看到了本县几个文学爱好者参加某次会议时的合影，上面西西和于姬离得很近，便大吃其醋，大张旗鼓地闹了一回。其实她并不知道他和于姬的全部底细，不然不抓破他的脸才怪。还有一次，她看到他一首诗的标题下面写有"献给×××"的字样，便问西西那个人是谁，是男是女。西西老老实实回答："是个女人。"吴锦丽一听这话，便把那首诗抢到手里，扬言要撕掉，吓得西西忙说："虽然是个女人，可她是个外国女人。"吴锦丽说："好啊，你居然瞒着我在给外国女人写信！"她把写诗叫作写信，倒也有几分道理。西西说："虽然是个外国女人，可她已经死了，论年龄，她可做我们的奶奶了。"吴锦丽才不信他的解释，说他肯定在骗她。西西只好从柜子里翻出一本那个外国女人的诗集，吴锦丽这才将信将疑地把诗稿还给了他。西西很无奈，转过身去叹了口气。不过他又有些同情她。吴锦丽读小学时，她那个做建筑包工头的爸爸赚了很多钱，要跟她妈闹离婚。因为这事，吴锦丽读完小学便没再读。闹了好几年，她爸见离婚不成，只好跟她妈和好。为了纪念这一历史性事件，他们让计生委罚了一点款，又生下了一个女儿。仿佛为了弥补早年的过失，她爸在她的嫁妆上的确花了些钱。西西结婚时，村里人去抬嫁妆，沿路有人争着饱眼福。因为这嫁妆，性格一向好强的西西母亲在吴锦丽面前声音也低了几分。西西把那本诗集插回原处，可后面却再也找不到它了。他问她是不是拿了，她说："我又看不懂，拿它干什么。"西西便知道是她做了手脚。她才不会那么爽快地说自己不懂，倒是常常见她抢着说她什么都懂、什么都知道。如果他一定要她把书拿出来，只有上纲上线地打上一架，让事情越闹越大。

　　大概是小时候营养没跟上，吴锦丽的身体一直没发育起来。她的胸脯跟一个男人没什么区别，臀部也是虚空的。这使他的手常有扑空之感，做爱的时候好像面对的是一堆骨头，毫无趣味可言。他之所以一再纠缠她，是因为他的脆弱。好像一个人被寂寞窒息之后，便要各种挣扎或者自说自话一样。他与她做爱，便是一种挣扎，一种自说自话。

　　在他的意识里，于姬已经越来越远了。他并没有后悔跟她分手，即使和她结婚了，又怎么样呢？在本质上，他是一个孤独的人。那种孤独是任何方法都稀释不了的。或者说他需要和渴望这种孤独，只有在孤独中，他才会真正进入冥想状态。和吴锦丽相比，于姬不过比她多读了几年书，稀里糊涂地爱过一段时间的诗歌。其实她爱的永远是流行的东西，流行诗歌的时候她爱诗歌，流行经商的时候她做生意。她也永远是强悍的，永远跟着时代跑。如果他们结婚了，也只能是她改变他，而不可能是他改变她。既然如此，还是谁都不改变谁的好。

他居然想抛弃他的孤独，真是大错特错了，因为孤独是老虎的金黄。据说老虎是一年才和另一只老虎交配一次的，并且彼此鲜血淋漓，最后负痛而逃，依然藏身于深山老林之中。一年之后，当它耐不住寂寞孤独时会再次蹿跳出来，结果依然如此。他当初想得太天真了，现在的屈辱，是他咎由自取。

那好，让他回到孤独之中吧，回到金黄而不是黄金之中。家里的各种关系已是乱七八糟不可收拾了，母亲和吴锦丽之间终于爆发了家庭中司空见惯的婆媳之战。并且战火一旦点燃，以后就会接二连三地发生。其间母亲上吊过一次，吴锦丽也玩了一次投水，看来她们还真是棋逢对手将遇良才。在他的记忆中，母亲上一次上吊可以追溯到他快读初中的那一年。那次不知为什么事，母亲哭哭啼啼闹起了上吊，把其他人都吓住了。母亲的杀手锏在藏匿了多年之后，终于在和吴锦丽吵架时又派上了用场。气急之下，西西只好甩了吴锦丽一耳光，作为对母亲的安慰，并且这种安慰果然是有效的。可吴锦丽不干了，她嚷道："寻死谁不会，我也会。"于是她就去跳水。不过好在被人拉住了。西西想："这下好了，一个吊死鬼还没出门，又进来一个淹死鬼。"果然自此之后，她们不是上吊就是跳水，把家里搞得像唱戏一样热闹。如此情形，西西索性也懒得管了。眼看母亲要上吊，他忙从家里逃了出去。他一逃走，母亲反而不上吊了。吴锦丽要跳水，他也不让人拉。她喊："我跳啦，我真的要跳了！"可喊了半天，也没人理会，气得她哭道："好啊，你们都不管我，那好，我偏偏不死，留一条命气死你们！"

让他略感安慰的是，吴锦丽一直没怀上孩子。不知是他的问题还是她的问题，也许，他们中间总有一个是有问题的。也许两个人都有问题。这很好。这是老天在保佑他。为什么要孩子来延续他的苦难呢？他希望他的苦难到此为止，不要人来继承。吴锦丽开始还撺掇他一起去检查，他不去，她自己就去找郎中开了一些土方子，虚张声势地吃了几回，后来渐渐也不甚热心了。

他和吴锦丽的婚姻生活维持了两年，还是结束了。

其实吴锦丽也不是不乐意。按她的话说，她已经认清了西西和他们家的本质。她说："他家的男人都是没用的男人。"由于没有找关系，西西还一直是代课老师，没弄到民办的编，而没弄到编，就不能参加考试转正。这意味着西西只能永远当一个临时教师，一旦学校不要他了，他就得滚回家去。的确有些人教书比他晚，但人家不但弄到了编，有的甚至已经通过考试，或者通过种种作弊手段转正了。而且她听说，再过几年就不会有民办教师这种职业了，也就是说，西西迟早还得回家种田。这样，她跟着他还有什么光彩呢？还不如干脆嫁给一个种田的，也不至于像他这样四体不勤五谷不分。再说，她娘家人已经搬到县城去住了。离了婚她反而还有在城里生活的希望，不然真要在乡下苦一辈子了。所以对他们的离婚，她爸妈也没怎么反对。

顺便说一句，她叫她爸以前都是叫爹的，但后来忽然改口叫爸爸，并要他也跟着叫，弄得他别扭了好长一段时间。

关于她家的具体情况，西西现在知道得比较多。她爸欠银行一百多万，却像没事人一样。也就是说，她家生活在严重的负债之中，可照样潇洒快活。可他家不欠债，却活得苦巴巴的。真是印证了那句老话：债多不愁，虱多不痒。她说她爸说了，即使手头有钱也不会还账。吴锦丽的弟弟吴锦平也没做什么正经事，天天在外面鬼混，不是打架就是吃喝嫖赌。这个问题让她爸头疼，想来想去，还是托个人把她弟弟弄到公安局当了个辅警。听说西西要离婚，吴锦平瞪着一双牛眼问他姐，要不要他去把西西修理一顿？吴锦丽让他别多管闲事，反正她也想离，他这才不吱声。吴锦平前段时间嫖妓染上了病，居然没什么症状，传染给了未婚妻，未婚妻一检查才发现是性病。他倒好，还不认账，反把人家给甩了。

倒是西西的母亲，对他的离婚不乐意。她私下里跟他嘀咕："你这一离，对家里损失多大，以后再娶亲，还要花钱。"可西西心想："有一件事倒是真的，他和吴锦丽离了婚，就再也没人陪着母亲吵架了。这对她来说倒真是无法弥补的损失。"

吴锦丽那两三万块钱的嫁妆还是放在家里，没有拉走。当然，有的东西，比如电器之类，已经过时或贬值了。酉西叫她把它们拉走，她不肯，说留着做个纪念吧。酉西觉得这个女人实在是骄横。只有他母亲很高兴，居然上前一把拉住吴锦丽的手，另一只手擦着眼角。吴锦丽说："以后，我在路上碰到了你，还叫你妈。"吴锦丽又对酉西的妹妹说："你们还是我的妹妹。"妹妹也红了眼圈。酉西心想："这个尖脸女人，已经跟他离了婚，却还要拿些东西来霸占他的空间，凭什么？不就是凭那么一点物质上的优越感吗？"

离婚前一天的晚上，吴锦丽忽然主动要求跟他做爱。她说："现在我还是你老婆，我有这个权利。说真的，我还是喜欢你。喜欢你读了那么多书。喜欢你瘦瘦的样子。你虽然瘦，但有骨气。你到我家相亲的那天晚上，我整晚都睡不着，好像忽然捡到了个宝贝。其实我也很喜欢读书，如果不是爸爸和妈妈闹离婚，我是不会辍学的。我想，等我们结了婚，你读的那些书也会跑到我身上。可我很快发现，你跟我在一起并不快活，我不知道自己什么地方没做好。两年来我一直想让你喜欢我，为此我想了种种办法，可越这样，我却离自己的想法越远。而且我慢慢发现，你其实是一个很自私的人。你处处以自己为中心，做什么事都不顾别人的感受，你也根本不会帮别人考虑。你不愧是你们家的儿子，虽然表面上你反对你娘，实际上你跟她一样。你想一想，两年来，你什么时候关心过我？而且我也渐渐猜到了你跟我结婚的原因，我听说了你以前和于姬的事，我们订婚的那天晚上她还来找过你是吗？实际上你错了，西西，你不该娶我。明明知道我们差距那么大，干吗还要娶我？你这不是把我往火里推吗？你其实是一个软弱和目光短浅的人，说得不好听一点是人穷志短。你其实早已了解我，在嫁给你之前，我跟别的男人也定过亲，但都没有成功。他们说我不贤惠，我也嫌他们粗鲁，可你还是娶了我，这说明你有自己的想法，你和你家里人看中了我家的钱，而我鬼迷心窍是因为我想找一个书读得比我多的人。现在我们应该知道，我们都错了，我们是走不到一块的，当然，这并不妨碍我们做爱，来，来吧，以后就没机会了。我们要像刚结婚时那样，不分白天黑夜地连做几天，今天做，明天也要做，今天是名分内的，明天就是名分外的，是赚来的了。今天我们是合法夫妻，明天我就是偷人了，我为什么不能偷人？我就偷给他们看！"

西西忽然觉得自己不行了。

我们这个地方以生产瓷器而著名。作为新时代的瓷城，市里每年都要举行大规模的展览会。届时，全国各地的专家学者、收藏家、订货商、小偷、大盗，以及许多高鼻梁蓝眼睛的家伙都会蜂拥而至，大小旅店都住满了人。作为当地小有名气的诗人，西西曾经也被市文联组织去参观了几次展览，好写几首赞美诗。仿佛诗人和赞美者是连在一起的，密不可分。前几年，大桥建成通车，我和他一道被有关部门组织去写诗歌、抒情散文和报告文学，似乎有人想把任何具有历史意义的事件都以诗歌或其他文学样式保存下来。而且每次一搞活动，总有人要踮起脚来，努力和国际挂钩。有一次，有关方面想举办一个什么研讨会，为了引起重视和显示主办者的能力，便打出了国际招牌。但在统计与会者名单时，人们却发现，国内各地的学者来了一大帮，国际上的学者却只有两三人，而且还是日本人和韩国人。从长相上看，他们跟中国人没什么区别，哪能看出国际的样子？结果只好通过有关部门，到省城大学里去租借访问学者，美其名曰"特邀嘉宾"。主办方一看嘉宾名单，首先映入眼帘的是典型的欧美人的名字，什么露易丝·布朗，丹尼尔·莱顿，不由得心花怒放。可谁知道，这些人还是黄种人，原来这些名字是他们几年前移民到国外后改的。在外面混得不好，换了个旗号打道回府，就成了外国人。

西西发现，这样的展览会或研讨会已经离瓷的本质越来越远了。他和我一样，开始都抱着混饭吃的心理去参加了几次，后来就连饭也不愿混了。那些用于展览的昂贵的瓷器，他也懒得去看。它们即便再精美，再价值连城，又与我们有什么关系呢？与它们相比，他倒是更喜欢他们村子里土窑烧的那些东西，它们笨拙、朴实，充满了野性的夸张和变形。有一次，他看到了一个白瓷葫芦，仔细一看，竟然是女人的身体。只见她上部扁平，似乎还没有发育，可臀部却又肥又大。他立时被它打动了，她既不是于姬也不是吴锦丽，她灵巧地从她们中间游弋了出来，这才是他理想中的女性的样子。他不知道她的作者是谁，也不知道对方为什么要塑造出这样的一个女人体。那像是恶作剧，更像是一种病态的热爱。的确，她的臀部是几近完美的。甚至可以说，她的臀部能代表一切。西西由此知道，女人最美的地方不是脸蛋，也不是嘴唇和胸脯，而是臀部。它浑圆、结实，充满了创造力，既是沉甸甸的富足，也是沉甸甸的孤独。把瓷和女人的臀部结合起来，竟是这样完美。"深夜，当脸熟睡，只有女人结实的臀部在发光。"这是他曾经写过的某首诗中的一句。他还写过一首关于瓷的诗，有几句是这样的："如今，我们该怎样去热爱瓷？最好还是让它们回归尘土，以碎片的方式保存。"正是这首诗，让他在我们当地的诗歌圈子里遭到了非议。有人气愤地说："这简直是胡扯！是对我市历史悠久的瓷文化的糟蹋和诬蔑！"西西跟我说："现在，许多人只对标本感兴趣，生命本身反而被忽略了，就像大学里只重视论文，而不重视诗歌和小说创作。天啊，这简直是笑话，没有文学作品，哪来的中文系呢？"

西西终于还是失业了。他像高加林一样，回到家里重新做了农民。其实书也没什么可教的，工资低得可怜，有的人在教育局的文件下来之前，早已主动放弃了，到外面随便干点什么不比教书强呢。西西没有离开，是因为他看中了做老师有充足的时间读书。不管怎么说，灰溜溜儿回到家里，即使捂紧耳朵不听村里人笑话，他也还是有些怅然若失。和吴锦丽离婚后，他就不太愿意回家了，干脆搬被褥住到了学校。吴锦丽的嫁妆霸道地盘踞在他房间里，西西恨不得拿斧头砍了它们，可他又懒于行动。他后来明白过来，吴锦丽的霸道和蛮不讲理，或许是出于她的自卑。就像他一样，他的偏激、执拗，对人物过分的臧否，有时候也是出于自卑。在这一点上他和她倒是一致的。他们都是自卑的人。

可即使回到家里，他会还原成一个农民吗？即使做农民，他又是一个合格的农民吗？我们那儿有一位乡长，一次对人发火时说："我要撤掉你的职务！"可对方却说："我——我不是干部。"乡长手一挥，"那我就开除你的党籍！"对方又说："我——我也不是党员。"乡长的火越大了，吼道："你到底是什么人？"对方说："我，我是个农民。"乡长脱口而出："那我就撤掉你这个农民。"西西真希望有谁能把他这个农民的身份撤掉。农民收入比教书更低，关键是西西越来越不愿意下地干活了。那种高强度的体力劳动让他焦虑疲惫，身心受到巨大的损耗。读了那么多年书又教了几年书，没得到读书人的好处，读书人的毛病倒是沾了一身，比如偷懒、自私、固执，对许多人和事看法偏激。他就像一块瓷，本来是用土捏成的，却不可能再回到土里去了。即使把它打碎，深深埋进土里，也不可能和泥土重新成为一体。

它已经成了异物。

他也是。

母亲又开始没完没了地唠叨，说他不该离婚，现在快三十岁的人了，还是一事无成，一边说一边不停地叹气。看母亲这样，西西更不愿在家里待了。刚从学校下来的那段时间，他百无聊赖，什么也不愿做，吃了饭就猫到什么地方去打牌。他的烟瘾越来越大了，一天要抽两三包，仿佛它们连成了一条长长的隧道，他天天都要猫在那隧道里。他开始了经常性的咳嗽和吐痰，别人都有点讨厌他去他们家了。可他的心理和肺部一样，弥漫起来了浓烟，越是不欢迎他的，他越要去。他还把痰吐到他们家干净的地面上，让他们的女人对他怒目而视。而且他不在乎她们对他的厌恶，反而假装热情地去跟她们调情，夸她们的胸部和屁股。他的目光像一只无耻的手掌，肆无忌惮地从她们的胸部掠过，最后落到她们的屁股上。他发现，她们的屁股严重下垂，毫无活力和美感可言，它们简直可以象征他现在的生活。有时候，他甚至在想："如果他要自杀，选择什么方式好呢？像母亲那样上吊，还是像吴锦丽那样跳水？"后来他觉得这些都不好，死后的形象都很丑陋，任何死亡的方式都是如此。最好是找一头野兽把自己吃掉，吃得毫发不剩，血迹全无。这样他就可以把自己藏到野兽的身体中去，和野兽成为一体，他就是野兽，野兽就是他。

他的诗歌越来越难以发表，因为编辑们不相信那些充满了强烈表现主义色彩的诗歌出自于一个农民之手。现在有些地方的作者靠剪报和抄袭致富，大约他们也把西西归于此类了。再说，即使有农民诗人，他们的文字也应该充满了田园生活的诗意和美好，比如麦子草垛油菜纺织娘金甲虫什么的。若干年前，一个叫梭罗的美国人跑到一个湖边去写了一本书，引来了中国诗人和作家的大肆模仿。可西西的诗总有一股他们不喜欢的焦苦味儿，像是眼睛里布满了血丝的失眠症患者的白日梦。他们建议他就地取材，写一点适合当代读者口味的东西。他们告诉他："城里的一些诗人和作家，都在细致地描绘田园生活呢，他们写得既深刻，又富有诗意画意，看，在他们笔下，一棵小草看上去就像是一个农民的一生。"

西西感到了绝望。他写不出那样的东西，他讨厌那种自以为是地把小草看作是农民一生的口气，充满了伪饰和矫情。可现在，这样的作品很受欢迎。前段时间，市文联组织一帮诗人和作家到一个地方去采风，在中巴车上我们听到了一个歌手对蓝天和高原的讴歌，歌手的嘴里不时地蹦出"纯洁""庄严"和"神圣"这样的字眼，但我们怎么听怎么难受。这时，西西为自己是一个诗人而羞愧，他开始讨厌自己作为诗人的身份。诗人是什么？是职业还是技术？对他来说都不是，他的职业是农民，即使诗歌是一门技术，他也不能将它传之后世。套用我和他都喜欢的一位作家的话："诗人是一群痛苦的人，他们掌握的稀世暗器，不过是关于痛苦的传闻和秘籍。"

他决定离开，朝着和许多诗人相反的方向走去。当许多诗人在虚构他们的乡村经验，或在乡下买了别墅、从一棵小草细致地描绘农民一生的时候，他去城里做了一名普通的工人。

我曾建议他到地区报社找一份事做。现在报纸竞争激烈，都在走马灯似的换人，很容易找到机会，当然，也很容易失掉机会。他干了一段时间，觉得很不适应。重要的是，只要在市里，他还是和诗歌脱不了干系。所以他说他要去更远的地方，去没有人知道他是诗人的地方。以前他也短期地出去过，不过不是找事做，而是希望像个古代诗人那样到处走走，以诗人自居，作潇洒豪放状吟诗饮酒，引用自己喜欢的诗句和人交谈，沉思着把刚刚捕捉到的诗句在早已准备好的本子上记下来。当然有时候他什么也没记，只是出于习惯把自己填进那个动作。但现在，他不会再跟任何人说他是一个诗人。哪怕诗句像毒蛇或蝎子一样咬他，他也绝不会还手。

他去了一个乡镇企业相对发达的省份，打定主意要学一门实用的手艺，以便找到一根把生活撬起来的杠杆。在一个亲戚的指点下，他找到了一家模具厂，在那里学徒。出师后，他可以每月拿到数目可观的工资，不过学徒期间没什么收入，只能混个生活费。这种单纯的生活，他很快就喜欢上了。与很多人要到遥远的乡下去平静自己浮躁的内心相反，他在简单而有序的机械声中找到了安宁。以前他总觉得时间不够，现在时间一下子多得让他有些不知所措，像一个穷汉忽然在口袋里摸到了满把的金币，简直不知道怎么花。想到这里，他不禁咧嘴笑了起来。过惯了散漫的日子，刚开始肯定有些不适应。但既然是打定了主意来适应的，他就要把自己作为原材料送进机器里去，看它会把自己加工成什么零件。结果他又惊讶又害怕地发现，没有诗歌，他居然活得很轻松。他有些紧张起来，心想这是为什么呢？难道以前的自己是不真实的，是一种假象？难道诗歌本身就是一种假象？

现在，他的生活就是这样。一早，他就把自己送进车间，弄得两耳失聪、筋疲力尽。下班后回来洗澡，吃快餐，有时候也到旁边的小酒店去喝杯酒，或找个地方看电视，偶尔也和人结队到那些女工租住的房间里去，和她们打情骂俏。那边的房租很贵，为了节约，有的是两对夫妻合租一间房，中间隔一道帘子，不知道晚上是不是可以听到对方的动静。而那些没有成家，或老婆不在身边的单身汉最渴望的不是放假，也不是下馆子，而是去按摩。厂前边的那条街，两旁都是按摩店，一到晚上就像月季花那样开了，打工仔像蜜蜂一样在花间飞来飞去。但真正敢进去的人却不多，最多去打打擦边球，赖在门边调笑几句，或和几个人一起进去坐在那里，把大腿夹得紧紧的，把手放在两腿中间，让按摩女洗洗头。

　　有一次刚发了工资，同车间的两个人打了个赌。一个说，这次他一定要去按摩。另一个说，如果他敢去，就输一百块钱给他。"真的？""不信，我们就去找个证人，把钱放在他那里。"于是他们找到证人，各人都出了钱。那个想按摩的家伙摩拳擦掌地上路了，但不一会儿，他就败下了阵来。他说一看到那些女的眼睛那么大，他就害怕了，好像她们会吃人。最终，另一个拿了赢来的一百块钱请大家去喝啤酒。其实那个人不过是想借这个机会到那里去看看，满足一下好奇心。如果他贸然前去，大家会笑他，有了打赌的理由，就显得光明正大、理直气壮了。请大家喝啤酒的人情，大家也还是记在他头上。

　　西西喜欢跟他们在一起。他甚至有些羡慕他们，羡慕他们的痛快豪爽，羡慕他们健壮的肌肉，羡慕他们能倒头便睡，羡慕他们不便秘。他们即使有痛苦，也是明摆在那里的，像被风折断掉在水面的树枝，是可以把它们捡起来扔掉的。他们不知道他是诗人，他们甚至不知道诗人是什么东西。没有人嫉妒他，也没有人奚落和嘲笑他。当然，他更没必要嘲笑自己。那个指点他学了模具进了模具厂的亲戚在一家服装厂打工，几乎天天要上夜班，很少到这儿来。他也不知道他写过诗，别说亲戚，就是母亲也不知道他是个诗人，她只知道他每晚都浪费电。

　　他来信跟我说，他那里离海很近，只有两三里路的样子。他说他没想到他离海这么近，当别人告诉他的时候，他根本不相信。他们不知道他为什么对于离海很近而感到惊讶。他说他本来是不想给我来信的，但知道离海这么近后他很激动。他说："大海是什么？大海是这个世界的臀部。"

　　他跟在一个女人后面。那是个窈窕而肥硕的女人，背影像一把大提琴。他远远打量着提琴的音箱部位，那里场面宏大，非常适合于栖息他这样的目光。在那里，他的目光不会如惊弓之鸟般惊慌失措、轰然飞起，可以从容地表达对她的热爱，如同趁画家离开的时候，去偷看他的作品。那是美妙之所在，像秋天的果实，既咄咄逼人又风情万种。它们结实，浑圆，微微向上，像女中音或女高音，或是庄严的美声唱法。他无法抑制自己对高音的热爱，那是和日常生活完全不同的东西，就好像瓷器和土。瓷器碎裂的声音明亮而尖锐，划痛了他的童年。她们会碎裂吗？他就要与她擦肩而过了，可他并不想看她的脸。如果她转过脸来，他一定要在此之前逃掉。他纵身一跃，向上飞起。他是那么轻盈，像刚爱上诗歌时那样，只有热爱过诗歌的人，才会有那么轻盈的身体。他飘升，向上，向上。耳畔传来悦耳的和弦，天空中飘满了粉红色的气球，它们交相辉映，像是成熟期的果园。他不由自主地朝它们飞了过去，他的脸快被它们埋住了，几乎窒息得他喘不过气来。他从怀里掏出一支钢笔，原来他还一直藏着它，就像武士藏着短剑，歹徒藏着匕首。是的，对于庸常生活来说，诗人就像是一个歹徒。他要写诗，他要杀死平庸。他已很久没写诗了。他怎么能不写诗呢？他一定要写诗，写大量的诗，把他的内心堆满，而且只让自己欣赏。他仿佛看到，他每写好一首诗，它就会眨眨眼睛掸掸尾巴，变成一个臀部浑圆的女人。他的每一首诗都有一个优美的臀部，他在想象里激动万分。但他刚一落笔，气球就爆炸了，那声音和瓷器碎裂一样明亮耀眼。仿佛是为了担心它们再发生爆炸，他把手按了上去。

他听到女人惊叫了起来。

这时，现实和梦境在他身上融为了一体。

知道西西凶讯的时候，已经是他出事一个月后。除了他给我写的那封信和我在图书馆资料室找到的他的一些诗歌，他在这个世界上的痕迹已经荡然无存。据他的那位在服装厂打工的亲戚说，事情是这样的：工厂休假那天，他迫不及待地奔向了两里路外的大海。他把所有人都扔在了后面。他大声呼喊，他的廉价西服向后飞扬，像是不停地扇动着的翅膀。他终于暴露了他作为一个诗人的本性。有人说，他的身体怎么那么轻，他真的会飞啊！他继续朝着大海飞奔。他终于跳到大海里去了。溅起的浪花像砰砰开出的啤酒，有几个人看到他在喷涌的啤酒泡沫里兴奋不已，受了他的感染也奔跑起来。然而他离他们越来越远，突然，他被浪花扑了一下，就消失了。

亲戚说："他根本不会游泳。"